双葉文庫

活動寫眞の女

浅田次郎

活動寫眞の女

僕の青春、そして喪われた親友と、
永遠に愛する初恋の人へ――

1

僕が清家忠昭《せいけただあき》に出会ったのは、四条河原町にほど近い、古い映画館の中だった。

京都大学の文学部に入学してまもなく、昭和四十四年の四月も半ばすぎのことだったと思う。有名な円山公園の枝垂桜《しだれざくら》を見物しておこうと出かけたところが、花はすでにあらかた散っていた。少しがっかりして、今からでも見ることのできる桜はないかと売店で訊《たず》ねたら、それどしたら御室《おむろ》がよろしおすやろ、と教えられた。

御室が仁和寺《にんなじ》の別名であることぐらいは受験勉強の成果で知っていたが、何しろいまだ右も左もおぼつかぬ京都で、それがどこにあるかはわからない。

仁和寺の所在を人に尋ねるのは、たとえば銀座の街頭で浅草はどこですかと訊《き》くようなものだろうと思えば、花見の気分もすっかり萎えてしまい、僕はぶらぶらと四条の大通りを戻ったのだった。

その町で、僕はまったくの異邦人だった。中学の修学旅行を盲腸の手術でひとりだけ断念したのは痛恨事だったと、つくづく思った。

後にも先にも、僕はそのころほど憂鬱《ゆううつ》で心細い思いを味わったためしはない。耳に入る京都弁はいちいち嫌味っぽく聞こえ、みんながよそものの僕を排斥しているような気がしてならなかった。賄《まかな》いつきの下宿の食事は舌になじまず、風のない湿った空気も不快だった。そして何よりも、京都人の閉鎖的で高踏な印象が、僕をすっかり臆病にさせていた。

通い始めた大学でもなかなか友人ができなかった。入学案内にはさかんに自由な学風というものを謳《うた》っていたが、僕にとっては彼らの性格も話す言葉も、学食の味もキャンパスの雰囲気も、みな排他的な京都の雛型《ひながた》としか感じられなかった。

要するに僕は、ほとんど被害妄想と言ってよいほどのナーバスな気分になっていた。だから、花に裏切られた帰り途にぶらりと立ち寄った映画館で、同年配の青年にこちらから声をかけたりしたのだと思う。

僕と清家忠昭の運命的な出会いは、決して偶然ではなかった。つまり、僕の不安定な心がむしろ必然的に、彼との偶然の邂逅《かいこう》をもたらしたというべきだろう。

古い映画館にかかっていたフィルムが何であったかは忘れた。ただし、封切映画でなかったことだけはたしかである。

子供のころからの映画マニアであった僕は、当時すでに凋落《ちょうらく》していた邦画にはすっかり興味を失っており、そうかといって大じかけのハリウッド映画にはなじめず、観るものは決まってアングラ系の佳作かリバイバルの邦画だった。そのときのフィルムもおそらくそうした種類のものだとは思うのだが、記憶にはない。正しくはどこで何を観たかの記憶ができぬほど、趣味に合ったものならばやみくもに観ていたのだろう。

テレビよりもむしろ東映時代劇や日活のアクション映画に親しんで育った僕らの世代には、あのエポック・メイキングの時代に同じような映画の見方をしていた人間は多いと思う。そう、まったく散り残った桜を探すようにして、僕は消えゆく名画を観ていたのだった。

二階の両側に桟敷席《さじきせき》の張り出した古い劇場だった。そんな様式は東京にはすでになくなっていたから、客席ががらあきだったにも拘らず、僕はわざわざ桟敷の先端の席に座って映画を観た。

椅子は小さくて硬く、音響は悪く、空気はどんよりと濁っているひどい劇場だったが、僕の趣味には適った。

向かいの桟敷のやはり先端の席に、学生服の男がぽつんと座っていた。

のちに深い関わりを持つことになる人物との出会いの場面は、ふしぎとよく覚えているものだ。今でも僕が清家忠昭の顔を思い出そうとするとき、とっさに甦るものは、あの新京極の古い映画館の桟敷席で、手すりに身を乗り出すようにしてスクリーンを見つめていた彼の姿なのだ。

モノクロ・フィルムの光が、色白の端整な面ざしを劇的にきわ立たせていた。学生服の背中を丸め、膝の上に両肘を置いて、清家忠昭は身じろぎもせずにスクリーンに食い入っていた。

たとえば、志村喬《しむらたかし》といえば『生きる』の中でブランコに乗る老サラリーマンの姿を思いうかべるように、笠智衆《りゅうちしゅう》といえば『東京物語』の、座敷にちょこんと座って盃を見つめる横顔を思い起こすように、僕が清家忠昭のことを思い出そうとするたびにまず脳裏に描くものは、いつも決まってそのときの彼のワンカットなのだ。

二十何年前といっても、それほど今と風俗が異なっていたわけではない。大学生の制服姿はすこぶる珍しかったから、僕は彼を、おそらく学校をさぼった高校生だろうと考えた。高校生はまだほとんどが詰襟《つめえり》の制服を着ていた時代だった。

一本目のフィルムが終わり、僕はステンドグラスのアラベスクが美しい二階のロビーに出て、覚えたての煙草を喫《す》った。

まったくまじめな高校生のように、きちんと学生服を着た清家忠昭が、脇廊下をぐるっと回って、他にひとけのないロビーに現れた。

僕らはステンドグラスの彩《あや》かな光を背にした長椅子の、端と端に座った。桟敷の薄闇で背を丸めていたときとは、だいぶ印象がちがった。まず、思いがけぬほど背が高かった。ちょっと目には混血《ハーフ》に見えるような、彫りの深い、眉と鼻梁《びりよう》の秀でた美しい横顔を持っていた。

高校生のように見えたのは、たぶん彼が僕に劣らぬ映画マニアで、古いフィルムを少年のように無心に見つめていたからだと思う。それと、彼は当時の大学生としてはほとんど例外的に、髪が短かった。

彼は長椅子に腰を下ろしたとたん、古本屋で手に入れたにちがいない陽に灼《や》けた名画のパンフレットを、いかにも嬉しそうに拡げた。

手元を見つめる僕の視線に気付いて、清家忠昭は顔を上げた。彼は僕のブレザーの襟の徽章《きしょう》に目を止め、僕は同時に学生服の襟章を認めた。

その瞬間、僕はこの見知らぬ町に来て以来、半月めにして初めて、会話らしい会話をする機会を与えられたのだった。

やあ、と僕は笑いかけながら煙草を勧めた。

「東京から来たばかりで、偶然入ったんだけど、いい映画館だね」

清家はとまどいがちに煙草を受け取ると、

「じゃあ、一回生?」

と訊ねた。東京では一年生というが、関西では一回生と呼ぶ。そんな当り前のことすら僕は入学して初めて知ったのだった。

自分が異邦人であるという考えは、もちろん幻想にすぎないのだけれども、僕はまるでアリバイの証明でもするように、自分が京大に入学するはめになったいたしかたない理由を語った。

べつに難しい理由ではない。安田講堂占拠のあおりで、その年の東大の入試が中止されたからだ。

当時は国立大と私立大の格差が歴然としていた。だから東大の入試が中止されるというのは、それをめざす受験生にしてみればかなり深刻な事態だった。とりわけ東大の文科三類と私大の文学部の難易度の差は大きく、どうしても文学部にこだわった僕は、無受験浪人をするか京都に行くかという選択を迫られたあげく、後者の道を選んだのだった。

そうした社会事情の結果なのだから、説明は簡単だった。

「なるほど。それは災難だったね。でも君の選択は正しいと思うよ。東大は当分の間、勉強どころじゃない。こっちも学生運動はさかんだけれども、理屈っぽいばかりでそれほど乱暴じゃないからね。ロックアウトもすぐ解除されるし、とりあえず学問はできる」

清家がほとんど標準語に近い言葉をしゃべることに、僕は気付いた。ただし、全体に柔らかな関西弁のイントネーションははっきりと残っていた。

「君、出身は?」

「地元だよ。実家も市内にある」

「それにしちゃ、言葉が」

「君らの言葉をまねしているだけさ。実はね、僕も去年、東大の理科三類を受けようとしたんだ。それで、向こうに行ってから恥をかかないように言葉を矯正した。方言を馬鹿にされてノイローゼになって中退しちゃった先輩を知っていたからね」

「へえ。でもどうやって覚えたの」

清家は端整な顔をほころばせて、僕の無知を笑った。

「おい、あんまり難しく考えるなよ。そんなのテレビを見ていれば、自然に覚えるだろう」

言われてみればたしかにその通りである。方言を直すのはさぞかし難しかろうと考えるのは東京人の傲慢《ごうまん》な思い過ごしにちがいない。むしろ問題は、京都に残ることになっても、彼が依然として標準語を話し続けているということだった。

「だったら、もういいんじゃないのか。京都ではかえって恥ずかしいだろう。おかげで僕もこっちに来てから、すっかり無口になった」

「いや。方言はよくないよ。少なくとも学問のリベラリズムを阻害する。このまま一生京都にとどまるつもりはないしね」

清家はそれまで僕の出会った友人の誰とも較べようのない、一種異質な明晰さを感じさせた。受験勉強で鍛えた騒々しい頭の良さではない。もともと知能指数がちがうという感じの、鏡のような聡明さである。

「東大の理Ⅲをやめて、京大医学部か。すごいな」

「正解だったよ。駒場はずっとロックアウトだろう。こっちはまがりなりにも講義は続いている。勉強ができないんじゃ、東大に行ったって意味はあるまい」

清家は僕と同様に覚えたばかりらしい煙草を、不器用に吹かした。ともかくも、このさき親しくなるかもしれないその学生が、医学部の二回生であることはわかった。

去年東大を受けなかったのは正解だったという言い方には、いかにも正当な余裕が感じられた。同じ国立一期校の東大と京大は同時に受験することができない。だが彼が東大を断念したのは難易度の多少のちがいを考えたからではなく、学園闘争の程度を考慮したかららしかった。

「ずいぶん余裕があるんだね。やっぱり医学部のエリートはちがうな」

素直にそう言ったつもりだったが、清家は切れ長の目を僕にちらりと向けて、蔑《さげす》むような笑い方をした。それから、いきなり愕《おどろ》くべきことを言った。

「僕はエリートじゃないよ。高校中退なんだ」

とっさのことで、意味がわからなかった。

「中退、って？」

「高校に入学したとたん、あほらしくなってやめた」

「転校したの？」

「いや。ずっとバイトしながら、ぶらぶらしてた。十八になってから大検を取って受験したんだ。つまり、高校中退の京大生」

「へえ……」

僕は絶句した。大検とは高校の卒業資格試験のことである。そういう制度があるということは知っていたが、制度を活用した人間は知らない。

「大検を取って、現役で京大医学部——？」

「それも現役、っていうのかな。まあ、年齢からすれば現役にはちがいないけど。おやじがどうしても医者になれってきかないんだ。だから、不本意ながらこんなことになった」

こんなことと清家は言ったが、物言いには少しも衒《てら》うふうがなかった。

言いながら恥じ入るように俯《うつむ》いた横顔は美しかった。ふと、僕は映画館の中でフィルムに飽きてまどろみ、夢でも見ているのではないかと思った。愁いを含んだ清家忠昭の表情は、古い松竹映画の佐田啓二に似ていた。やわらかな髪をポマードでなでつけ、伏し目がちの瞼《まぶた》を長い睫毛《まつげ》が被《おお》っていた。

学園闘争に明け昏《く》れる大学生の中に、そういうロマンチックで清らかなイメージの青年などいるはずはなかった。

「映画が、好きなんだ」

と、清家忠昭は独りごつようにぽつりと呟いた。それから、まったく佐田啓二のように愁いに満ちた顔を、真鍮《しんちゅう》の把手のついた客席の扉に向け、くすんだ色のシャンデリアを見上げ、肩ごしのステンドグラスに向けた。

開演を報《しら》せるブザーが鳴った。

「一緒に観ようか。こっちの席にこいよ」

誘われるままに、僕はアベック・シートのように並んだ桟敷席で、清家と一緒に二本目の映画を観た。

フィルムが何であったのかは、どうしても思い出せない。

2

ふしぎなことに、一緒に観た映画のタイトルは思い出せないのだが、劇場を出てからの経緯ははっきりと記憶している。

少し妙な比喩だが、たとえば恋人との初めてのデートの一日のように、だ。

町には夜の帳《とばり》が下りていた。映画館から出たときに誰もが体験する、あの時間にたばかられたような突然の夜だった。

瞳を刺すイルミネーションの中を、僕らはぶらぶらと歩いた。そのときの気分を、いったいどう表現すればいいのだろう。そう——見知らぬ異国の港で、やっと水先案内人《パイロット》がやってきたような気持だった。

清家は僕のとまどいや異邦人のコンプレックスを、すべて理解していた。だから嗤《わら》うことも拒むこともなかった。どんな陳腐な疑問にも、教え諭すような的確な解答を示してくれた。まことに、目から鼻に抜けるという表現がぴったりの聡明さだった。

僕らは近くの喫茶店に入り、辟易《へきえき》するくらい砂糖とミルクがごってりと混ざったコーヒーを飲んだ。

ウェイトレスがそれを運んできたとき、僕はてっきりオーダーを聞き違えたのだろうと思って文句を言った。東京では初めからミルクと砂糖の入れられてくるコーヒーをコーヒーとは言わず、カフェ・オ・レ、もしくはミルク・コーヒーと呼ぶ。

きょとんとするウェイトレスにお愛想を言ってから、清家は説明をしてくれた。僕にとってはまったく意外なことだったが、京都ではこれがごく一般的なホット・コーヒーの出し方なのだった。そんなとき、他の人間なら嗤ったり侮《あなど》ったりしただろう。清家の聡明さとは、つまりそういうものだった。

しばらくの間、おたがいの共通の趣味である古き良き映画談義に花が咲いた。

喫茶店の窓の外は、藍を流したような夜の闇だった。東京の盛り場は喧噪の坩堝《るつぼ》だが、京都はメイン・ストリートを少し入れば、もう光も音も追ってはこない。

「ところで君、アルバイトはやるの？」

映画論の腰を折るように、清家はいきなり言った。だが、それは話の続きだった。

「もしやる気があるのなら、撮影所で働いてみないか」

当面アルバイトをする予定はなかった。働かなくても十分に生活をして行けるだけの仕送りはあった。しかし、撮影所でのバイトと聞けば話は別だ。僕は俄然、興味を持った。

「へえ。そんなバイト、あるの？」

「学生相談所《ガクソウ》では一番の人気だから、そうはありつけないよ。でも僕は太秦《うずまさ》の撮影所に知り合いがいるんだ。文学部のカリキュラムはけっこう暇だろう。やってみろよ」

僕はアルバイトというものの経験がなかった。いくら趣味に適ったものとはいえ、給料を貰うのだから安請合はできないと思った。

「君は？」

「高校をやめてから、ずっとそこで働いていたんだ。でも、医学部は教養科目で六十四単位も取らなきゃならないし、今年からは基礎科目も加わる。家もやかましいしね」

「でも、ひとりじゃなあ――」

それもそうだというふうに、清家は僕のとまどいを気の毒そうに眺めた。

撮影所のバイトとは、夢のような話である。だが、いくらカリキュラムが暇だからといって、ひとりで通う勇気はない。

「やってみたいけどな」

「うん、じゃあこうしようか」

と、清家は身を乗り出した。「僕だってまったく暇がないというわけじゃないから、何度か一緒にやってみよう。そのうち君も慣れるだろうし、そしたらひとりでやればいいじゃないか」

この提案は渡りに船だった。そのころの僕は、できることならゆくゆくは映画関係の職業につきたいと考えていたのだった。

だから、アルバイトの誘いというよりも、何だか突然と自分の将来が豁《ひら》けたような気分にさえなった。

清家は撮影所で見聞きした裏話を楽しそうに語った。僕はすっかり興奮してしまった。

映画館でたまたま同好の京大生と知り合い、撮影所の仕事にありつく。それはまるで、客席から銀幕の中に躍りこむような、どんでん返しの向こう側に転げこむような、信じられない話だった。

その晩、清家は僕の下宿に泊まった。

ところで、僕は合格した当初、あの悪名高き吉田寮に入る予定だった。

経済的な事情とか下宿探しの手間を惜しむとか、そういう理由ではない。懐古趣味があり、当時の学生運動に対して反撥的であった僕は、どうせ京大に行くのなら昔の書生を気取って寮歌のひとつも唄ってやろうという安直な気持で、入学の手続と同時に吉田寮を訪ねたのだ。もちろん両親は、僕のこの提案に大喜びだった。

だが、教養部の構内続きの、近衛通《このえどおり》に沿った鬱蒼《うっそう》たる銀杏の林の中の吉田寮を訪ねて、僕は寮内にも入らずに引き返した。

まずその古さかげんに怖れをなした。懐古趣味などという甘いものではなかった。なおかつ、学生運動に対する反撥どころか、寮そのものが学生運動の根城だった。バンカラの書生のかわりに、寮の周辺にはヘルメット姿のゲバルト学生がうようよしていた。

僕はたちまち青ざめて、公衆電話から実家に予定変更の旨を告げると、その足で近在の周旋屋をめぐった。ころあいの賄《まかな》い下宿はすぐに見つかった。

両親はとにもかくにも、僕がゲバ棒を持つことを最も怖れていたから、ありのままの説明をすると相当に余分な金まで銀行口座に振り込んでくれた。

周旋屋に対して僕が希望した条件は三つあった。

ひとつは大通りに面しておらず、静かな環境であること。僕は真夜中に起き出して勉強をする習慣があったので、これは必須条件だった。

次に、周辺には学生下宿やアパートが建てこんでいないこと。わずらわしい付き合いはしたくなかったし、ゲバルト学生の巣窟のそばには住みたくなかったからだ。

そして、朝と晩との食事を賄ってくれること。もっともこの条件を提示したことについてはすぐに後悔した。下宿のおばさんが盆にのせて部屋まで届けてくれる食事は、まるで病人食のように味気なかったのだ。

それでも、僕はこの三つの条件を満たした下宿に満足した。吉田山の東の裾《すそ》の、小高い傾斜に建つ家は古かったが、静かで日当たりも良く、窓を開けると真正面に東山の大文字が見えた。

周辺には様子の良い邸宅が建ち並び、真如堂《しんにょどう》や黒谷《くろだに》の森も間近だった。散策気分で吉田山を越えればすぐにキャンパスだが、近くにアパートや下宿らしいものは見当たらなかった。

何よりも家の構造が気に入った。

苔むした石段の上の檜皮葺《ひわだぶ》きの引戸を潜ると、小さいながらも折々の花が絶えぬ庭の先に二階家が建っていた。もとは平屋だったものの上に二階を増築して、下宿屋を開業したということだった。

一階が大家の住居で、上品な、齢《とし》なりに美しいおばさんと、寝たきりのその母親が住んでいた。後に銭湯の噂話で知ったことだが、おばさんはさるお大尽《だいじん》の囲われ者で、その家はつまり妾宅、齢の離れた旦那が死んだあと下宿屋を開いたのだそうだ。

口さがない京雀の噂には少なからず衝撃を受けたが、たぶん本当だろうと思った。家の造作とかおばさんのいずまいの良さとか控えめな性格とか、噂はいちいち符合した。

初めから下宿屋のつもりで増築した構造は、二階の住人にとってはまことに使い勝手が良かった。家の裏側にスレート屋根のついた階段があり、大家の生活とは完全に独立していたから、下宿というよりもむしろ賄いつきのアパートと言った方が良い。したがって、学生と大家との揉めごとの種である門限というものがなかった。

ただ、朝晩の食事をおばさんがひとつずつ盆にのせて二階まで届けてくれるのにはいささか気を遣った。いちど、こちらから取りに行きますと言ったところが、おばさんはにっこりと笑って、末は博士か大臣かいわはる京大はんに、上げ膳すえ膳は当り前どすやろ、と言った。そのとき僕は、美しい人は目尻の皺《しわ》まで魅力的なのだと、しみじみ思ったものだ。

二階には東向きに六畳間の貸間が三つ並んでいた。先住者が一人いた。部屋を見に行ったとき、階段の上の下駄箱に小ぶりのローファーが置いてあったので、まさかとは思ったが、住人はやはり女だった。

トイレも洗面所も共同の学生下宿に男女が同居するというのは、当時の常識では考えづらいことだった。ましてや京都は保守的な町で、周旋屋の貼紙にさえ男女のただし書きがつけられていたものだ。

僕がそれとなく訊ねると、おばさんはにべもなく、あちらは文学部の三回生やさかい、お勉強おそわらはったらよろしおすやろ、と言った。要するに、そういうことには無頓着なのだった。これもまた、おばさんはもと祇園《ぎおん》の名妓だったという銭湯の噂と符合した。

その同居人のことを話しておかねばならない。

三つ並んだ部屋のうち、先住者の彼女は南側に住んでいた。僕は北側の部屋を選んだから、空室を中にして右と左、ということになる。

じきに東京から送られてきた荷物の中に、草加煎餅《そうかせんべい》の缶が五つも入っていた。つまり、ご近所に持って行けという母の配慮なのだが、いかにも東京みやげという感じで気恥ずかしかった。第一、京都は菓子の本場だから、そんな新幹線の中で売っているような煎餅を、貰った人が有難がるわけはないと思った。

少年のようにどぎまぎとしながら、僕はある夜、煎餅を持って同居人の部屋を訪ねた。彼女の姿を見るのはそのときが初めてだった。

入口は立てつけの悪い引戸で、僕の部屋も同じだったが開け閉めのたびに、臼を碾《ひ》くような重い音を立てた。

錠を解く音がし、ごろごろと引戸が開いて彼女が帰ってきた気配がしたので、落ち着くのを見計らってから挨拶《あいさつ》に出かけたのだ。

そのころの僕の生活は、毎日が未知の大海原に放り出されたような、緊張と開き直りの連続だった。煎餅の缶を抱え、廊下を軋《きし》ませて同居人を訪ねたそのときは、とりわけクライマックスだったと言って良い。中学から私立の男子校に通っていた僕は、ろくに女性と話をしたことすらなかった。

廊下の突きあたりには、家の造作とは少し不釣合なアーチ型の窓があって、月かげが細い木組の窓枠の形を、幻灯のように部屋の扉に映していた。

彼女が結城《ゆうき》という苗字であることは、下駄箱にそう書いてあったから知っていた。月あかりの引戸には「結城早苗《さなえ》」というフルネームが、何とも色気のないメモ用紙に書かれて、しかも画鋲《がびよう》で貼りつけられていた。まるで悪霊退散の呪符か何かのようだった。

「こんばんは」、と僕はノックもせずに言った。咽《のど》がひきつっていた。

椅子の背の軋む音がして、気の遠くなるような沈黙のあと、引戸の間近に女の声が返ってきた。

「どなた?」

「こんど引越してきた、三谷《みたに》です」

「ああそうですか、どうも」

戸を開けもせずに、彼女は言った。それはまるで、夜の訪問者の正体がわかって、安心するよりもかえって警戒心を強めたかのようだった。たぶん、下宿に男が越してきたということは知っていたのだろう。文学部の新入生やさかいお勉強おしえたげて、とおばさんに言われたかどうかは知らないが、その現実は彼女に相当の緊迫感を与えていたにちがいなかった。

よっぽど煎餅の缶を廊下に置いて引き返そうと思ったが、気を取り直して僕は言った。

「よろしくお願いします。これ、つまらないものですが」

やっと内側の錠が解かれて、おそるおそる引戸が開かれた。そのとたん、あまりにも顔が近いところにあったので、僕たちは同時にハッと身を引いた。

彼女は銭湯から帰ったところらしく、黒々と濡れた長い髪をTシャツの胸に垂らしていた。ひどく取り乱した様子でいちど部屋の中に戻り、丸い黒ぶちのメガネをかけて戻ってきた。一見して案外かわいいなと思ったのに、ぶ厚いメガネをかけたとたん、いかにも京都大学三回生という感じになった。しかし落胆するより、僕はむしろほっとした。

僕らがたがいの目を見かわしたのは、ほんの一秒か二秒の間だったにちがいない。だが、その出会いの場面を思い出すたびに、長いことじっと見つめ合っていたような気がするのはなぜだろう。月かげがアーチ窓の木組を、彼女の白いTシャツの胸に落としていたさままで、僕ははっきりと覚えている。

煎餅の缶を受け取ると、彼女はまるで考古学の遺物でも手にしたように、ためつすがめつ見た。それから高飛車な口調で言った。

「ということは、君、東京ですか」

「はい」

小柄な背中の向こうに、僕が生まれて初めて覗き見る女の部屋があった。窓には青いカーテンがかかっており、事務所にあるようなスチールの机と椅子があり、本棚にはいかめしい革装の大漢和が並んでいた。ガラスのテーブルの上に水仙が生けられていた。花柄のカバーのかかった小さなベッドがあった。

「じろじろ見ないで」

「あ、はい」

「お名前は?」

「三谷薫《かおる》です」

「カオルくんね。結城早苗です、よろしく」

彼女はいきなり横柄なくらい先輩風を吹かせた。だったら今しがたの取り乱しようは何なのだ、と言いたかった。

気を取り直して、僕は対話を求めた。

「あの、先輩、ご出身は?」

「山口です」

「ハハッ、長州ですか。じゃあ江戸っ子の僕とは敵味方ですね」

とっさの思いつきとはいえ、まことにつまらぬ冗談だった。結城早苗は癇《かん》に障ったらしく、むっつりと口をつぐんだ。

「標準語、じょうずですね」

機嫌をとったつもりの一言に、彼女はいっそう気色ばんだ。

「あなた、傲慢ね。東京のほかは外国だとでも思ってるの？」

「あ、いえ――そういうわけじゃないけど」

「ともかくありがとう。それから、ひとつだけ言っておきたいんだけれど、ここでは没交渉よ。行き帰りとか学校とかでも、親しく声をかけたりしないでね。変に誤解されても困るから」

変に誤解されて困るのはこっちの方だ、と僕は思った。たぶん不快が顔に出たと思う。引戸を閉めようとすると、彼女は少し反省したように、やさしい声で言った。

「ああ、わからないことがあったら、聞いていいわよ。学校のことでも、勉強のことでも」

思えば、東名高速道路がようやく開通した年だった。多摩川を渡れば親類のひとりとしていないほど純粋培養された東京人の僕にとって、実は彼女の言った通り京都は異国に等しかったのだと思う。

とにもかくにも、僕はこんなふうにして夢ごこちの生活を始めたのだった。

3

話を本筋に戻そう。

花に裏切られた僕が、四条河原町の古い映画館で清家忠昭と出会った、あの晩のことだ。映画談義ですっかり意気投合してしまった僕らは、喫茶店を出たあと木屋町でラーメンを食い、三条大橋を渡って東大路をぶらぶらと帰った。

下宿のおばさんに夕食を外で済ませる旨の電話をした記憶はないから、たぶん水曜か日曜だったのだと思う。日曜に賄いがつかないのはどこの下宿も同じだったが、水曜日は夕方までお稽古《けいこ》があるので食事の仕度ができないという初めからの取り決めだった。後にわかったことだが、おばさんは井上流の京舞のお師匠で、週にいちど芸者や舞妓に稽古をつけていたのだった。

べつに隠すことでもあるまいが、さるお大尽の囲われ者であったらしいおばさんは、いちいちプライバシーを隠そうとした。しばらくお世話になっていれば、それらはちらちらと見えてくる。そしてその少しずつ窺い知るおばさんの秘密は、着物の袖や襟元に覗くほくろのように、どれも魅惑的で美しかった。

いちど、祇園のお茶屋から出てきたおばさんと、ばったり出くわしてしまったことがあった。たしか夏の日ざかりのことで、おばさんは一瞬、レースの日傘で顔を隠した。おそらく出稽古の帰りだったのだろう、すぐ後から三味線を抱いた老妓と、お弟子さんらしい浴衣《ゆかた》姿の舞妓が出てきた。観念したように日傘を上げたおばさんの顔は、とても美しかった。

そういうわけで、たぶん水曜の夜だったと思うのだが、僕と清家はラーメンを食ったあと東大路を語り合いながら帰ったのだった。

東京の感覚からすれば、京都は思いがけなく狭い町だ。道路がやたらと混雑するから市電やバスに乗るとひどく遠い感じがするけれども、たとえば三条大橋と吉田山の下宿の間の距離にしても、せいぜい二、三キロのことだと思う。つまり男の足なら三十分もあれば歩ける近さということになる。

清家の家は南禅寺の近くということだったので一緒に歩き始めたのだが、結局話が興に乗って下宿まで来ることになった。

僕が誘ったのではなく、清家が希《のぞ》んだように記憶する。たしか部屋に入ったとたん、こんな対話があった。

「いいよなあ、独り暮らしは。実は僕も何とかして家を出ようと思ってるんだけど、なかなか機会がないんだ」

「実家があるんだから、べつに下宿することなんかないじゃないか」

「いや。うちはちょっとふつうじゃないから」

「ふつうじゃない、って？」

清家は窓を開けて、東山の裾の南禅寺の方角を見た。

「厳しいんだよ。たとえば今日だって、この時間に外で飯をすませて帰れば、どこで何をしてたの、何を食べたのって、根掘り葉掘り訊かれる」

特別なことではない、と僕は思った。いったい東大や京大には良家の子女が多いということは良く知られている。親の平均所得を調査してみたら、全国の一位が東大で二位が京大だったという思いがけない結果が出たそうだ。そう言えば安田講堂籠城のとき、様子のいい母親たちが大挙して構内に入り、泣きながら籠城中の親不孝者たちに呼びかけているという、奇妙なニュース映像が世間を騒がせた。よその大学ではそんな話は聞いたことがない。

「それなら、僕の家だって似たようなものだよ。たまたま京都に来たから下宿しているだけで、東大に行っていたらやっぱり管理されているさ」

まったくそんなことはないのだが、僕は清家を励ますつもりで言った。家のことや父母のことを話すとき、清家は決まってうんざりとした表情を見せた。

僕らの映画談義は尽きることがなかった。東京から送った荷物のうち段ボール二箱分は珍奇な蒐集品《しゅうしゅうひん》だった。神田の古本屋で買い集めた古いパンフレットやシナリオ、スチール写真を貼りつけたアルバムや雑誌類。今ならさしずめ復刻ビデオでこと足りるところだろうが、そのころの映画マニアにとっては目を瞠《みは》るコレクションだった。

京都にいくつもの撮影所があり、映画関係者が大勢住んでいるということは知っていた。僕が京大を選んだ理由のひとつには、そうした映画に近接した町に対する憧れが、たぶんあったと思う。

僕のコレクションに埋没した清家は、すっかり少年に戻ってしまった。

「すごいな君は。本物のマニアだね」

「映画研究会に入ろうと思っているんだけど、どうかな」

よせよせ、と清家は侮るように嗤った。

「まるでお話にならないよ。映画をダシにした男女交際グループだな。たまにみんなでパニック映画のロードショーを観に行って、酒を飲む。それだけのくだらん連中さ」

僕らはインスタントコーヒーを何杯も飲み、ハイライトを三箱も喫い、草加煎餅をバリバリとかじりながら、時を忘れた。

やがて深夜であることに気付いて、この時間に帰るのなら朝帰りした方がまだましだ、ということになった。とりわけやかましいのは父親だから、勤めに出てしまってからの方が都合が良い、というわけだ。

そんな思案をするときの清家はかなり深刻な顔をした。どういう家庭なのかは知らないが、ちょっと常識にかからぬほどの箱入り息子なのだろうと僕は思った。

僕らは汗くさい体をごつごつとぶつけ合いながら、ひとつの蒲団《ふとん》に入った。それからもまだしばらくの間、煙草を喫い、煎餅をかじった。

「ところで、さっきのアルバイトの話なんだけど、撮影所に知り合いがいるって、何をしてるの」

「ああ――」と、清家は少し言いためらった。

「複雑な関係の知り合いなんだけど、いずれ会うんだから話しておいた方がいいな」

「へえ。プライベートな関係かよ」

「いや、そうじゃない。プライベートといえば、まあそうにはちがいないんだが、色気のある話じゃない。七十過ぎのじいさんだ」

「複雑だというのはね、つまり僕とそのじいさんとは、千年ぐらい前からの付き合いなんだ」

「何だよ、それ」

「千年？……」

灯を消した六畳間は、月あかりで真青だった。

「そう。千年ごしの付き合いなんだ。だからたいていの無理は聞いてくれる」

清家はいったいに、冗談ほど真顔でしゃべり、真剣な話ほど冗談半分に言う悪い癖があった。彼の並々ならぬ自尊心のあらわれなのだが、まだそんな性格を知らなかった僕は、「千年ごしの付き合い」という言葉をまともに考えこんで、薄気味悪くなった。

「ちゃんと話してくれないかな。そのアルバイトの件は、まじめに考えているんだ」

寝つかれぬまま、僕らは蒲団の中で体をぶつけ合っていた。おたがいのことはまだ何ひとつ知らなかった。僕が清家に対して未知の不安と憧れとを抱いているように、彼もまた不器用に僕の正体を探っているふうだった。

学生服を脱いだ清家の体からは、ふしぎな香の匂いがした。

「君、受験のとき日本史はとった？」

「ああ、とったけど。だが専攻するつもりはないよ」

「だったら話はわかりやすいと思う。僕の家は京都で千年も続く古い家なんだ。だから日本史の感覚で言うような昔の話が、ごく当り前のことのように家の中で生きている。僕自身も生まれついたときからそんな具合だから、当然のこととしてしゃべるだろう。おかげで友達ができない。医学部の連中は合理的な物の考えしかしないから」

なるほど清家の持つふしぎな、物語めいた印象は、彼の並はずれた明晰さに拠《よ》るばかりではない。貴顕というその出自が、彼を異種として浮き上がらせているのだろう、と僕は思った。

清家は煙草をつけ回しながら続けた。

「南禅寺の家に越してきたのは曾祖父の代のことで——ああ、そんなことすらも僕の家では昨日の出来事のように話すんだけれど、つまりそれ以前に住んでいた烏丸《からすま》の邸《やしき》なんかもちろんもうあとかたもないのに、いまだに父は南禅寺の家を仮住いの別荘のように言うんだ。祭だの寄合だのといえば、烏丸の仏光寺の近くまで出かけて行く。当然のことのようにね」

「わからないいな。何だよそれ、ひいじいさんのころと言ったら、百年も前の話だろうが」

「だから、その百年という単位が、昨日とあんまり変わらないんだ。烏丸にもまた大昔から続いている町家がたくさんあってね、殿様がやってこないことには暦が進まない。何でも、明治の遷都のときには、公家たちの大移動があって、おかみのお伴をして東京に下向《げこう》した連中のほかにも、京都の町なかで住居が移ったり、領地が整理されたりしたんだそうだ。うちもそのときに烏丸から南禅寺に引越した」

清家は噛んで含めるように話すのだが、たとえば「おかみのお伴をして下向する」などという言い方は、それにしても奇妙である。たぶん彼自身、そうした言い回しを奇妙なものだとは気付いていない。

歴史や国文学を専修している学生ならまだしも面白がるかもしれないが、全国から集まった医学部の秀才たちにしてみれば気味が悪いばかりだろう。ましてや高校中退のまま大学検定をとって入学した怪物である。

「続けても、いいか」

と、清家は月あかりの中で僕の表情を窺いながら言った。

「いいよ。面白いじゃないか」

いかにも僕との間合いを一歩つめた、というふうに、清家は微笑した。

「烏丸の邸の中に、小さな神社があったんだ。言い伝えによると、後鳥羽上皇の院宣を受けて、うちの先祖が奈良の春日大社から勧請《かんじょう》したとかいう――」

「後鳥羽上皇!」

受験から二ヶ月しか経っていない僕の頭の中に、後鳥羽上皇、承久の変、新古今和歌集、といった単語がたちまち思い起こされた。千年は少しオーバーにしろ、七百五十年は昔の話である。

「ずいぶん時間が飛ぶなあ」

「すまんすまん。うちでは昨日と明治維新も大してちがわないが、実は鎌倉時代もそれほど変わらないんだ」

「……で、その神社がどうしたの」

「家は引越したんだが、神社は院宣を賜ったものだから、ご遷座というわけにはいかなかったらしい。もともと敷地内にあったもので、祭主は代々わが家の当主が務めている。だから今でも後鳥羽上皇が隠岐《おき》で崩御された日とか、先祖の命日とか、そのほか折々の縁日には、うちのおやじが神主のなりをして祝詞《のりと》を上げに行くんだ」

「というと、君のおやじさんは神主？」

ううん、と清家は答えに苦慮した。だいたいこのあたりまでで、ほとんどの友人は挫折するのだろうと僕は思った。

「そうじゃない。ふつうのサラリーマンで、天満橋の会社に通っている。京阪の通勤電車に乗ってね」

「へえ……何だか実体が見えないけど、まあいいや。続けてよ」

清家はいっそう嬉しそうに微笑んだ。

「ふつうのサラリーマンだから、そうそうふだんから神社にかまってはいられない。町なかのちっぽけな社なんだけど、かと言って、神社にはちがいないし、お賽銭《さいせん》も入る。掃除とか修繕とかもしなけりゃならない」

「そりゃあまあ、そうだな」

「つまりね、氏子の中にずっとその仕事を代行してくれている、いわば管理人がいるわけだ。辻《つじ》さんという家で、そのあたりの古い町衆なんだけど――」

「わかった。その辻さんの当代が七十すぎのじいさんで、太秦の撮影所に勤めている、と」

「そう。その通り」

話がそこまでたどり着いたのは、おそらく稀《まれ》なのだろう。清家は一仕事をおえたようにほっと息をついた。

「面白いじいさんだよ。戦前からずっと裏方さんで、映画のことなら何でも知っている。酒飲みだから出世できなかったんだけど」

「七十すぎって、定年にならないのか」

「もちろんいちどは辞めて、嘱託《しょくたく》社員でまた雇われた。本人はもうこれでおしまいって言ってたんだが、なにしろ撮影所の生き字引だからね。それで今でも真昼間から酔っ払いながら、倉庫番をしている。もっとも、倉庫番といったって馬鹿にはならないんだよ。撮影所というところは、ものすごく大雑把な仕事をするから、昔のフィルムとか、いろいろな機材とか、倉庫にごちゃごちゃと収納してあるんだ。五十何年も勤めた辻さんだけが、何がどこにあるんだかちゃんと知っている。文字通りの生き字引ってわけさ」

僕がたちまち、辻という飲んだくれの老人に興味を持ったのは言うまでもない。機材やフィルムの堆《うずたか》く積み上がった倉庫の中で、ひっそりとウィスキーを舐《な》める老人の姿を想像して、僕はうっとりとした。

「本当に、アルバイトできるのか」

「ああ、約束するよ。辻さんに言えば、いつでもオーケーなんだ。うまくするとエキストラのバイトにもありつけるし、表の仕事が空いていないときは倉庫番をしていればいい」

「その、倉庫番がいいな」

「言うと思った」

と、清家は畳の上に散らかった古い映画のパンフレットをかき集めて、月の光に透かし見た。

「倉庫番は暇だからな。雨が降ってロケが中止になった日なんかは、何もやることがない。そういうときは好き勝手に古いフィルムを探して、映画を観るんだ。なにしろ明治時代のやつから、戦時中のニュースフィルムから、上映禁止になったピンク映画まで、ありとあらゆるフィルムが保管してある。パラダイスだよ」

咽の渇く思いがした。清家はおそらく辻老人を訪ねて撮影所に遊びに行ったり、アルバイトをしているうちに、映画の虜《とりこ》になったのだろう。

「文学部は暇でいいよなあ」

うらやましそうに、清家は呟いた。たしかに文学部のカリキュラムは、それまでの受験生活に較べれば拍子抜けがするほど暇だった。それこそアルバイトでもしなければ、毎日をどう過ごして良いかわからないほどの暇だ。

「頼む。早いとこ紹介してくれ」

「いいよ。そのかわりと言っちゃ何だが、ひとつ僕の頼みを聞いてくれるか」

「何だよ。できることならこのさい何でもするけど」

「あした――いや、もう今日だな。僕の家に一緒に来てくれないか。君の下宿に泊まったという証明を、だね、おふくろに」

僕は二つ返事で承諾した。清家の家は何となく気味の悪い感じがするが、それなりに興味はある。そして、これは僕の得意わざなのだが、子供のころからよその親を籠絡《ろうらく》する手管には自信があった。自分で言うのも何だが、学校の成績が良くて、愛嬌があって、躾《しつけ》どおりの挨拶はきちんとできたから、どこの親にも妙に受けが良かったのだ。

「映画館で知り合った、じゃまずいんだろう?」

「まずい、それはまずい。図書館で親しくなったということにしてくれ。ええと、これでどうだ——本部の図書館に、わが家の有職故実《ゆうそく》についての文献を調べに行ったら、文学部の新入生で妙に詳しいやつがいた、と。そこですっかり気が合って、下宿に上がりこんで、だな」

「大丈夫かな。嘘は顔に出るたちだけど」

「平気さ。うちのおふくろは鈍感なんだ。それより、君みたいな友達ができたっていうだけで喜ぶに決まっている。ただし——アルバイトの話は、タブーだよ」

そのとき、廊下の先で臼を碾くような音がした。みしみしと足音を忍ばせて人の気配が近付く。話にのめりこんで、すっかり時刻を喪っていた。

「あの、いま何時だと思ってるんですか」

引戸ごしに、結城早苗の低い声がした。

「あ、すみません。寝ます」

「夜中の三時よ。寝るのは当り前でしょう。それからね、煙草が臭くてしょうがないの。窓あけて喫ってくれます？　悪いけど」

言うだけのことを言って、結城早苗は部屋に戻って行った。

「……文学部の三回生だって。いちいち先輩ぶるんだ」

「いい声してたな。かわいいか？」

と清家はまったく顔に似合わぬことを言った。

「ふつう、かな。いや、一見してかわいいといえばかわいい。ただね、グリグリの牛乳壜の底みたいなメガネをかけてる。哲学専修だそうだ」

「へえ、純哲か。あそこは変人が多いんだ」

純哲という呼称は、思想文化学系の専修のひとつで、言わずと知れた京都大学の金看板である。西田幾多郎、三木清といった偉大な哲学者の名をしたってか、わずか十名の定員に対して数十倍の志願者があるということだった。長い歴史の中で誰が名付けたのかは知らないが、「純哲」という呼び方には、いかにも権威に対する全学生の敬意がこめられている。

僕らはそれをしおに寝ることにした。

廊下の先からしばらくの間、嫌味っぽい結城早苗の咳払いが聴こえていた。

「明日の朝、あやまりに行っとくかな」

「いいよ。あらたまって拝むほどかわいくはない。そのうち会うこともあるさ」

「純哲の女なんて、なんだかかっこいいよな」

「おやすみ」

「はい、おやすみ」

清家忠昭は案外とすぐに、安らかな寝息を立て始めた。

ふしぎな香の匂いが鼻について、僕はしばらく寝つけなかった。柔らかな京都弁のはしばしに残る知的な物言いが、耳に残っていた。

この友人を育んだ南禅寺の家とは、どんなところなのだろう。

ようやくやって来た水先案内人《パイロット》の曳《ひ》き綱に導かれて、僕は千年の都の闇の中に、少しずつ入って行った。

4

翌朝、僕は清家忠昭の一夜のアリバイを証明するために、南禅寺の彼の家へと向かった。

京都に来てからもう半月が経つというのに、まったく土地鑑の摑めぬ僕は、下宿から彼の家に至る距離の思いがけぬ近さに、何だか欺されたような気がしたものだった。

どこに行くにしても距離の目安がつかないから、自然と時間の感覚も曖昧《あいまい》になる。地図を持ち歩くのはいかにもおのぼりさんのようでいやだったし、思いあぐねて人に道を訊けば、背中のむず痒くなるような京都弁でていねいに教えてくれるのだが、そのていねいさが余計に僕を混乱させた。

碁盤の目のように整然と区画された道路は、むしろ町並の特徴を捉えにくくさせており、さらに致命的なことには、僕ら東京人には東西南北の方向感覚がはなから欠けていた。まるで笑い話だが、東へ行くためには東山を目指して歩いて行けば良いのだという当り前のことに気付いたのは、ずっと後になってからだった。

東京人特有のこの方向感覚の欠如を、他県の人はきっと理解できないだろう。東京は丘と谷とでできた土地で、朝日や夕日を見づらい。さらに、道路が狭く、ビルが空を蓋《おお》っている。だから、たとえば「東中野」という場所を「中野の東」と認識してはおらず、「東中野」という固有の地名と考えている。東京に生まれ育った人間が地方に出てしばしば迷い子になるのは、ほとんどこのためである。

京都での僕は、下宿を一歩出ればたちまち距離も方向も時間も喪う、孤独な船になった。

その朝――僕と清家忠昭は下宿の朝食を仲良く分け合い、丸太町通の喫茶店でモーニング・サービス付きのコーヒーを飲んだ。

東京の時間割からすると、ずいぶん早い時刻だったと思う。喫茶店で清家がさかんに時計を気にしていたのは、やかましい父親の出社時間を見計らっていたにちがいない。

通りには車の往来が激しいのに、朝の空気が東京とは較べものにならぬほどみずみずしいのは、この都市の何割かを確実に被う木々の緑のせいだろうか。

「君にとって、最大のカルチャー・ショックはなに?」

と、清家はコーヒーを飲みながらとりとめもない質問をした。

そんなものはいちいち挙げていたのではきりがなかった。とっさに思いついたことを僕は口にした。

「時差だね」

「時差?」

「うん。京都は朝も早いけど夜も早い。日の出と日の入りのことじゃないよ。生活の時間割が、東京とは一時間もちがう」

実際、京都という町は日の出とともに起き出し、夜はさっさと眠りにつくという印象があった。夜型の受験生活を送っていた僕にとって、それはまことに都合の悪いことだった。

彼にしてみれば意外な答えだったろうが、聡明な清家は僕のとまどいをきちんと分析した。

「それはね、東京の時間割の方がまちがっているんだ」

「どうしてさ」

「動物学的に言うなら、人間はそもそも昼行性の生き物だから、太陽と一緒に行動するべきだろう。夜遅くまでテレビを見ていたり、夜中に起き出して勉強をしたりするのは生理に反する」

「いや、そうじゃない。人間の作った文化が、そういう方向に進化しているんだよ。人間の生理もそれに従って進化する」

ほう、と僕の反論を清家はいちど受け止めた。一夜をともに過ごしたことで、僕らは議論を戦わすほどに親しくなっていた。

清家はじっと僕を見つめて言った。

「夜ふかしがはたして進化と言えるかどうか」

「よし、じゃあ変化と言いかえよう。それでも同じことさ」

「いや、ちがう。人類の生活形態の変化に従って、生理も変化するということはだな、つまり変化の要因がわれわれに内在しているということになるだろう。だとすると君の考えはいわゆる定向進化説なのであって、この学説は今日、進化論上の根拠は薄弱だ」

清家の論理は明晰で簡潔で、強い説得力があった。僕がとうていかなわぬと感じたのは、議論の分野が彼の専門に属するからではない。もともと頭の構造がちがう、と思ったのだ。

僕は抗《あらが》うつもりで、少し学を衒《てら》った。

「要するに、定向進化説は進化論の常識とされる自然淘汰説と対立する、というわけだね」

意を得たり、というふうに清家は肯《うなず》いた。

「そう。生物の進化の要因が生物自身の内部に存在するか、外部の環境の変化によるのか、そんなことはどう考えたって自明だろう。たとえば――」

細い人差指の先を向けられて、僕はどきりとした。

「君はこれからの君自身の変化を、よく自己観察すればいい。君はいま、京都の習俗を拒否しているだろう。それは、君の内部にあらかじめ変化の要因が内在していない証拠だ。だが、君は変化する。京都の町が、君を自然淘汰するんだ」

僕はふと、前日の映画館のロビーで、清家の言った言葉を思い出した。

「なるほど。すると、東大に行ったはいいが方言にコンプレックスを感じて中退してしまったという君の先輩、あれは東京の自然環境に対応しきれずに淘汰されちまったということだね」

言いおわらぬうちに、清家はウェイトレスを振り向かせるほどの大声で笑った。

「ブラボー。三谷、どうやら君とはいい友達になれそうだ」

時刻を確かめて、清家は立ち上がった。

丸太町通をぶらぶらと歩きながら、僕は刃物のような清家の言葉を反芻《はんすう》した。

京都の町が、君を自然淘汰する——つまり清家は、環境の変化にとまどう僕を、そう言って励ましてくれたのだと思った。

しかし、彼の友情に対して感謝をするより先に、僕は怖ろしいことに気付いた。

もしかしたら、僕らは自然淘汰されないために学問をしているのではあるまいか。

そう、受験科目に生物を選択した僕の知識に誤りがなければ——自然淘汰説とは、劣悪なるものは滅び優良なるもののみが生き残る。それは今日、進化論上の常識なのだ。

さて、ふしぎな友人のことを語ろうとするあまり、話がまどろっこしくなってしまった。美しい古都の風景に少し瞼《まぶた》を開こう。

京都という町の右も左もわからぬ僕にとって、想像していた南禅寺は遥かな場所であったのだが、実は吉田山の僕の下宿とはほんの目と鼻の先だった。

なにしろ黒谷の坂を下って丸太町通に出たとたん、時間調整のためにコーヒーを飲んだくらいなのだ。

喫茶店を出て東天王町の交差点を渡れば、そこはもう東山裾の鹿ヶ谷《ししたに》で、鬱蒼と繁る木蔭の道はじきに南禅寺の寺域に入った。

京都の大寺院の寺域というものの実体を、言葉で説明するのは難しい。具体的には本堂と伽藍《がらん》と、それを囲繞《いにょう》する小寺院があるのだが、今や観光客用の土産物屋や料理屋やふつうの民家がそれら小寺院の間を埋めてしまっている。古樹のたたずまいからして、かつては明らかに寺の一部であったろうと思われる所にまで、世俗が混沌と入り組んでいる。

車も通れぬほどの石畳の小路の奥に、清家の家はあった。向かいも隣も、塔頭《たっちゅう》と呼ばれる小体《こてい》な末寺である。そしてやはりどう見ても禅寺としか思えぬ古めかしい門に、表札がかかっていた。

「あれ、君の家はお寺じゃないよね」

僕は一瞬、門の前でたじろいだ。

「ちがうちがう。だがご覧の通り、もとは寺だったんだ。つまり、明治時代のどさくさで整理された塔頭のあとに引越してきた。事情があって、今もそのまま住んでいる」

事情を聞く気にはとてもなれなかったが、おそらくは所有権の問題があるのか、それとも文化財か何かに指定されているのか、どちらかであったのだろうと思う。

門の脇戸を潜ると、白沙の上に敷石を置いた小径が玄関まで続いていた。左右は形良く刈りこまれた躑躅《つつじ》が垣根になっており、緋と白との花がちらほらと咲きかけていた。拝観料でも取られそうな唐破風《からはふ》の玄関に立って、清家は小学生のように、「ただいま」と言った。

上がりかまちの板敷に生活感のある花柄のカーペットが敷いてあって、僕は少しほっとした。

バスケット・シューズの紐を解いていると、廊下の先からものすごく場違いなフォーク・ソングの鼻歌が聴こえてきた。

「なんやタア坊、朝帰りかいな。おかあちゃん心配してあっちこっち電話したはるで」

振り返ると、まるでヒッピーの身なりをした男がギターケースを持って立っていた。髪も髭も伸び放題だが、ちょっとジョージ・ハリスンのような端整な面ざしは清家に似ている。

「これ、兄貴。同志社の七回生」

と、清家は面倒くさそうに言った。

「おじゃまします」

「ようお越し。なんやまじめそうなやっちゃな、京大生か」

「はい。文学部の一回生――」

三谷薫君や、と清家は兄から引き離す感じで僕を紹介した。

「カオルちゃん！　そうか、顔と名前がぴったしや。しょうもない弟やけど、よろしうな」

僕の肩を親しげに叩いて、兄は鼻歌を唄いながら出て行った。

「ふん。しょうもないのはどっちや」

思わず京ことばを口に出して、清家は躑躅の小径を去って行く兄の背中を睨みつけた。

「ずいぶんタイプがちがうんだね」

「ああ。あの調子だから、おやじもおふくろも、もう何も言わない。気楽なもんさ」

玄関の先には枯山水の庭に面した廊下が長く続いていた。

「そうだ――おふくろと会う前に、承知しておいてもらわなければならないことがある」

と、清家は立ち止まって言った。

「彼女のことなんだけど」

指し示した庭の隅に、髪をスカーフで被った女が蹲《うずくま》っていた。百日紅《さるすべり》の根方に肘をつくようにして、じっと動かない。

「何をしてるんだ？」

「苔の手入れ。出戻りの叔母なんだが、一日中ああやって家や庭をかたづけてくれている。つまり、使用人じゃないってことを承知しておいて欲しいんだ」

何も改まって言うほどのことではあるまいが、先ほどの場違いな感じの兄のことなどを考えれば、やはり心に留めておくべきなのかもしれない。ともかく清家自身にしても彼の家にしても、世の中の常識にかからないのだから、何につけても前もって聞いておくに越したことはないのだ。

「ただいま、おばちゃん」

庭に向かってあやうい感じに傾いた廊下を歩き出しながら、清家は叔母に声をかけた。

「おかえりやす」と、膝立って振り向いた女の顔に、僕は一瞬ひやりとした。生き物ではない人形か何かが、からくりのように動いて口を利いたような気がしたのだ。

僕が挨拶をする間もなく、女はまた苔の上に蹲ってしまった。

傾いた廊下はかつて本堂であったらしい建物をぐるりとめぐって坪庭を横切り、生活の場であるらしい庫裏《くり》に続いていた。

中学の修学旅行は盲腸の手術で参加できず、京都に住むことになってからも物見遊山の余裕などなかった僕にとって、そこは生まれて初めて足を踏み入れた寺院建築だった。だから僕には、それが小さいながらも方丈と庫裏と書院とを備え、遠州流の庭園と瀟洒《しょうしゃ》な坪庭を持つ由緒正しい建物であるなどとは、考えることもできなかった。ただ、きのう初めて出会った友人にいざなわれるまま、時間も位置も定かではないある奇妙な場所に迷いこんだような気分だった。

渡り廊下を過ぎ、杉板の引戸を開けた先の庫裏は、内部だけが当り前の民家の体裁に改造されていた。

コンクリートを打った土間にはステンレスの流し台があり、簀《すのこ》を渡した茶の間には、テレビも電話も置いてあった。

「ただいま」と、清家は藍の暖簾《のれん》を押して奥に声をかけた。じきに廊下の先から小走りの足音が聴こえた。

「電話もせんと、どこでどないしてはったん。ほんまに――」

「そないにきつう言わいでもええやんか。友達の下宿に泊めてもろたんや」

「お友達て――」

と、母は清家の肩の向こうから伸び上がるようにして僕を見た。僕は土間の簀の上に立ったままお辞儀をした。

「文学部の一回生の三谷君や。東大の入試がのうなって京大に来たんやけど、京都は初めてやし、いろいろ教えとったら夜中になってしもた」

「はあ、さよか。おこしやす――」

母はふしぎそうに僕を見つめた。

「せやけどタアちゃん、電話ぐらいせんとあかしまへんえ。ゆうべもおとうちゃん、ゲバルトしとるんちゃうか、フーテンしとるんちゃうかて、心配し通しどしたえ」

「しょうもないこと言うなて。友達の前やんか、かっこ悪い」

「あ、そやな――三谷さんて、まあ、可愛《かい》らしいお友達やな。どうぞおあがりやす」

無断外泊したことについての言い訳は、それ以上ひとことも口にする必要がなかった。なぜなら清家の母はまるで嫁でも来たかのように、僕を歓待したのだった。

茶を淹《い》れ、菓子や果物を山のように出し、昼食の仕度に立つまでずっと僕らのかたわらに座って、ほとんど意味不明な早口の京都弁を上機嫌でまくし立てていた。

たじろぎながら僕は、清家忠昭についてまたひとつのことを知った。彼は、家に招くほど親しい友人を持たないのだ。そう言えば玄関で出会った兄も、庭先の叔母も、僕の姿を見たとたん一瞬ふしぎそうな顔をした。

「なあ、おかあちゃん。三谷君、バイトしたい言うんや。ほいでに、撮影所の辻さん紹介したげよ思うんやけど、どうやろ」

母の饒舌《じょうぜつ》を遮って、清家はこともなげにそんなことを言った。

「そらよろしいわ。このあいだお宮さんでお会いしたとき、タアちゃん手ェあいてへんか言うたはったし。温《ぬ》くなって撮影所も忙しうならはったんやろ。行かはったらよろし——三谷さんも、映画お好きどすか」

会話が思いがけない方向に展開して、僕は答えにとまどった。清家は軽く片目をつむった。

「いえ、そういうわけじゃないんですけど、何かいいバイトはないかと思って」

「ほな、なお結構やわ。映画のお好きな人には、あんまりおすすめできひんしな」

と、母親は清家をやさしく睨んだ。

「心配せんかて、僕はもうできひんし。なんぼ好きかて、これからは時間割と相談しながら新京極の映画館のぞくのがせいぜいや」

清家は少しふてくされたように学生服の襟をはずし、溜息まじりに母を睨み返した。

「今さらそないにぼやいたかて、しゃあないやんか。タアちゃん自分で選んだ道やないの」

「僕は選んでへんよ。大検かて医学部かて、おとうちゃんがそうせえて、勝手に決めたことやないか。僕としては同じ京大に行くにしてもやね、三谷君らと一緒の文学部に行きたかったんや。ほしたら今ごろは、僕かて撮影所でバイト続けとるわ。ああ、あほくさ」

母は言い争いを避けるようにして、ようやく立ち上がった。息子の放り脱いだ学生服を鴨居《かもい》にかけ、ていねいに糸くずをつまむさまに、僕は見とれた。おそらく僕の母と同じほどの齢まわりなのだろうが、東京のマンション暮らしではとっくに喪われてしまった細やかな母性と艶やかさを、彼女は居ずまいの全身からしっとりと匂わせていた。とりわけ、着物のシルエットというものがそれほど女の体の線を瞭《あき》らかにするものだとは知らなかった。

「三谷君の下宿で朝ごはんよばれたんや。お昼に何かおいしいもの作ったって」

「あらまあ。ほな、おうどんでもこさえまひょな」

「ほしたら、午後は三谷君と撮影所行ってくるし。辻さん、おるやろか」

「よろしう言うといてや。おとうちゃん忙しうてここんとこお宮さんにもごぶさたしたはるし。そや、ゆうべおかぼ炊いたん、持っていったげて。辻さん大好物やし」

母の甲高い声が廊下に消えてしまうと、清家はふいに言葉を改めた。何だか別の人間が現れたような気がして、僕はぎょっとした。

「うちのおふくろ、美人だろう。あれでもう四十五だぜ」

「へえ。僕のおふくろより上なのか。信じられないな」

僕は勝手に照れて、うららかな春の陽が溢れる窓の外を見た。竹格子を組んだ円《まる》い窓の中に、晩《おそ》い桜が満開の花を散らしていた。根元にみっしりと敷かれた青苔と、背にした竹藪の緑が絵のようだ。

そのときふいに、円窓のすぐ前を女の顔が通り過ぎた。スカーフで髪を被い、白いセーターを着た横顔が母親とうりふたつで、僕は一瞬、ありもせぬスクリーンを見てしまったように惑乱した。

「ほら、だから前もって承知しておいてくれって言ったじゃないか。おばちゃんとおふくろ、双子なんだ」

僕のとまどいを見て、清家はおかしそうに笑った。

「そうかあ――ああ、びっくりした。何だか君らに化かされてるみたいだ」

「まあ、まちがえることはないけどね。おふくろはあの通りおしゃべりで、いつも着物を着ている。叔母はめったに口も利かない人だ」

何だか化かされているというのは、僕の実感だった。京都にやって来てからずっと、何物かに化かされ続けているような気がしていた僕にとって、清家の邸とその家族はいっそう現《うつつ》ならぬものに感じられていた。

もしかしたら――僕はそのとき、円く切りとられた春の庭を眺めながら、ぼんやりと考えたものだ。

もしかしたら僕は、まだあの四条河原町の古い映画館の桟敷に座って、うっとりと映画を観ているのではないか、と。

5

さて、僕はその日、南禅寺の清家の邸で昼食をごちそうになり、胸をときめかせて太秦の撮影所を訪ねたのだが――ちょっと話の寄り道をすることを許していただきたい。物語の中途で蘊蓄《うんちく》を傾けるのは本意ではないが、僕の愛する映画の世界と、京都という古い町との関わりを語っておかなければ、どうとも話の据わりが悪い気がするからだ。

そもそもわが国の映画の歴史は、京都において始まり、京都において進化発達したと言っても過言ではない。少なくとも百年の間、京都は映画のメッカであり、ことに洛西の太秦周辺は、日本のハリウッドとでも言うべき映画の一大生産地であった。

前にも話した通り、僕が京都大学に進学した必然的な事情の裏には、映画の都に対するひそかな憧れが隠されていた。

学園闘争で東大の入試が中止と決まったとき、内心はしめたと思った。

道楽者だった祖父母の影響で極め付きの映画マニアに育ってしまった僕は、ゆくゆくできることならば映画関係の仕事につきたいと考えていた。しかし、私大出の、いわゆるノン・キャリアの役人として苦労をしている父は、僕にあからさまな仇討ちの期待をかけており、僕は僕で父の酔いに任せた愚痴を耳にたこのできるほど聞かされて育ったから、自らの将来の夢をおくびにも出すことはなかった。

典型的な山の手の官僚家庭に育った僕は、まったく自己主張のない、おっとりとした性格で、学生運動にも流行の風俗にもまるで興味がなかった。

中学から高校までが一貫教育であった進学校の友人たちはみな、誰もがおしきせの未来を信じており、たまさか趣味と合致した人生を歩もうなどと考える者は、その志のためにドロップ・アウトするほかはなかった。つまり、映画はそんな僕にとって、まこと現実には有りえぬ夢の世界でしかなかった。

東大の入試中止という歴史的アクシデントによって、僕は合理的に映画と接近するチャンスを与えられたことになる。

「映画少年」という言葉は今や死語であろう。だが、テレビの普及する以前の邦画全盛期に育った僕らは、およそ何人かに一人がまちがいなく「映画少年」だった。

なにしろ町なかにはやたらと映画館があり、東宝、東映、日活、松竹、大映という邦画五社がこぞって週替わり二本立ての映画を上映していたのだ。

もっとも、僕が京都に行ったそのころには、そうした隆盛の時代もうたかたのごとく去り、映画館は続々と閉業していたのだが。

東映は伝統の時代劇からヤクザ路線へと転換し、東宝は時代におもねったグループ・サウンズの歌謡映画を作っており、日活は青春アクション映画を見限って、ロマンポルノの時代に突入しようとしていた。大映は最後の力をふりしぼった大魔神の像とともに消え去ろうとしており、とりわけ金看板の市川雷蔵がその年の夏に三十七歳の若さで死んだことは、邦画の凋落を象徴する出来事だった。

それが百年の計であったと言ってしまえば身も蓋もないが、テレビのブラウン管の中に巻きこまれてしまう寸前の映画の断末魔の姿を、僕はつぶさに見ていたのだった。しかし、最後の映画少年はその事実を信じようとはしなかった。僕が憧れの映画の都に感じた抵抗と哀愁のみなもとは、たぶんそれだろうとは思うのだが。

ところで、映画という文化のエポック・メイキングが、どういうわけでこの伝統と保守の古都で開闢《かいびゃく》されたのだろう。

答えはしごく簡単なのだ。わが国に初めて映画なるものを持ちこんだ稲畑勝太郎《いなはたかつたろう》なる明治の実業家が、生粋の京都人だったのである。

彼は文久二年の生まれというから、後進たちが世に送り出すことになる鞍馬天狗や新選組の時代に、奇《く》しくも同じ京都に生を享《う》けた。何でも小学生のころに明治天皇の御前で「読本誦読の光栄」に浴したというのだから、ずば抜けた秀才だったのだろう。後に師範学校に進み、選ばれてフランスのリヨンに留学する。

リヨンといえば古来から繊維産業の中心地で、つまり稲畑勝太郎の使命は京都の伝統産業たる染色の先進技術を習得することだったらしい。

彼の学んだアルチニエール工業学校の同窓に、オーギュスト・リュミエールというフランス青年がいた。動く写真「シネマトグラフ」を完成させたリュミエール兄弟の一人である。

十六歳で渡仏した稲畑勝太郎は多くの技術を習得したのちリヨン大学にも学んで、明治十八年、八年間の留学をおえて帰国する。たちまち京都府御用掛の職に迎えられ、近代織維業界のパイオニアとして大事業家への道をも歩み始める。

稲畑が国産モスリン製造の任務を帯びて再び渡仏するのは明治二十九年、年譜によれば「モスリン製造のための工場設計、機械購入、技師招聘の用務」とあるから、彼は三十代半ばにしてすでに、殖産興業政策の一翼を担うほどの人物だったにちがいない。

こうした「輸入商品の国産化」というプロジェクトは、あらゆる産業界において日本を近代国家とするための重大な方法だった。しかし、これらはことごとく輸出業者の抵抗や欧米国家の圧力に遭う困難な使命である。そこで稲畑は、かつて共に学んだアルチニエール工業学校の級友を訪ねて、協力を仰ぐことになる。

時を経て成功者となっていた友人たちの力によって、稲畑は無事にこの大任を果たすことができた。

ところが——国産モスリン製造というこの一大プロジェクトの凱旋には、ふしぎなおまけがついてきたのだ。

明治三十年一月、四十日間の長い船旅をおえて神戸港に到着したフランス郵船ナタル号の船内には、モスリン製造に関わる技術者や、工場の設計図や各種の機械とともに、「動く写真・シネマトグラフ」と、ひとりのフランス人映写技師が乗っていたのだった。

こうして映画は京都にやってきた。

さて、もう少しだけ映画伝来のエピソードに付き合ってもらいたい。

映画という大発明を完成させた人間はいったい誰かというと、今日その解答は二つある。アメリカ人はトーマス・エジソンであると言い、フランス人は件《くだん》のリュミエール兄弟にほかならぬと答えるだろう。

この経緯にはそれぞれお手盛りの諸説があるのだが、最も客観的に解説をすればこういうことになろうと思う。

一八九二年にエジソンが発明した「キネトスコープ」は、環状フィルムが入った箱を観客が覗きこむという、いわば「覗きからくり」だった。デパートの屋上にあるような幼児用の装置の原型、と言えばわかりやすいだろう。しかし、キネトスコープには既に今日の劇場用三十五ミリフィルムの基準が確立されているから、機械的には天才トーマス・エジソンが映画の発明者と言えるだろう。

たちまちアメリカには、キネトスコープ・パーラーなる施設が出現し、大評判となる。だが、いかんせん一台につき一人の観客しか観ることのできないこの装置には、興行的な限界があった。ちなみに、日本でも発明からわずか四年後の明治二十九年十一月、神戸の神港倶楽部においてキネトスコープの初公開が行われているが、その後この機械が興行されたという記録はわずかしかない。

たとえ商業目的にはかなわぬにせよ、トーマス・エジソンは映画の機械的原理——残像現象の発見、環状フィルムの発明、シャッターの回転とフィルムの間欠運動——等を実現して見せたのだった。

白熱灯や蓄音機を発明した天才エジソンが、なぜキネトスコープを一気に大衆的な装置にまで発展させなかったのか、という疑問が残る。おそらく彼は、映画の娯楽的な可能性を予見できなかったのではあるまいか。たしかに動く映像を「記録」以外の使命を持たぬ発明品と考えれば、キネトスコープは機械としての完成はしている。

しかし、キネトスコープの登場から二年後の一八九四年、リヨンで写真乾板の製造を手がけていたリュミエール兄弟は、動く映像を暗い箱の中から晒《さら》け出す研究に着手した。

この発想のちがいは、科学者としての能力とはもっぱら関係あるまい。アメリカとフランスの社会環境のちがい、と言った方が的を射ているであろう。大量移民時代のアメリカにはいまだ娯楽という概念は薄く、フランスにはそれが大衆のニーズとして存在した、ということではなかろうか。

ともあれ一年の研鑽《けんさん》ののち、ルイとオーギュストの兄弟は、キャメラとプリンターと映写機とが一体となった公然たる映写装置、シネマトグラフを完成させた。

このように考えれば、映画を原理的に考案したのがエジソンで、機械的に完成させたのがリュミエール兄弟であると言って良いかと思う。

ただし、僕らがその後百年にわたって享受することになる映画という娯楽に限って考えるとき、発明家の名誉などはどうでも良い。

僕らが喝采《かっさい》を送るべき人物は、リュミエール兄弟がパリのキャピュシーヌ通りのカフェの地下室で、あの有名な『リュミエール工場の出口』や『列車の到着』のムービー・フィルムを試写してからわずか一年後、シネマトグラフを京都に運び込んだ稲畑勝太郎をおいて他にはおるまい。

そう言えば——僕は大学を受験した帰り、古い映画雑誌の切り抜きを頼りに、京都に行ったらまっさきに訪れてみたかった場所を探した。

そこは河原町通と木屋町通に挟まれた淋しい抜け道である。小さな変電所の塀に体を預けて、僕はしばらくの間ぼんやりと佇んでいた。

遠い昔、ひとりの男がリヨンから持ち帰ったシネマトグラフは、かつてそこにあった京都電灯会社の庭で、初めて映像を結んだのだった。

わざわざ電灯会社の露天の庭を使用したのは、何ひとつ設備のない異国に、まず変圧器を作り、火災や爆発の危険さえ覚悟の上で、おっかなびっくりの試写を行ったからにちがいない。

昏れなずむ古都の路地に佇んで、僕はいつまでもロマンチックな想像にひたっていた。

電灯会社の庭に、スクリーンの上を自在に動き回る人々や列車の姿が映し出されたとき、いったいどれほどの喝采が湧き起こったことだろう。どれほどの感動が、観客の胸を躍らせたことだろう。

6

さあ、レンズを勝手な蘊蓄に満ちた僕の頭の中から、外の世界へと回そう。

桜の花もあらかた散ってしまった、縹色《はなだいろ》の空の下に生温い風の吹き過ぎる、春の午後のことだ。

僕の記憶ちがいがなければ、その当時の京都には往時の隆盛をしのばせる巨大な撮影所が、まだいくつも残っていた。

下賀茂《しもがも》の河岸には、多くの名作を世に送り出した松竹京都撮影所があり、かつて日本のハリウッドと歌にさえ唄われた太秦《うずまさ》の界隈には、現在も残る東映と京都映画の他に、大映京都撮影所や独立プロダクションのセットもいくつか点在していた。

たしか京都映画撮影所は松竹第二と呼ばれており、今は映画村として観光名所になってしまった東映撮影所は、山陰本線に沿ってとうてい造り物とは思えぬ精緻《せいち》で壮大なオープンセットの甍《いらか》を並べていた。

かつての太秦は八つの撮影所を有し、年間五百本以上の映画を生産していたという。その数字はほとんど天文学的に僕の想像を超えてしまうが、テレビにとって代わられるまでの映画とはそういうものだったのだろう。

たとえば、東京にあるテレビのキーステーションのすべてが、その洛西の一区域に集合していたような繁栄ぶりだったのではあるまいか。

その日の午後、僕と清家は市電を四条大宮で京福嵐山線に乗り換え、太秦へと向かった。京福電鉄は今に変わらぬローカル電車の趣で、ちょうど東急の世田谷線とか江ノ電のように、町中の廂間《ひあわい》を縫って走った。

小さな、お伽話《とぎばなし》のようなその車両に乗りこんだとき、僕が早くも映画の匂いを感じとったのは決して錯覚ではない。嵐山や嵯峨野《さがの》に向かう観光客に混じって、明らかに映画人と思える顔が目についたのだ。

向かいの席にはフィルムの缶を収めてあるにちがいないズックの袋を足元に置いた男が座っており、僕の隣では大部屋女優らしい女が台本を開いていた。西院《さいいん》、三条口、山ノ内、蚕ノ社《かいこやしろ》と途中の小駅を過ぎるたびに、沿線の撮影所を往還する人々は増えていった。

不確かな季節の温もりと寝不足の疲労感が、僕を心地よく映画の世界にいざなってくれた。開演を報せるブザーが鳴り、電気が消え、銀幕を被った薄いカーテンがゆっくりと開いて行くあの恍惚のときとそっくり同じ気分で、僕は憧れの映画の世界に身も心も浸していった。

彼らとともにどやどやと太秦駅のホームに降りたとき、僕の心はすでに銀幕の彼方に飛んでしまっていたと言って良い。何となく、自分がいっぱしの映画人になったような矜《ほこ》らしさすら感じていた。

撮影所までの道すがら、清家は手帳を開いてさかんに思い悩んでいた。手帳は彼の辞書と同様にページが膨れ上がるほど使いこまれており、新聞の活字ぐらいの小さな書き込みが、びっしりと入れてあった。

「まいったね。どうやら僕が君と一緒にバイトをするためには、ロックアウトを期待する他はなさそうだ」

「無理しなくてもいいよ。紹介さえしてくれれば、君に迷惑はかけない」

急に強気になった僕の表情を横目で窺って、清家はおかしそうに笑った。ともかくそのときの僕は、この夢のような話が頓挫《とんざ》してしまうことを怖れていた。仕事の内容とか給料とか、自分自身のスケジュールとか、もうそんなことはどうでも良かった。

「辻さん、て人、いるかな」

「いるよ。近ごろは忙しくって、へたをすれば泊まりこんでいるんだ」

「へえ。季節のせいかな」

「うん、それもある。梅雨に入る前にロケを終わらせようとするからね。しかしそれよりも、近ごろでは製作の本数が増えているらしい」

「え?――」

と、僕は愕きながら喜んだ。内心は映画の斜陽の姿を怖れていたのだった。

「テレビドラマを撮っているからね。ほら、番組の最後の字幕に、東映とか日活とか出てくるだろう。あれだよ」

清家は侮るようにそう言った。僕はそのシステムを知らなかった。考えてみればテレビドラマの相当分を占める時代劇は、NHKの大河ドラマを除けばすべて旧態依然たる三十五ミリフィルムを使用している。テレビ局が大がかりな江戸時代のオープンセットを持っているはずはないし、配役も銀幕から平行移動した役者ばかりだ。

仮に一日平均二本の時代劇がオン・エアされるとすると、実に年間七百本に余るフィルムが必要になるわけで、一本あたりの放映時間を差し引いても、撮影所は全盛期と同じだけの仕事で溢れ返っていることになる。

「そうか。けっこう忙しいんだ」

「まあな。だが、嘆かわしいことだとは思わないか。たしかにやっていることは同じだろうけど、テレビと映画は別物だろう。根本的に」

「経済学的に、か?」

「いや、それだけじゃない。経済学的に自立していないのは、重大なことだと思うけどね。それよりも、映画本来のダイナミズムを、たった十五インチかそこいらのブラウン管に閉じこめてしまうことに無理があると思うんだ。ずっとこんなことをしていたら、スタッフもキャストも十五インチのサイズになってしまう。そうは思わないか」

「つまり、物理的な問題だね」

「そう。技術的に言うならば、テレビドラマはNHKの大河ドラマのようにビデオ撮影をする方がずっと理に適っている。それをなぜわざわざフィルムを回すのか。僕はこの現象を、かなり猥褻《わいせつ》な相互の妥協だと思うんだ。少なくともおたがいの文化にとって、それは決していいことではない」

通りすがった喫茶店から、ふいに高下駄をはいた新選組の隊士が現れて、僕をぎょっとさせた。続いて出てきた芸者が、着物の褄《つま》を取りながら「ごちそうさまでした」と言った。

「うわ、びっくりした。タイム・マシンに乗ったかと思った」

役者の一団をやり過ごしてから、清家は少し得意げに囁《ささや》いた。

「役者はごちそうさまも有難うも、頭を下げなくていいんだ。鬘《ヅラ》が傾くから」

撮影所の門が目の前に迫っていた。

ところで、その撮影所が東映か大映か松竹か、あるいは独立プロダクションのどこであるか、具体的な名称は伏せておくとしよう。

なぜならこの物語はこれから、おそらく誰もが思いも寄らぬ方向に進んで行く。決して映画という趣味をめぐる青春グラフィティにはならないし、蘊蓄に満ちた懐旧談に落ち着くわけではない。

つまり、あからさまに書けば現在も活躍中の映画会社や関係者たちの不興を買うことになろうから、以後はすべからく仮称を用いるべきであろうと考える。

あいにく僕は、A社とかB君とかいう、物語をいたずらに抽象化する記号の表記が好きではない。

そう――これからの主たる舞台となるこの撮影所には、「中央映画京都撮影所」という具体的な名称を与えることとしよう。関係者たちは略して「中撮《ちゅうさつ》」と呼び習わしている。

地図上の座標は太秦ハリウッドの中心、「中撮商店街」を歩いた突きあたりに、それは往時と少しも変わらぬ威容をもって聳《そび》えている。

昭和初期の黄金時代にユニヴァーサル・スタジオをモデルにして築かれたその総面積は一万二千坪、例に洩れず何度かの合併と独立、繁栄と没落をくり返してはいるが、その規模と機能とはほとんど損われてはいない。

屋内ステージは大小とり混ぜて九棟、事務棟や役者部屋や倉庫群がぎっしりと建ち並び、二棟に分けられた現像室はさながら工場のようだ。

そして、それら建築群の奥には、少しのモデライズもダウンサイジングも施されていない忠実な江戸の町が拡がっている。商家の町並も宿場町も、代官屋敷も舟着場も火の見櫓《やぐら》も、スタッフがうろついてさえいなければまったく架空のものとは思えぬほどの出来映えだ。

不確かな季節の午後、僕と清家忠昭は刑務所まがいの高い塀と広い濠とで囲まれた「中撮」の正面入口を入り、衛兵のように厳格な守衛に睨まれながら、帳面に氏名を記入する。

来訪先は——資材管理部第三棟、辻正《しょうぞう》造技師。

撮影所内のスピーカーからは、あわただしい業務連絡が流れ続けていた。

資材を運搬するスタッフが、オープンセットに向かって野盗の群のように走って行く。真赤なドーランを塗りたくった浪人と与力が、広場の電光時計を気にしながら立ち話をしている。こめかみに膏薬を貼った長屋の女が、セリフをぶつぶつと呟きながら僕と清家の間をすり抜けて行った。

「午後の撮影が始まるんだ」

「見たいな」

「あわてることはないさ。バイトが決まればいやというほど付き合わされる」

街頭ロケは東京でもさほど珍しい風景ではないが、オープンセットを使った時代劇の撮影など、もちろん見たことはない。劇場用の本篇かテレビの連続物かは知らないが、大がかりな現場の雰囲気は、耳の奥に鼓動を感じるほど僕を興奮させていた。

巨大なカマボコ様のスタジオが建ち並ぶメイン・ストリートの一角を曲がる。突きあたりに、ペンキを瘡《かさ》のように何重にも塗りたくった、古いコンクリートの建物があった。

一見して学生アルバイトに見える長髪の若者たちが、小道具を軽トラックの荷台に積みこんでいた。

たてつけの悪いスチールのドアを引き開けると、薄暗いビルの中から脂っこいフィルムの匂いが流れ出た。天井にパイプの剝き出た廊下を歩き、すりへった大理石の階段を地下へと下る。

階下はまるで船倉の底のようにひんやりと冷えており、戸外の喧噪はひとつも届かなかった。半地下の天窓から、古風なアール・ヌーボーのアーチ形に光が射し入っていた。天井にはあぶくを架けたような曇りガラスの電灯がつらなっていた。

清家はひとつの扉の前で軽くノックをし、答えも聞かずに真鍮のノブを押した。

「おっちゃん、いたはるか」

　闇に向かって清家は呼んだ。フィルム缶を収納した棚のすきまから、黄色い光が溢れ出ていた。

「誰や。いまええとこやしな、急ぎでないなら後にしてんか」

しわがれた声が返ってきた。

「忠昭です。ほな、後にしまひょか」

「は——なんや、タアちゃんか。早《はよ》うおはいりやす、ええとこやで」

「友達も一緒なんやけど」

「かまへん。ピンク観てるわけやないし。奥をかたづけとったら、珍しいもん出てきよったんや」

僕と清家は、フィルム缶や機材がそれこそ足の踏み場もないぐらいに積み上げられた真暗な部屋の中に入った。

「ドア閉めて、カーテン引いときいとき」

闇の中で古い映写機のモーターが、かたかたと鳴っていた。小さな老人が革張りの長椅子に座って、じっと壁を見つめている。べっこうの丸いメガネが光を孕《はら》んで、表情は見えなかった。髭《ひげ》を立てた唇にパイプをくわえたまま、老人は僕らのことなどまったく目に入らぬように、壁面に映し出される古い映像に見入っているのだった。ときおり、痩せた手を挙げて光の帯の中に淀んだ煙を払う。

「おかけやす」

辻老人は立ったままの僕らをうっとうしそうに見上げて、椅子を勧めた。昼間から酔っ払っているのだろうか。酒臭さは葉タバコの甘い香りに隠されているが、老人の表情はうつろだった。

僕は壁面の映画に目を凝らした。ひどく大時代な、ぎくしゃくとしたチャンバラ劇が映し出されている。フィルムが古いうえにピンボケで、役者たちの表情さえ良く見えない。

「ピントが合《お》うてへんよ、おっちゃん」

光の縁まで身を乗り出して、清家が言った。

「しゃあないやんか。部屋が狭うて、映写機が引けへんのや」

「何やろ、これ」

辻老人はパイプをくわえたまま、唇の端でぽつりと呟いた。

「わからへんか、ぼん」

「何やえろう古いもんやてことはわかるけどなあ」

「尾上松之助や。それもマキノ省三と組んだ第一作の『碁盤忠信《ごばんただのぶ》』。歴史的な発見やで」

「目玉の松ちゃん！」

僕は思わず声を上げた。映画草創期の大スター、いやそれはたぶん、映像の中に登場した初めての国民的アイドルだ。

「ほう。どうやらそのあんちゃん、ぼんに負けず劣らずの映画少年のようやな」

尾上松之助と聞いたとたん、僕と清家は同時に腰を浮かせていた。その中腰の姿勢のまま、残る五、六分のフィルムを食い入るように見つめた。

それにしても、いったい何というプリミティヴな映像だろう。えんえんと続く立ち回りはまったく歌舞伎の振りである。もちろん無声で、役者たちはただパクパクと口を開いている。セットもどこかの寺の境内《けいだい》らしき場所に芝居の書き割りを立て、何と地面にはゴザが敷き詰めてあるのだった。おまけにキャメラ・ワークもカット割りもない。ときどき不自然な姿勢で役者の動きが止まり、また不自然に動き始める。それはおそらく、撮影の中途でフィルムの交換をしているのだろう。まさに「カァーット！」という感じで、立ち回りの役者が一斉に静止し、フィルムの交換を待って再び続きを始めるのである。

やがてフィルムの空回りとともに、短い映画は終わった。

「テレビ局が映画の歴史いう番組こしらえるいうさかい、古いフィルムを探しとったんや。ほしたら、奥の棚から、まあ出るわ出るわ」

老人は半地下の窓を被った黒いカーテンを開けた。

「おっちゃんでも初めて観るフィルムなんてあるんか」

「なに言うとんのや、ぼん」

と、辻老人は僕らの顔を嬉しそうに見較べながら茶を淹れた。

「この目玉の松ちゃんひとりかて、生涯一千本の写真撮ってんにゃで。おっちゃんがここの現役やったころには、阪妻《ばんつま》や嵐寛《あらかん》や千恵蔵やで、見るより撮る方が早かったほどや。何べんも火ィ出したおかげで、在庫もこんだけしかのうなってしもたけど、ほんでも奥を探せばそのたんびに新発見のフィルムが出て来よる。たまには掃除もせなあかんなあ」

僕は老人が「奥」と呼んだ隣室の扉を振り返った。戸口の近くだけでも、アルミ缶や段ボール箱が天井ちかくにまで積み上げられていた。

「民放のプロデューサーて若造が偉そうに、映画の歴史こしらえますよってあんじょう頼んまっさやと。何があんじょうや。明治の昔から一年に五百も六百も、糞ひるみたいに作り出した写真を、どないして選ぶんや。見てみい、あんちゃん」

酔いざましの熱い茶を啜《すす》りながら、辻老人は奥の戸口に立って僕を手招いた。

清家と顔を並べて隣室を覗きこんだとたん、僕は息を呑んだ。コンクリートを打ちっぱなした広い倉庫だった。まるで蚕棚のような木組の棚が迷路のように組まれ、天井までぎっしりとフィルム缶が積み上げられている。建物に入ったときに鼻をついた匂いは、この壮大なフィルムたちの呼吸にちがいなかった。

「いったい、何本あるんですか」

通路の奥へと歩み込みながら、僕は訊ねた。

「よう知らん。おっちゃんが若い時分、初めてここに入ったときも同じ有様やったし。カツドウ屋はみなドンブリ勘定やしな、よう数えもせんし数えたところで始まらんわ」

僕たちは圧倒的なフィルムの山を見上げながら、狭い通路を歩いた。

「ところで、タアちゃん。この映画少年、見学かね」

足元に屈みこんで古いフィルム缶を引き出しながら、清家は答えた。

「ちゃうねん、おっちゃん。彼、映画好きやし、東京から来た一回生やから、バイトさしてもらえへんか思て」

「ふうん。ほなちょうどええわ。所長にフィルムの整理せえ言われとんのや。おおかたテレビのプロデューサーがせっついたんやろけど、どないするにしてもバイト請求せなあかん思てたとこやし」

僕は俄然いろめき立った。土下座をして頼みこみたいぐらいの気持だった。

「あ、辻さん、お願いします。ぜひお願いします。夜中でもかまいません、給料なんかもいらないです」

僕の興奮した様子がよほどおかしかったのか、辻老人は大声で笑った。

「給料いらん言われても困るわ。仕事はまあ、お勉強にさし障りのない程度にな。ほんで、いつから来れるんや」

「いつでもいいです。何なら今日からでも」

「さよか。おっちゃんも映画のことよう知らん子ォやと退屈やし、話し相手にはちょうどええわ。なあ、ぼん。それでええやろ」

清家は古いフィルム缶の文字を覗きこんだまま答えなかった。老人は僕の耳元に酒臭い息を吐きかけながら囁いた。

「あんまりはしゃがんといておくれやっしゃ。タアちゃん、ほんまは自分がバイトしたいんや。おうちがやかましうて、できひんのやろ」

僕はきのう知り合ったばかりのこの友人に、どう感謝をすればいいのだろうと思った。そう、喩えて言うなら、まるで恋人を譲られたような気分だった。

辻老人は僕らの微妙な感情を察したように、もういちど大声で笑い、清家の腕を取って立ち上がらせた。

「ほな、ぼん。あっちで好きな映画観よやないか。映画は観て楽しむもんで、いじくり回すもんとちゃうで。それにしてもまあ――きょうびのテレビ局の連中いうたら、やくざなお人さんばかりや。たかだか二十年かそこいらの商いで大きな顔しくさって、このフィルムの山まで自分らのもんや思てはるのかいな」

僕たちはそれから日の昏れるまで、地下室の長椅子に座って映画を観た。

どういうわけか、そのときのフィルムは良く覚えている。

僕の選んだものは二十九歳で死んだ天才監督、山中貞雄の遺作『人情紙風船』、清家のリクエストは一九五一年のヴェネツィア国際映画祭のグランプリに輝いた名作『羅生門』。そして辻老人が僕らに薦めた一本は、昭和二十九年に大映が製作した『近松物語』だった。

老人の解説によれば、その年は日本映画界が史上最高の実力を持った瞬間だったそうだ。なるほど監督溝口健二、脚本依田義賢《よしたか》、撮影宮川一夫、主演長谷川一夫、という組み合わせは、映画ファンなら誰でも奇蹟を感じるほどの顔ぶれである。

長い映写をおえたとき、辻老人は呆然と名作の余韻にひたる僕たちに向かって、ひとこと言ったものだ。

「この写真は、広隆寺の弥勒《みろく》さんと同じや。国宝やで――」

それから辻老人は、清家の母の作ったかぼちゃの煮付けを、実にうまそうに平らげた。

7

京都大学文学部に入学した僕を待ち受けていたものは、まったく思いがけない閑暇だった。

大学生活が暇だということはあらかじめ予想していたが、まさかそれほどまで呑気なものだとは思ってもいなかった。悠長な日々に慣れるまでは、もしかしたら僕だけ何か選択ミスをしているのではないかと気を揉んだほどだった。

だがそのうち、まわりの学生たちがみな猫のように怠惰な時間を過ごしていることに気付いた。東京の進学校の息もつかせぬ受験カリキュラムから突然解放された僕の心は、幸福と不安とでかきみだされていた。

下宿の朝食は七時半ぴったりに運ばれてくる。食事をおえてから部屋でごろごろしていることには罪悪感を覚えるので、とりあえずは学校に行く。時計台の脇の学食には、たいてい僕と同じ心境の一回生が大勢いる。なかなか入りこめぬ関西弁の文学論に耳を傾けたり、僕と似た者の孤独な上洛組を発見して言葉をかわすとき、ふいに自由を確認してたまらなく幸福な気分になる。それでも手帳を開いて空白だらけの時間割を見れば、本当にこんなことをしていていいのだろうかと不安になる。

そうした時間的な閑暇のほかにも、ずいぶん拍子抜けしたことがあった。たとえば京都大学といえば真摯《しんし》な学問の牙城というイメージを抱いていたのだが、実は極めて自由な学風に満ちていた。教授たちもおしなべておっとりとしており、何ごとも強いず、ただ来る者は拒まずというタイプだった。

学生運動にしても、たしかに盛んではあったが、機動隊ととっくみ合う東京の大学のロックアウト騒ぎを目のあたりにしてきた僕から見れば、まことに平和的だった。ゲバ棒を持ち、ヘルメットを冠《かぶ》ってアジ演説に耳を傾ける学生たちもどことなくお行儀が良く、彼らのすぐ脇をまったく意に介さぬふつうの学生たちが通り過ぎて行くのだった。なるほどこれこそが京都大学のリベラリズムだと、僕は妙な感心をしたものだ。

そんな日々をしばらく過ごすうちに、閑暇の中の閑暇ともいうべきゴールデン・ウィークがやってきた。

当初予定していた帰郷をとりやめた理由は他でもない。僕は清家忠昭に連れられて太秦の撮影所に行って以来、仕事の通知を今か今かと待ちこがれていたのだった。もし万がいち不在の間にその連絡が来たら、まさしく痛恨事である。

「三谷さあん、お電話どすえェ！」

と、声だけは若い娘のような下宿のおばさんが呼ぶたびに、僕は胸をときめかせて階段を駆け下りた。だが、玄関の上がりかまちに置かれた電話の受話器から聴こえるのは、伜《せがれ》がゲバルトかヒッピーの仲間入りをしていないかと心配する、東京からの定期連絡だった。

しかし、帰郷をとりやめた僕の選択は正しかった。連休の初めの天皇誕生日の朝、いきなり吉報がやってきたのだ。

「起きろ、三谷。仕事だ、仕事」

はね起きると、清家が枕元にしゃがみこんでいた。

「辻さんから電話があってね。急だけど、今日あいてるかって。連休で学生が足らないんだそうだ。現場の手伝いなんだけど、行けるか?」

「現場、って?」

僕は早くも身づくろいをしながら訊ねた。

「撮影現場だよ。屋外セットのロケがこのところの雨で押しになって、連休までずれこんだんだ。急に探したって、学生なんかいるはずないよな」

「君もやるの?」

「辻さんがおふくろに頼みこんでくれた。ラッキーだったよ。おやじ、出張中なんだ」

清家はポロシャツにジーンズをはいていたが、そうしたふつうの学生のなりをすると、何だか借着のようでおかしかった。新入社員の背広姿のようなぎこちなさがあった。

出がけに、ちょっとした椿事《ちんじ》が起こった。

階段の上でバスケット・シューズをはいていると、結城早苗があわただしく部屋から出てきた。僕の背中を乗り越える感じで下駄箱から靴を出す。

「あ、おはようございます、先輩」

「どいて、じゃま」

ヒッピーまがいの頭陀袋《ずだぶくろ》のような鞄が僕の首にひっかかった。顔を合わせるたびに、やれ煙草が臭いだのラジオの音がうるさいだの、洗面所を汚しただの、何かしら文句を言わねば気が済まないこの同居人に、僕はほとほと手を焼いていた。

「学校、休みなのに何をあわててるんですか?」

早苗は僕の首を絞める感じで、乱暴に鞄を引き寄せた。色気のない黒ぶちのメガネの底から、ぎろりと僕を睨む。

「デートよ、デート」

階段の途中から見上げていた清家が、たまらずにぷっと噴いた。

「何よ。おかしい？」

清家は怯《ひる》むように道を譲った。

「いえ、べつに。哲学者もデートをするのかって、思っただけです」

「君ねえ――」

と、早苗は清家の胸を肘で押しのけて階段を下りた。「前々から言おうと思ってたんだけど――無理な標準語はみっともないわよ。君には矜りってものがないの？」

「はあ……矜り、ですか」

きつい嫌味だ。何度か挨拶を交わしただけなのに、早苗は清家の正体を看破《みやぶ》っていた。さすが純哲の才媛である。もっとも僕に言わせれば、早苗の標準語にもかなりの無理はあったが。

「べつに、そんな深い理由はないんですよ。ただ医学を志す者として、ですね、たしなみとでもいうか……」

「だったら、私も言っておくけど」

と、早苗は清家の言い分を遮った。「ソクラテスもデカルトもニーチェも、デートぐらいしたでしょう」

うなじでひっつめた長い髪を翻して、早苗は走り去って行った。

「聞いたか、三谷。すごい女だな」

「純哲には変わり者が多いっていうからね。あの程度の嫌味なら、僕は朝晩言われてる」

下宿を出て黒谷の坂道を下って行くと、じきに早苗の後ろ姿に追いついた。歩きながら僕らに気付き、まるで変質者でも見るような目で振り返る。

まずいことには丸太町通のバス停で、また一緒に市バスを待つはめになった。

「先輩。デート、どちらですか?」

「そんなこと何で君に教えなきゃいけないの」

バスは早起きの観光客で混雑していた。清家の話によれば、早朝から哲学の道を歩き、南禅寺か銀閣で市バスに乗って洛中に戻るのが、ごく一般的な観光客のコースなのだそうだ。

途中の停留所で客のあらかたが降りてしまっても、結城早苗は運転手の後ろの席で黙々と本を読んでいた。時おり、一番後ろの席に座る僕らを睨む。

「何だか、誤解されてるみたいだな。笑うのはやめよう」

と、清家は言った。たしかに早苗は、僕らが興味本位で後をつけていると誤解しているふうだった。たまたま同じ方向に行くのだ、と思ったとき、ふと嫌な予感がした。

四条大宮のターミナルで、早苗は降りた。もちろん僕らも、嵐電《らんでん》に乗り換えるために下車した。

「まさか、ね……」

「嵐山にでも行くんだろう」

改札口で早苗は振り返った。

「君たち、いいかげんにしてよ。いくら暇だからって、悪趣味にもほどがあるわ」

いわれのない嫌疑をかけられて、僕は断固抗議をした。

「ちょっと自意識過剰なんじゃないですか。これは偶然です。僕らはたまたま先輩と同じ方向に、バイト先があるだけです」

「バイト？　……あ、そう。そうだったの、ごめんなさいね」

バイトと聞いて、早苗は明らかにとまどった。同時に僕らの悪い予感は現実味を帯びた。

早苗と僕らは、玩具のような嵐電の前と後ろに離れて乗った。途中駅でも、早苗の降りた気配はなかった。

「どうやら、デートじゃなさそうだな」

と、清家は予感を確信したように言った。「撮影所のバイトはギャラも高いし、それなりに楽しいから人気があるんだ。だからあらかじめ希望者は学生相談所《ガクソウ》に登録しておく。で、今日みたいに急な仕事のときは、動員がかかるんだよ」

なるほど言われてみれば、いかにもガクソウからお呼びのかかったような学生たちが、大勢乗っていた。

太秦の小さなホームに、彼らはどっと降りた。やはり結城早苗もその中にいた。

雨もよいの日が続いて屋外撮影が日延べになり、しかも学生たちの少ない連休である。ガクソウに登録してあったアルバイト予備軍が、一斉に動員されたにちがいなかった。

「中撮じゃないことを祈ろう」

と、清家は歩きながら言った。しかし、手不足の事情はどこの撮影所でも同じとみえて、学生たちの群は次第に分かれた。中央映画京都撮影所の正門に続く商店街に入ってからも、結城早苗は僕らの前を歩いていた。さすがに振り返ろうとはせず、少女のように小さな背中が、心なしかうなだれている。

そこまで来ると、一緒に歩いている学生はせいぜい十人ばかりになった。これではまさか知らん顔もできまい。

「先輩、先輩」と、僕は早苗に呼びかけ、なるたけ如才なく声をかけた。

「先輩も中撮のバイトだったんですか。僕、初めてなんで、いろいろ教えて下さいね。やあ、良かった。心強いや」

「ああ……そう。でも、私も初めてなの。友達と一緒に登録してあったんだけど、一人分しかなくって……」

表情は屈辱感に満ちていた。適当なジョークさえ思いつかぬ早苗が、何だかものすごく気の毒になって僕は言った。

「あの、もし良かったら、バイト終わったあと食事でもしませんか。きょうは下宿の夕食もないし、まだ店なんかもよく知らないから、教えてくれませんか」

彼女への思いやりで言った僕の言葉に他意はない。だが、口にしてから僕はハッとした。なりゆきとはいえ、女性を誘ったのは生まれて初めてだった。

早苗は歩きながら少し考え、にっこりと僕に笑い返した。

「君、案外やさしいのね」

「え？　いえ、べつにそういう意味じゃ……」

「つまり、私の嘘を本当にしてくれる、ってこと」

「デート、ですか。いやあ、参ったな、そんなつもりじゃないんですけど」

「男と女とが一緒に食事をするっていうのは、デートだわよ」

「だめ、ですか？」

「オーケー。でも、あの人はいやよ。私、あの人嫌いなの」

と、早苗は小声で言った。

「けっこういいやつですよ。秀才だし」

「それはわかるわよ。でも嫌い。何だかあの人、現実味がない」

言い得て妙だと僕は思った。清家の怜悧《れいり》さと聡明さは、まさしく鎧《よろい》のようで、生身の人間を感じさせぬほどのものだった。それが彼に、造りもののような印象を与えていた。もし映画という共通の趣味がなければ、おそらく僕も清家を忌避していたにちがいない。

「どっちにしろ、あいつは家があるから」

「それならいいわ。嘘の罪ほろぼしに、私がおごる」

何とめでたい休日だろうと僕は思った。夢にまで見た映画の世界に立ち入り、母以外の女性と食事をする。どちらも生涯に記念すべき初体験だ。

中撮の城砦《じょうさい》のような建築群が行く手に迫って来た。

そう――それは映画という、壮大な嘘の砦《とりで》だ。

8

さて、たかだか二十数年前の話であるから、学生生活も京都の町のたたずまいも、さほど今と異なっていたわけではないのだが、ただしひとつだけ、説明を加えておかねば物語がつながらない。それは当時の学生たちの、アルバイトについてである。

まず働き口が少なかった。男子学生のバイトといえば新聞配達か牛乳配達がお定まりで、他には喫茶店のウェイターか飲食店の皿洗いぐらいのものだった。肉体労働に学生が入りこむすきまはなく、夜間営業の職種も極めて少なかった。

ましてや女子学生がアルバイトを探すことは至難だった。サービス業に対する社会的偏見が根強く、喫茶店のウェイトレスをするにさえ相当の勇気が必要とされた。

そんなわけだから、ようやく仕事にありついても給料は安かった。時給にして二百五十円とか三百円、市電の運賃が二十五円で下宿代が一万円以下であったにしても、昼間部の学生が自活をするのはまず無理であったと言って良い。その点、最も効率的なものは家庭教師にちがいないが、京都は人口に比して極めて大学生の多い町で、いかに京大生といえどもなかなかそれにありつくことはできなかった。僕らの周囲を見渡しても、清家のような地元出身者は稀だったのだから、考えてみれば当り前の話だった。

すなわち、雇用者側は常に買い手で、アルバイト学生は奴隷だった。給料も高く面白味もあり、うまくすればスターの顔も拝める撮影所のバイトがどういうものであったかは、およその想像がつくだろう。

その日、中撮の事務棟前に集合した学生は十五人ほどだったと思う。どの顔も、あわよくばおメガネに適って定期的な仕事にありつこうという、真剣さに満ちていた。

おそらくは力仕事だろうから、見るからに体育会系とおぼしき屈強な学生が目立ったのは当然として、なぜか五人ほどが女子学生だった。

この疑問はすぐに解けた。頭からおまえ呼ばわりをする若い担当者がやってきて、まず体育会系の数名をどこかに連れて行った。後にはいかにも膂力《りよりよく》に欠ける感じの僕らと女子学生が十名ほど残った。すると入れ替わりに、多少は言葉づかいを知っている助監督が現れた。

彼は待ち時間の間にかき曇ってしまった空を見上げて、万がいち途中で雨が降った場合は、そのまま撮影は明日に押しになるが都合の悪い者はいるか、というようなことを言った。

それから僕らの緊張を解きほぐすように、

「指名手配はいたはらへんやろね。テレビに顔うつるけど、かまへんか」と、冗談まじりに言った。

僕らは俄然どよめいた。エキストラである。残った十名のうち半数が女子学生であった理由はそれだった。

「ついてるな、三谷」

と、清家が囁《ささや》いた。

「時代劇かな」

「たぶんね。テレビ、って言ったろう。ここのセットで撮るテレビは、みんな時代劇だ」

僕はとっさに自分や清家が鬘《かつら》をかぶった顔を想像しておかしくなった。

「あの、いいですか」

と、何だか教授に質問でもするように、早苗が手を挙げた。

「私、メガネがないと何も見えないんですけど、時代劇でしょうか」

学生たちはどっと笑った。

「そやけど――なるほど牛乳壜の底みたいなメガネやなあ。はずしたらぜんぜん見えはらへんのかいな」

「ぜんぜん、っていうわけじゃないですけど」

「ほな、よろしわ」

「かけててもいいんですか」

「あほくさ。通行人の役やさかい、多少でも見えてたらよろしわ。移動のときとかに不便やろから、たもとにでも入れときや。ただし、本番のときは忘れんとはずしてな」

それから助監督は僕らを引率して衣装部に向かった。江戸の町並を忠実に再現したオープンセットには、大部屋役者やエキストラが集まり始めていた。さきほど別れた体育会系の学生たちが重そうなコードの束を担いですれちがった。彼らは恨みがましい目で僕らを見た。

衣装部は町はずれの遊廓だった。吉原か島原を模した小さな町並の入口に、いかにも大籬《おおまがき》という感じの立派な店があり、暖簾《のれん》を押して入ると、内部はうって変わって広い衣装室だった。ずらりと並んだ鏡の前に、白衣の美容師が働いている。それぞれ衣装を与えられ、化粧のすんだ役者は鏡の裏側の結髪《けっぱつ》に入って、鬘を合わせる。通りに面した張見世の畳敷には、仕度をおえた侍や町人たちが台本を読んでいた。

僕はめまいのするぐらい興奮した。憧れの映画の世界に、僕はとうとう入りこんだのだった。

やがて僕は鏡に向かい、赤黒いドーランを塗りたくられた。そうして少しずつ、時も場所も踏み越えて何者かに変身していった。

生まれてこのかた気のきいた嘘などついたためしはなく、いつでも正真正銘の三谷薫でしかなかった僕は、わずか一時間たらずのうちに江戸時代の町人に変身した。結髪をおえた鏡の中にぼんやりと座っているのは、藍の法被《はっぴ》を着、首から手拭を下げ、髷《まげ》の房を小粋に倒した、若い大工だった。

からっぽの道具箱を肩に担ぎ、草履《ぞうり》をつっかけて張見世に出た。ふしぎなことに、変身した自分が恥ずかしくもおかしくもなかった。

「待たれよ、町人」

赤い毛氈《もうせん》を敷いた畳の上に、どっしりと腰を据えた若侍が僕を呼び止めた。

「へい、あっしですかい」

「さよう。まあ、座れ」

「こいつァ参った。どこのどなたかと思ったら、清家の旦那じゃござんせんか」

「わかるかな、町人」

「わかりやすとも。ま、しかし何だァね、あっしが大工《でえく》で、そっちが二本差しのおさむれえたァ、ちょいと了簡なりやせん」

「そう不平を言うな。世の中、適材適所、武士は武士、町人は町人の分《ぶ》をわきまえねばならぬ――おお、これは見ちがえた。早苗どの、とか申したかな」

振り返ると、早苗が黄八丈に日本髪の愛らしい町娘になって立っていた。眩《まぶ》げに目を細めて僕らを確かめる。

「あら、もしやあんたはお隣のカオルちゃん。そっちのおさむらいさんはたしか――」

「おお、これは申し遅れた。拙者、清家忠昭と申す。以後お見しりおきを」

「あいよ。清家さんて言うんだったね。こうして見ると、なかなかの男前じゃあないか」

案外と乗りの良い性格であるらしい。だが、僕と同様にこの二人も、あながち洒落ばかりでしゃべっているのではなさそうだ。僕らはみなすでに、嘘の世界に入りこんでいるのだった。

張見世は十畳ほどの座敷で、通りに面した窓には赤いペンキを塗った格子が嵌《は》まっていた。振り返れば蛍光灯が煌々《こうこう》と灯《とも》る美容室なのだが、そこだけは内と外からのキャメラ・ワークに耐えられるほどの精巧なセットになっていた。

エキストラの全員が仕度をおえるまで、僕らは座敷に座りこんでとりとめもない馬鹿話をした。

「空模様が怪しいやさかい、早《はよ》うしてや。鬘《ヅラ》の合わんのは、鳥追いでも虚無僧でもかまへん。ともかく格好にしたって」

助監督が係員たちをせかせた。首から提げたトランシーバーから、エキストラを督促する一方的な怒鳴り声が聴こえていた。やくざまがいの乱暴な物言いに、助監督はうんざりと愚痴を言った。

「まったく、監督にどやされるんならまだしも、何でテレビ局のディレクターに文句言われなあかんのやろ。映画のことなんかなんも知らんくせに」

大部屋役者らしいたいそうな貫禄の浪人が、扇子で助監督の肩を叩いた。

「よっちゃん、しょうもないこと言わんとき。ＡＤに聞かれでもしたらおまんまの食い上げやで。長いもんには巻かれろや」

「いっそ今からＡＤになったろかな。キャリアは十分やし、雇ってくれへんやろか」

「むりむり。テレビカメラの前でカチンコ叩くんか。カツドウ屋はつぶしがきかへんよ」

「それはおたがいさまや」

二人は緋毛氈《ひもうせん》の縁に腰を下ろして、開き直ったように煙草を喫い始めた。陽に灼けた「カツドウ屋」たちのうなじには、哀愁があった。

そのとき、まったく町娘のように座敷にかしこまっていた早苗が、僕を肘でつついた。

「きれいな人。女優さん？」

僕は張見世の窓を見た。紅殻格子《べんがらごうし》の向こうに、芸者姿の美しい女が立っていた。

「うわ、いい女――」

思わずそんな言葉が口から出た。僕に言われるまでもなく、清家はぼんやりと女の横顔に見とれていた。

粉を刷《は》いた首をみぎわの鶴のように伸ばして、女は雲の垂れこめた空を見上げている。うりざね形の小さな顔は造りもののようだった。真白に塗りこめた肌の一重瞼の眦《まなじり》が鮮やかに赤い。やや受け口のつぐんだ唇に、同じ色の紅を引いていた。

格子窓のスクリーンの中に、女は何をするでもなくそうしてじっと立っていた。

「サイン、もらっとこうかな」

と、早苗がたもとから手帳を取り出した。

「それはまずいよ。もう仕事中なんだし、第一女優さんかどうかもわからないじゃないですか」

「君、あれがエキストラに見える？　きっと有名なスターだわ」

たしかにエキストラや大部屋役者であろうはずはない、と僕は思った。だが、顔に見覚えはない。

早苗はメガネをかけて身を乗り出した。

「知ってますか、先輩」

「わからない。テレビでも見たことないわ。うわあ、きれい……」

急に明るんだ視界の中で、早苗はもういちど改めて感心した。清家は物も言わずに見とれていた。四条河原町の映画館で桟敷席からスクリーンに向かっていたときとまったく同じ表情で、じっと女の横顔に見入っているのだった。

「おい、大丈夫か。どうしちゃったんだ」

腰をつくと、清家は僕の手をうっとうしそうに払いのけた。

声が聴こえたのか、女はゆっくりと窓を振り返った。そして嫣然《えんぜん》と笑った。いかにもアップの画面でそうする、女優の所作だった。

「こんにちは」、と僕はとっさに笑い返した。女は襟を抜いた首をかしげて、軽く会釈をした。

「やっぱりサインもらっとこ。握手もしてもらう」

と、早苗は勝手に決めつけて座敷を下りた。僕も後に続いて、遊廓の玄関から駆け出した。

しかし暖簾をくぐり抜けて道に出てみると、女の姿は見当たらなかった。大門まで走って左右を見渡しても、静まり返った江戸の町があるばかりだった。セットの間の路地にも、衣装部の中にも、女の姿はなかった。

何だか夢を見たような気分になって、僕は助監督に訊ねた。

「あの、今そこに立っていた女優さん、何ていう人ですか？」

「女優さんて、誰のこっちゃ。ここは女優さん言うたかて掃いて捨てるほどいたはる」

「ほら、今さっきそこの窓の外に立ってた、すごくきれいな人――」

助監督と大部屋の浪人は一緒に振り返った。

「そないな人、いたはったか」
「はて、いちいち気にしてへんしなあ」
二人はまったく興味なさそうに話の続きを始めた。

9

やがて衣装を整えたエキストラの一団は、助監督に引率されて撮影現場へと向かった。僕の心は浮き立っていた。鬘をかぶり、町人のなりになってしまうと、オープンセットが本物の江戸の町に思えた。侍も町娘も虚無僧も、みな演技など知らぬ素人であるのに、自然とそれらしい歩き方をしていた。

現場は商家の建ち並ぶ掘割のセットだった。青々と若葉の繁る柳の下に米俵が積まれ、舟着場には古ぼけた小舟が浮かんでいた。キャメラは掘割の対岸と、上手《かみて》の橋のたもとに一台ずつ、それぞれの周囲に大勢のスタッフが集まっていた。

まず助監督が簡単に状況の説明をした。濠端の米問屋「遠州屋」は勘定方と結託して抜け荷を働いている。情報を得た同心と岡ッ引がやってきて、小舟に積みこもうとする米俵の中味を検分しようとする。見せるの見せねえのと押し問答をしているところに、悪役の侍が現れて、これは幕府勘定方の差配にかかる御用米であるから、町方の口出しは許さぬ、と恫喝《どうかつ》する。

僕らの役は、そのやりとりの間に通りすがって遠巻きに噂をし合う野次馬、というわけだ。

エキストラと言っても一応の演技はある。町娘の早苗は遠州屋の店先から小走りに出てくる。侍の清家は上手のキャメラの脇から歩き出し、胡乱《うろん》な目つきで米俵の山を眺める。大工の僕は逆方向から道具箱を担いで通りすがり、掘割に釣糸を垂れていた遊び人ふうの男とひそひそ話をかわす。

助監督の演技指導によれば、仕事に向かう大工らしく「威勢よく」通りすがり、「ハッとたじろぐ感じ」で立ち止まり、首に回した手拭で額の汗を拭いながら、「やや及び腰で」野次馬の輪に加わる、となかなか芸は細かい。

向こう岸のキャメラが舞台のように河岸《かし》の動きの全体を押さえているので、エキストラたちの集まるタイミングは難しかった。何度もリハーサルをくり返し、そのつど監督が拡声器で、「大工、早い!」「町娘、遅い!」などと怒鳴った。

そうこうするうちに時刻は午《ひる》に近付き、雲行きはいよいよ怪しくなった。光が足らないということで、急遽《きゅうきょ》巨大な反射板《レフ》が上手と下手《しもて》に並べられた。銀色の衝立《ついたて》に取り囲まれて、エキストラたちはたちまち蝦蟇《がま》のように固くなってしまったが、その緊張感がかえって良い効果をもたらしたらしく、たちまち本番ということになった。

カチンコが鳴った。

遠州屋の店先からあわただしく米俵が担ぎ出され、舟着場に積み上げられる。悪役の主人が人足を指図し、かたわらで番頭が大福帳を繰る。同心と岡ッ引が早足で近寄り、押し問答が始まった。

エキストラたちはひとりずつ間を置いて、キャメラの視野に入って行った。遠州屋の暖簾をくぐって、風呂敷包みを抱いた早苗が現れた。上手から侍の清家が、腕組みをして歩き出した。釣糸を垂れていた遊び人が、訝《いぶか》しげに舟着場の騒動を振り返る。

さあ、僕の出番だ。ところが道具箱を担いで威勢よく歩き出したとたん、僕は定められた位置よりずっと手前で、ハッと立ち止まってしまった。

僕の脇を、リハーサルのときにはいなかったエキストラが小走りにすり抜けたのだった。

あの女だ、と思ったとたん、僕は足を止めて艶やかな芸者姿を目で追ってしまった。

幸いカットの声はかからず、僕は気を取り直して女の後に続いた。きっと場馴れした大部屋女優なのだろうと、僕はとっさに考えた。だから素人のエキストラが右往左往するリハーサルには参加せず、ぶっつけ本番で出てきたのにちがいない。

女は裾の長い着物の褄を左手で持ち上げ、まったく本物の芸者のように雅《みやび》な歩き方をした。女が立ち止まった位置は、ちょうど僕が自分のために目印を引いておいた場所だった。

僕は指示された通りに手拭で額の汗を拭きながら、濠端の遊び人にひそひそと話しかけた。それからやや及び腰で、野次馬の輪に加わった。

遠州屋の主人と同心の押し問答は、表情こそ険しいが当てレコなので声は小さい。

「おう遠州屋。どうとも見せたくねえってんなら、こちとら十手にかけてもその米俵の中味、あらためさしてもらうぜ」

「なんともご無体な。そりゃあお役人様もおつとめのうちではございましょうが、手前どもは御公儀勘定方の御用達でございますよ。お奉行様がじきじきのご検分とでもおっしゃるのならともかく――」

「ほう……同心ふぜいじゃあ口出しもならんてえわけかい」

「いえいえ、べつにそのような……ただね、お役人様。御用米を無理無体にあらためたとあっちゃあ、のちのちそちらがお困りになるんじゃあないかと――あ、ちょうど勘定方の鴨田様がお見えですから、どうぞお話し合いになって」

「な、なんと。鴨田様が!」

遊び人と囁きをかわす僕のすぐ隣には、左褄を取ったままの芸者が佇んでいた。本番の緊張とはうらはらに、僕の胸は高鳴った。女の襟元からは、めまいのするような甘い香の匂いが漂っていた。

ふいに、女の白い手が僕の二の腕を引き寄せた。びっくりして振り向くと、造りもののように小さな顔が僕を覗きこんでいた。

「まったく、遠州屋もあこぎなやつだねえ。勘定方とできちまってるんじゃあ、同心なんぞに手出しはできない。見てごらんよ。にいさん。お役人様。すっかりちぢみ上がっちまってる」

女は僕の耳元でそう呟いた。

「え？……あ、ああ。まったくひでえ話だ……まったくだ」

僕はとっさに肯いて口を合わせた。女の物言いはまるで台本にそう書いてあるようだった。動揺する僕の腕を、女は強く握った。

「キョロキョロしちゃだめ。何でもいいからしゃべって。役者の方を見て、ゆっくり肯いて」

「……あ、はい。あの、突然なんで、すっかりあがっちゃって」

「あがってるぐらいでいいのよ。みんなが愕《おどろ》いている場面なんだから。お仕事、初めて?」

「はい。急なアルバイトで――」

「もう少し声を小さく。みんなは口だけパクパクしてるけど、あれはだめ。何でもいいから声を出していないと、スクリーンでは不自然に見えるの。お客は全体を見てるから」

話しながら、女はいっそう僕に顔を近付けた。やわらかな呼吸が耳に触れた。

「あの、女優さん、ですよね」

「そうよ。あなたたちとはちがうわ。いつまでたってもセリフは貰えないけれど」

女は緊張した演技の表情のまま、瞳の奥で僕に微笑みかけていた。こんなに美しい女優が、なぜいつまでたってもセリフを与えられないのだろうと僕は思った。女優というものを間近で見たことはないけれども、これほどの顔立ちはそうそういるはずはない。いや、この美貌に匹敵する女優といえば、僕の記憶する限り『二十四の瞳』の高峰秀子か、『五《ご》瓣《べん》の椿』の岩下志麻――他には思いつかない。

「カアーット!」

監督の大声が響いて、あたりの空気は急に緩んだ。

「じゃあ、またそのうち。がんばってね」

女は僕の腕をそっと放すと、小走りに下手へと戻って行った。赤い鼻緒の下駄をつっかけた素足の白さが眩かった。

一斉に片付けられる反射板の光が、僕の視界を遮った。目をしばたたく間に、女の姿は消えていた。まるで銀色に輝く虚構の日射しの中に、すっぽりと畳みこまれてしまったかのようだった。

僕はぼんやりと、ライト・マンたちの手で運び去られて行く反射板を見送った。

「なあ、三谷――」

腕組みをしたまま、清家が肩を寄せてきた。

「あの女優、何か言ってたのか」

「わあ、ドキドキした。雑談だけど、役得だったなあ」

それは実感だった。胸のときめきはなかなかおさまらなかった。

「名前、聞かなかったか」

「そんな余裕はないよ。口を動かしているだけじゃ不自然だから、何かしゃべってろって。キョロキョロしちゃだめって言われた」

清家は刀を袴《はかま》から引き抜くと、鞘《さや》にすがるようにしてその場に屈みこんだ。

「どうした。うらやましいか」

鬢に手をやって、清家は考えこむふうをした。

「いや、そうじゃない。さっきからずっと考えていたんだが、あの女優、どこかで見たことがあるんだ」

「まだセリフも貰えないって言ってたけど――現代劇のドラマにでも出てるのかな。鬘をはずして化粧も変えたら、きっとぜんぜんちがうだろうからね」

「いや、映画で見てる。何の映画だったかな。思い出せない」

「映画？」

「うん。テレビじゃないよ。スクリーンの中で、見たことがあるんだ。まちがいない」

掘割の水面を笹立てて、大粒の雨が降り始めた。まるで撮影の終了を待っていたかのような、天の崩れかかるほどの驟雨《しゅうう》が来た。

僕と清家は遠州屋の軒先に遁《のが》れて、にわかに暗転したオープンセットを見渡した。スタッフたちは大あわてで機材を片付けていた。

店の中からひそみ声が聴こえて振り返ると、土間に積まれた米俵の蔭で、助監督が早苗を責めていた。

「あれほど言うたやないか。本番のときは忘れんとはずさなあかんて」

「すみません。つい、うっかりして……」

「そやけど、だあれも気付かんて、どないなっとんのやろ。もっとも俺も気ィつかへんかったけどな」

「みなさんそういうキャラクターだと思ってたんですよ、きっと。黒ぶちだし、三枚目の町娘だって」

助監督は困り果てたようにメガホンで首筋を叩いた。

「たしかにそういうのはいるけどなあ。でもたいがいはホクロ付けてやな、ほっぺに赤いドーラン塗るんや。アップの絵にひっかかってへんかったら、まあかまへん思うけど。キャメラ、寄らへんかったやろな」

「と、思いますけど」

「まいったなあ。ラッシュ見て監督が気付いたらどないしょ。あんたのメガネのために撮り直しいうこともないと思うけどなあ。でも怒るやろなあ、きっと。助監の責任やし」

「すみません……」

稲妻が江戸の町の甍を青く染め、思いがけぬ近さに雷鳴が轟《とどろ》いた。河岸の柳が狂おしく葉を逆立てた。

もしかしたら、大道具と録音とが、そんな大がかりな仕掛けをしているのではあるまいかと、僕は疑った。

僕たちはそのときすでに、現実と非現実とがほどきようもなく交錯した世界に、迷いこんでしまっていたのだった。

10

雷鳴が遠のいても雨はやまず、午後に予定されていた撮影は屋内セットのシーンに変更された。

濡れねずみのまま衣装部で指示を待っていると助監督がやってきて、僕らはとりあえずお払い箱ということになった。当然ギャラも半日分しか貰えないだろうと思ったが、そこはさすがに太ッ肚な映画会社で、渡された茶封筒には一日分の給料の他に社内食堂の食券まで入っていた。

得をしたのか損をしたのかわからぬ気分でドーランを解いていると、助監督が鏡の中で早苗に囁きかけた。

「いまキャメラに聞いてきたんやけど、アップには入ってへんやろて。あんた、なかなかええ動きしたはったわ、次から指名するさかい、またよろしうな」

親しげに肩を叩いて助監督が去ってしまうと、早苗は鏡の中で僕と目を合わせ、ほっと溜息をついた。

それから僕らは私服に着替えて、食堂に行った。衣装を着ていたときは自分がアルバイトの学生であるということなどすっかり忘れていたのに、化粧を落とし服装を改めたとたん、異邦人のような心細い気分になった。食堂でも隅の席に寄り集まって、いかにもタダメシを食わせてもらっているというふうにこそこそと食事をした。

学食のぞんざいな献立に慣れているせいか、たいそう豪勢で美味に感じられた。

早苗は感動をこめて、しみじみと呟いた。

「やっぱり生産性のあるところは、食べ物まで違うのよねえ。撮影所のバイトにありつくのは司法試験なみの競争率だって。もっともだわ」

「先輩、次回からご指名だそうですね」

「どうだか。きっとそう言って慰めてくれたのよ――コンタクト、入れようかな」

僕らの会話など耳に入らぬように、清家は口を動かしながら広い食堂を見渡していた。もしやあの美しい女優がいはしないかと、目で探しているのにちがいなかった。

「思い出したか?」

「いや。ずっと考えているんだけどね。セリフのない女優の顔なんて、思い出せるわけはないよ。しかし、気になるよな。記憶にはあるんだけど思い出せないのって。せめて名前だけでもわかれば気がすむんだろうけど」

早苗がいたずらっぽく笑って口を挟んだ。

「あの芸者役の人でしょ。私、知ってるわよ。サインもらっちゃったから」

僕と清家はぎょっと早苗を見つめた。

「もとはと言えば、それが失敗の始まり。本番スタートの前にね、あの人、遠州屋の店の中にいたのよ。米俵の蔭の板の間に、ぼんやりと座っててね。チャンス、って思って、とっさに手帳を出して、メガネかけて、サインもらっちゃったの」

「で、そのまま本番に飛び出した、と」

「そう。ついうっかり」

僕と清家は声を立てて笑った。町娘のメガネに誰も気付かなかったのは、つまりそういうことなのだ。何度も執拗にくり返されたリハーサルの間には、たしかに早苗はメガネをかけていなかった。いざ本番というときに、突然メガネをかけたまま店から飛び出したのだから、誰も気が付くはずはない。

「ちょっと待ってよ、先輩」

と、僕は得意げに手帳を開こうとする早苗に訊ねた。

「それはおかしいですよ。本番のとき、彼女は僕の後ろから走ってきたんです。柳の木の下から歩き出したら、横をすり抜けてきたんだ。サインもらったのは、本番の前じゃないでしょう」

少し考えてから、早苗はきっぱりと答えた。

「いえ、本番の寸前よ。考えてもごらんなさい、リハーサル中にメガネをかけっぱなしだったら、誰かが気付くはずだわ。そう、サインもらったとき、ヨーイ、ってマイクの声が聴こえたから、あわてて手帳だけたもとにしまって駆け出しちゃったんだもの」

どうでもいいことかもしれない。だが僕は、どうしてもあの美しい女優にこだわらずにはいられなかった。紅殻格子の向こうで空を見上げていた横顔が忘れられなかった。僕の腕をやさしく握った手の感触が、耳元で囁きかけた声が、甘い香の匂いが、いまだに僕を魅惑していた。

「どう思う?」と、僕は清家に訊ねた。

「どうって、そりゃあ先輩の勘違いだろう。彼女が君を追い越して歩いてきたのは、僕も見ているし」

「勘違いなんかじゃないってば」

と、早苗は自信を持って抗議した。

「きっとあの店のセットは、他に出口があるのよ。裏からぐるっと回って、外に出たんだわ」

オープンセットの構造はわからない。言われてみればたしかにそうかもしれないが、「ヨーイ」というマイクの声を聴いて、本番に飛び出した早苗のあわただしさを考えれば、その間に女優が悠然と僕の背後に立っていたのは、どうにも不自然に思える。少なくとも早苗の言うように、「裏からぐるっと回って」くる時間の余裕はない。

「まちがいないってば」

と、早苗は念を押した。おそらく彼女は、女優が衣装部の前から忽然と姿を消してしまったことを思い出したにちがいない。

どうかしている、と僕は早苗の真剣な表情から目をそらした。

僕らはみな、映画という嘘の世界に迷いこんでいたのだ。気分は高揚し、自分が自分でなくなり、時間と空間の正確な有様を見失ってしまっていたのだろう。

「そんなこと、どうだっていいじゃないですか。それより先輩、サイン見せて下さいよ」

と、清家は気を取り直すように笑った。

早苗は頭陀袋のような布鞄をごそごそと探って、手帳を取り出した。サインというより、端正な署名のような字が、鉛筆で書かれていた。

「フシミ・ユカ?——」

「ううん。フシミ・ユウカって読むんですって。知ってる?」

伏見夕霞。何とも大時代な芸名だ。僕も清家もそんな女優の名は知らなかった。

「サインするの慣れてないから、ごめんなさいって。とても嬉しそうだった」

伏見夕霞の美しい顔を思い出したのか、早苗はうっとりとそう言った。


その日の午後、煙るような雨に包まれた撮影所で僕たち三人が確認してしまったことを、まともに信じる人はいないだろう。

どうしてあのとき余計な詮索などせずに、食事をしたあとまっすぐ帰らなかったのかと、僕はのちのち後悔した。

すべては大学生活の閑暇のせいだった。少なくとも僕に関して言うのなら、見知らぬ土地に置き去られ、しかも思いもよらぬ閑暇を持て余していた。だから憧れの撮影所に少しでもとどまって時間を潰そうとした。それがいけなかった。

三人のうち、誰が言い出したのかは忘れた。謎の女優のことはさておき、僕らは立ち去りがたい気分で、食事をおえたあともしばらく映画談義に花を咲かせた。早苗は洋画党だったが、僕と清家の蘊蓄《うんちく》に興味を持った。

食堂のおばさんにうさん臭い顔をされて、霧雨の降る広場に出たとき、もういちど掘割のオープンセットに行ってみようと、誰かが言い出したのだった。

誰の提案だったにしろ、そのときはまだ面白半分だった。伏見夕霞の不可思議な行動について、僕らは早苗の勘違いだと主張し、早苗はまちがいなく本番直前の出来事だったと言い張った。ならばセットをもういちど検証してみよう、ということになったのだった。

僕らは霧雨の降る広場を横切り、江戸の町の軒づたいに掘割のオープンセットへと走った。

撮影機材のきれいさっぱり片付けられたセットは、静まり返っていた。舟着場に舫《もや》った小舟が淋しげに揺れ、柳の若葉が騒いでいた。

僕らは橋を渡り、裾を重石《おもし》で縛られたまま濡れるに任せた遠州屋の日除け暖簾をくぐった。

「いい、私はここにいて、あの人はそこに座ってたの」

と、土間の中央に立って、早苗は米俵の藤の板敷を指さした。

「ヨーイ、って声が聴こえたから、あわてて駆け出して――」

早苗は板敷の縁まで歩いて振り返り、そこから走り出した。とっさに僕と清家は、ほの暗い店内を見回した。日除け暖簾を張った間口の他に、戸外へと通じる出口はどこにもなかった。

清家が首をかしげて言った。

「先輩の後ろをすり抜けて、あっちの柳の木の下まで行ったんですよ。そうとしか考えられないでしょう」

いやちがう、と僕は軒下に歩み出て思った。早苗が遠州屋から飛び出すタイミングは、僕や清家が歩き出すよりも早かった。米俵を担ぎ出す人足たちのじゃまになるから、先に出ろと指示されていたのだった。演技がリハーサルの通りに行われていたなら、早苗の後ろを芸者がすり抜けて、下手の柳の下からまた歩き出すなどということはありえない。動きがすべてキャメラに入ってしまう。

もうひとつの疑問があった。伏見夕霞はリハーサル中にはいなかった。ぶっつけ本番で、突然僕の背後に現れたのだ。本物の女優はエキストラたちと一緒にリハーサルなどしないのだろうと、僕はあのときはっきりと思ったのだった。

だとすると、やはり早苗の言い分は正しい。伏見夕霞はリハーサルの間ずっと遠州屋の板敷で休んでおり、本番スタートと同時に、何十メートルも離れた屋外の僕の背後から歩き出したことになる。

考えるうちに、僕は謎ときにこだわる自分自身が怖くなった。何か目に見えぬ力が、どうでもいいことを僕に考えさせようとしている。

「もうやめよう。こんど本人に聞いてみればいいじゃないか。どうやって瞬間移動しちゃったんですか、って」

清家は米俵の山にもたれて、じっと考えこんでいた。

「帰ろうよ。瞬間移動だなんて、何だか私、気持わるい」

早苗に呼ばれて、清家は間口に出てきた。

「どうしたんだよ、ぼんやりしちゃって。顔色が悪いぞ」

「あのなあ、三谷――」

と、清家は雨の中をかまわずに歩き出しながら、ふいに怖ろしいことを言った。

「思い出したんだ。あの伏見夕霞っていう女優な、『祇園《ぎおん》の姉妹《きょうだい》』に出ていた。まちがいないよ、同じ芸者の役だった」

「冗談よせって」

笑いかけて、僕はぞっと鳥肌立った。振り向いた清家の顔は死人のようだった。

「しっかりしろよ。『祇園の姉妹』って、戦前のトーキー映画だぞ。知ってるのか」

「知ってるさ。辻さんの倉庫で、三度も観た。大好きな映画なんだ」

僕はそのフィルムを観たことがなかった。しかし映画ファンなら誰でも題名ぐらいは知っている名作だ。

昭和十一年、日活を退社して第一映画社を設立した永田雅一《まさいち》は、京都のカツドウ屋の威信をかけた傑作を世に問うた。若き溝口健二がメガホンを執り、依田義賢が脚色をした『祇園の姉妹』は、トーキー映画に初めてリアルな日常会話を組みこんだ記念碑的作品である。

「気持わるいこと言わないでよ。何であの人が、そんな昔の映画に出てるの」

「じゃあ、君たちの目で確かめてくれ」

清家の後を追って、僕と早苗はわけもわからずに雨の中を駆け出した。

それから、半地下の倉庫の壁に映し出された古い画面に、僕ははっきりと伏見夕霞の姿を確認した。

そっくり同じ芸者姿で、彼女は座敷に座り、酌をしていた。信じ難いワンシーンを、僕らは何度も巻き戻して見直した。初めは愕きながらも、よく似ているだけだと自分に言い聞かせた。二度目には怖くなり、三度目にはたがいに口もきかなくなった。

一時間余のラストの字幕を、山田五十鈴、梅村蓉子、と目で追って、僕らは小さな「伏見夕霞」の名を認めた。

「どうしはったん。三人そろて、まるで通夜の客のようやな」

倉庫の整理から戻って、辻老人は呆然とする僕らの顔を見渡した。

「好きに観てかまへんけど、ちゃんと片付けといてや。それも幻のフィルムやしな」

フィルムを缶に収める清家の指先は慄《ふる》えていた。

「おっちゃんは、第一映画って知ったはるか」

辻老人はぶ厚い書類綴から目を上げて、老眼鏡をかしげながら微笑した。

「ああ、知っとるよ。知っとるも何も、おっちゃん永田雅一のラッパに集められて、しばらく第一映画に行っとった。第一映画嵯峨野《さがの》撮影所て、大黒市場の隣にあったんや。今はどうなっとんやろか、大映の倉庫か何かになっとるんとちゃうかな」

「へえ……おっちゃん、永田雅一と仕事したはったんか」

「仕事って、おっちゃんの仕事ゆうたらいつも同じやけどな。永田さんはおっちゃんよりずっと年下やったけど、天下の日活を飛び出して一国一城の主《あるじ》にならはった。ま、カツドウ屋一代ゆうたら、あの人のこっちゃ。噂やと大映ももうあかんて、大魔神の霊験も効き目がなかったんかいなあ――」

辻老人は半地下の窓辺に寄ってカーテンを開け、雨空を仰ぎ見た。

「なら、溝口健二なんかも知ったはるん？」

「ああ、知っとるよ。あの監督は永田さんに誘われて東京から来はったモダンな人やった。脚本の依田さんは生粋の京都人やさかい、二人のコンビでええ写真撮ったんや。他にもカツドウ屋がぎょうさんおったで。伊藤大輔、鈴木伝明、川口松太郎。松竹やら日活やら、大手の独立プロやらを向こうに回して、嵯峨野の第一映画ゆうたらいっとき梁山泊のようやった——もっとも、二年たらずで潰れてしもたけど」

清家は口に出しかけた言葉をいったん呑み下して、了解を求めるように僕らを見た。そのことを訊ねるには勇気が必要だった。

「おっちゃん……妙なこと訊くけど、ほしたら、伏見夕霞て女優、知ったはるか」

辻老人は長いこと雨空を見上げていた。それから振り返って、僕らのひとりひとりの表情を睨むように見、ウィスキーのポケット壜をぐいと呷《あお》った。

「フシミ・ユウカ？　はて、そのころの人かいな」

「そうや。この映画にもチョイ役で出とった。すごいべっぴんさんやで。その人のこと、ちょっと調べてるんやけど、思い出せへんかな」

「聞いた名前のような気もするけどなあ……そこに書いといてや。とっさには思い出せへんけど、そのうち気ィつくかもしれへんし」

僕らはアルバイトを回してもらったお礼も忘れて、撮影所を後にした。

時刻は夕方に近かったと思う。一言も口をきかずに嵐電に乗り、清家とは四条大宮の駅で別れた。

僕と早苗は、朝の約束通り河原町に出て、真暗な気分をはぐらかすように喫茶店に入り、丸善で本を買い、夕食をともにした。

それは僕にとって初めての経験だった。しかし当然のことながら、デートをしたという実感はない。生ぬるい春の雨は、一晩じゅう僕らの上に降り注いでいた。

11

「私、こわい……」

木屋町のパブの止まり木で何杯目かのグラスを空けたとき、早苗はそう言って髪の根を摑んだ。

僕らの話題はとうに尽きていた。コーヒーを飲みながら、食事をしながら、僕と早苗はその日体験した怖ろしい出来事について、一言も触れなかった。もちろん忘れていたわけではない。学生運動の行く末や文学論や、教授の噂話をひきもきらさず口にすることで、何とか自分の気持をごまかしていたのだった。

会話がついに途切れて、真黒な沈黙が被いかぶさったとき、早苗は身を慄わせて本音を呟いたのだ。

「じゃあ、しりとりでもしましょうか」

と、僕は水割りの苦さに顔をしかめて言った。

「君、怖くないの？」

「そりゃあ、怖いですよ。今だってずっと考えてたんだけど、なにしろ三人で見ちゃったんですから、夢だとも錯覚だとも言えないし」

笑おうとしても、表情がうまく作れなかった。まるで笑い方を忘れてしまったようだった。

「清家君はいいわよね。帰る家があって」

僕が言おうとしていたことを、早苗は口に出した。二人ともデートを楽しんでいたわけではないのだ。下宿に帰って独りになることが怖かった。

時刻はかなり遅かったと思う。十一時か十二時、ともかくそのころの京都では真夜中と言ってもいい時間だった。

「どうしようか。バス、終わっちゃったけど」

「タクシーで帰りましょうよ。それぐらいは僕が払います」

そんなことではないのだ、というふうに、早苗は溜息をついた。

バーテンが伝票を持ってきた。客はもう誰も残っていなかった。

「もう一軒、付き合ってよ。おごるから」

「いいですけど、開いてる店なんてないんじゃないですか」

帰りたくない気持は僕も同じだった。古い映画のポスターが貼りめぐらされ、『キネマ旬報』や『近代映画』のバックナンバーが積み上げられている下宿の部屋を想像すると、それだけでぞっと鳥肌が立った。

バーテンにせかされて、僕らは店から出た。高瀬川のせせらぎを雨が叩いていた。桜の若葉が重くしおたれるほどの雨だった。一本のビニール傘に肩を寄せ合って、僕らは木屋町通を歩いた。

「何だか悪いことでもして逃げてるみたい」

「というより、追いつめられちゃったみたいです」

「君が女性なら何の問題もないのに」

「先輩が男だったら、問題はないんですけど」

早苗との約束など反古《ほご》にして清家を下宿に泊めればよかったと、僕は後悔した。家がやかましいから早く帰らねばならないと言って、清家は四条大宮の駅からさっさと帰宅してしまったのだった。

あてどもなく歩きながら、早苗はずっと体を慄わせていた。

「カオルくん」

「はい」

「肩、抱いてよ。寒い。風邪ひいちゃう」

「こう、ですか。これでいいですか」

寒さと怖さと胸のときめきとで、僕はどうかなりそうだった。まるで人生のすべての体験が、きょう一日に集中してしまったような気分だった。

僕とはちょうどころあいの身丈の早苗を抱き寄せると、ものすごく気の毒になった。それくらい早苗は怯えきっていた。僕の掌にすっぽりと収まる肩は、雛鳥《ひなどり》のように慄え続け、おそらく唇まで真青だったのではないかと思う。

「どこも開いてない。まったく、何て健全な町なの」

「帰りましょうよ、車止めて」

四条通に出ればタクシーが拾えると思ったのだが、ちょうど酔っ払いのラッシュアワーだった。好景気の時代のことで、その時刻に規定の料金で走る良心的なタクシーなどいなかったのだ。

「何かの、まちがいよね。そうよね」

「そう思いたいんですけど、何かのまちがいだという合理的な根拠、ありますか」

「ないから聞いてるんじゃないの。説明してよ、カオルくん。何でもいいから。ナンセンスでも詭弁でもいいから、私を納得させてよ」

「はい。じゃあ、強引に説明します——つまりですね、セリフももらえないまま死んじゃった大部屋女優の霊がですね……」

口に出したとたん、僕らは言葉から遁れるように早足になった。

「それで？　それでどうしたの」

「成仏できずに、まだ撮影所のオープンセットをさまよっている、と……」

四条大橋の上を、僕らはほとんど抱き合ったまま走り出した。

「で、学生アルバイトのエキストラに、サインをしてやったり、演技指導をしたりするんです。この説明、どうですか」

「ちっとも合理的じゃないわ！　ただ怖いだけよ」

橋を渡り、南座の前を通り過ぎると、祇園の界隈にはたくさんの空車が止まっていた。しかしドアを開けてくれる運転手はいなかった。窓ごしに行先を訊かれ、黒谷と言うとみんなそっぽうを向いてしまった。

僕らは信号を渡り、花見小路の奥に向かって歩いた。初めて見る祇園の花街のたたずまいに、僕はたちまち撮影所のオープンセットを思い出した。そこは黒塀と簾と格子窓とでできた、時の止まった異界だった。もしひけどきの酔客や車のヘッドライトがなければ、僕は恐怖のあまり早苗を見捨てて駆け出していたかもしれない。

ちょうど店のひける時刻で、着物姿の女性が目立った。傘で顔を隠し、裾をつまんだ女とすれちがうたびに、僕は息をつめてやりすごした。

「出そうな気がしませんか」

早苗は答えなかった。そんなことを言うつもりはなかったのだが、僕はすっかり自虐的になっていた。

齢のわりに思慮深さはあったと思う。そしてたぶん、誰もが僕について同じ印象を持っていたとは思うのだが、だからこそいくら考えても説明のつかない出来事に遭遇した僕は、やはり誰の目にも相当うろたえて見えたことだろう。

「カオルくん。君、童貞？」

いきなり答えようもないことを、早苗は訊ねた。

「すごい質問ですね。とりあえず気分転換にはなりますけど」

「答えなさい」

「はい、童貞です。ところで先輩は処女ですか」

「その質問に答える義務はないわ」

「それは卑怯でしょう。議論の公平さを欠きます」

「処女よ。自慢するほどのことじゃないけど。ただし、恋をした経験がないと言ってるわけじゃないわ。そもそもエロスとアガペーは対立する概念ではなく、したがって処女であるということと処女性を持つということは必ずしも矛盾しない。そのあたりが昨今のウーマン・リブなる活動は理論的に薄弱で——」

わけのわからぬことをしゃべりながら、早苗は急に歩みを緩めた。僕らはいつの間にか祇園の古い町並を通り抜け、紫色のネオンが妖しいラブホテル街に迷いこんでいたのだった。

「カオルくん。話だけじゃなくて、気分転換をしようと思うんだけど、どう?」

なりゆきとはいえ、僕は息の止まるほど愕いた。気分転換どころか、まさしくコペルニクス的な転回である。

僕たちはどちらが先導するでもなく、細い路地を折れた。神社の森に突きあたる袋小路に、あまり猥褻さを感じない程度にうらぶれたホテルがあった。

僕の腕を引き寄せて、早苗は言った。

「ひとつだけ約束して。私たちは昼間のことがあったから、こういう結果に至ったわけじゃないってこと。これは私とあなたの——」

あなた、と初めて呼んでしまってから、早苗は言葉を取り戻すように微笑んだ。

「自立した選択よ。これからあとの交際も、たがいの意思を尊重して行うということを、約束して」

「はい、約束します、先輩」

「早苗ちゃん、でいいわ。ただし、呼び捨てはやめて」

こうして僕と結城早苗は、はたしてなりゆきであったか計画的であったか僕ら自身にもよくわからないまま、コペルニクス的に恋に落ちたのだった。

12

「わざわざこないなとこまで押しかけてきて、すんまへんな。タアちゃんもカオルちゃんも、まあ年寄りのいらん節介や思て、聞いておくれやすか」

辻老人がパイプをくゆらせながらそう言ったのは、「進々堂」の奥の席だった。

「それにしても、この店は変わらへんなあ。いったい何万人の京大生が、この店から巣立って行かはったことやろ」

進々堂は本部キャンパスの北の、今出川通に面した古い喫茶店である。煉瓦《レンガ》造りの壁に青銅の軒灯を飾った正面の意匠は、観光客を立ち止まらせるほど美しい。フランスパンを焼く香ばしい匂いが漂う店内は塵《ちり》ひとつ見当たらぬほど清浄で、中庭《パテイオ》から雨上りの日射しが溢れていた。

「何やのおっちゃん、話て」

長さ二メートルは優にありそうなテーブルに向き合って座ると、清家は訝しげに訊いた。

「いや、そう眉間に皺寄せはるほどの話やないんやけどな。二人揃って聞いてもらわなならん思たんや。齢とるとどうも気がせいてあかんね」

べっこうの丸いメガネをかけ、ベレー帽をあみだに冠った辻老人には、進々堂の象牙色の壁と黒い腰壁とがとてもよく似合った。整然と並んだ長椅子に何人かの京大生が座って勉強をしている。喫茶店というよりも、進々堂はキャンパスの延長だった。

「話いうのんは他でもない。こないだの、伏見夕霞いう女優のことなんやが」

一瞬、清家の表情がこわばった。あの日以来、僕らは一言もその話を口にしていなかった。

「何か、わかったんですか」

黙りこくってしまった清家のかわりに僕は訊ねた。辻老人は推し量るような目で、僕らを交互に見つめた。

「はて、聞き覚えのある名前やなあてずっと考えてたんやけど、けさ目ェ覚めたとたんに思い出した」

そのとき僕は直感した。思いすごしではないと思う。辻老人は思い出したのではなく知っていたにちがいない。

「教えてえな、おっちゃん。どんな細かいことでもええから」

辻老人はメモを取ろうとする清家の様子に苦笑した。

「ぼん、ノートなんかとってどうするのんや」

「早《は》よ教えてえな。昔の女優さんなんやろ」

「ああ。マキノの大将が、この子ォはスターにするいうて、可愛がってた女優や」

「マキノの大将て？」

「マキノ省三やがな」

僕と清家は顔を見合わせた。マキノ省三——日本映画の父と呼ばれる、偉大な先覚者である。

「おっちゃん、マキノ省三も知ったはるんか。そんな昔の人……」

「昔の人？——はあ、あんたらからすればそないなふうに思えるんかいなあ。たしかに大将が亡くならはったのは昭和四年のことやけど、おっちゃんが映画の世界に入ったんは大正も初めのころやからな。知っとっても何のふしぎもあらへんやろ」

言われてみればその通りである。日本映画の創始者というイメージが、マキノ省三をはるかな歴史上の人物と錯覚させるのだろうか。

「こないだ話した永田雅一の第一映画よりはだいぶ前のことや。関東大震災よりは後やったから、大将が日活から分かれて等持院の撮影所を建てはってからやね。いや、昭和になってからやったな。だとすると、東亜キネマいうてたころかな、ともかく等持院やったことはまちがいない。おっちゃん、そこで伏見夕霞いう女優とたしかに会《お》うてる」

恐怖が甦って、僕はせわしなく煙草を吹かした。

「等持院て、あの立命館のそばにあるお寺さんのことやろ」

清家の声はうわずっていた。

「そうや。なにしろ忙しい時代でな、撮影所ができたり潰れたり、おっちゃんかて、いつどこで何をしてたかようわからへんのんや。等持院の撮影所いうのんはな、マキノの大将が日活を退社して作らはったスタジオやねん。震災で関東の撮影所が全滅してしもて、京都に注文が殺到したんや。大将は日活の取締役までしたはったんやけど、いろいろそりの合わんこともあったから、その機会に独立しょいうことになったんや思う。ええ撮影所やったなあ。屋内ステージが四棟、阪妻《ばんつま》も、右太衛門も、千恵蔵も嵐寛《あらかん》もそこで育った。

大将の亡くならはった後はそれらがみな独立プロを率いて映画界をリードしたんやから、やはりマキノの大将は日本映画の父いうことになる」

「で、おっちゃん、伏見夕霞と会ったときのこと聞かせてえな。どんな人やったん」

辻老人はパイプをくゆらせたまま、もういちど僕と清家を睨みつけた。疑われている、と僕は思った。老人は僕らが伏見夕霞について訊ねたことを、ひどく怪しんでいるふうだった。

「あんたらが、いったい何のためにそないなことを訊かはるんかは知らへんよ。おっちゃんはただ、疑問に答えるだけやさかいな」

たしかに妙な質問だったにちがいない。そんなことを訊ねる僕らに、何か下心でもあるのではないかと、辻老人は疑っているのだった。もちろん僕らに、詳しい事情を語る勇気はなかった。

「神戸から、最新式のミッチェル撮影機が届いた日やったからよう覚えてるのんや。キャメラマンやら俳優やらがようけ集まって、化物みたいな撮影機に溜息をついとったところに、紋付袴姿の大将が、東京の向島撮影所からこっちへ来たいう女優を、大事そうに連れて来ィはった。べっぴんやったな。わしかて、こらめっけもんや思たもん。その場に居合わせた衣笠《きぬがさ》貞之助も内田吐夢《とむ》も、阪妻も月形竜之介も、みなとたんにむっつり黙ってしもたほどのええ女やった——ときに、ぼん」

辻老人はじっと清家を見つめたまま、噛んで含めるような口調で言った。

「おっちゃんは、ぼんのことよう知っとるよ。もしかしたら、おとうちゃんやおかあちゃんよりも、ぼんのことよう知っとるかもしれへん。せやから回りくどいことせんと、ぶっちゃけた話してくれへんか。力になれるもんならなる。なあ、タアちゃん」

清家は俯《うつむ》いてしまった。老人はまるで幼な子をあやすように、ひび割れた手で清家の頭を撫でた。

「おっちゃんはカツドウ屋やさかい、ぼんほど頭は回らへん。けどな、七十何年も生きてきたんやから、京大はんより利口なところもあるんやで。ぼん、——あんた、お医者になんぞなりとないんやろ」

清家はきょとんと顔を上げた。辻老人は質問の回答を告げにきたのではない。説諭をしにやってきたのだと、僕は思った。

「おっちゃん、僕、べつにそないな意味で……」

ではどういう理由なのだと問いつめられたら答えようはない。清家は言いかけて口ごもった。

「ぼんも、ほんまはカツドウ屋になりたいのやろ。せやからわけのわからんこと言うて、おっちゃんの気ィ引こうとしたはるのやろ。けどなあ……おっちゃんはこの齢やし、それに立場からしても、おうちに掩護《えんご》射撃はできひんよ。相談してみたらどや、当たって砕けろで」

「あのなあ、おっちゃん……もう、ええわ」

清家は憮然とした様子でノートを閉じると、鞄を抱えて立ち上がった。

「これだけは言うとくけどな、おっちゃん。僕はおっちゃんを利用して自分の人生をどうこうしようなぞと考えるほど、卑怯な男やないよ。相談して聞いてくれる親なら、とうにそうしてる。すんませんでした。けったいな話は、これきり忘れて下さい」

コーヒー代をテーブルの上に置くと、清家は店を出て行ってしまった。僕には清家の憤りがわからなかった。後を追おうとする僕の手を、辻老人は引き止めた。

「まったく、子供のころとどっこも変わらへんなあ。すぐプイとへそ曲げよる」

通りに向かって大きく開かれたガラス窓の外を、清家は振り返りもせずに去って行った。パイプの煙に目を細めてそれを見送ると、辻老人はこってりとミルクの入ったコーヒーを啜《すす》った。

「あないな性格やから、お友達もでけへんのんや。根はやさしくて、ええ子ォなんやがなあ。どや、カオルちゃんもぼんのこと、変わりもんや思てはるやろ」

「そんなことないですよ。清家は優秀だから、みんな近寄りがたいんだと思います。いいやつです」

辻老人はしみじみと僕の顔を見つめた。

「あんた、ええ子ォやな。このさき他にお友達できはっても、タアちゃんと付き合《お》うてくれはるか」

「もちろんです。僕は彼のことを尊敬してるし、とっても気が合うから」

実の父母よりも老人が清家のことをよく知っていると言ったのは、あながち嘘ではあるまいと僕は思った。老人の瞳は慈愛に満ちていた。

「気の毒な子ォなんや。小学校はいった時分から、神童や言われてな。成績はいつもずば抜けとった。高校を一年でやめはったのは、教科書が簡単すぎてあほらしゅうなったからやて。そんときから宣言してたんやで。三年たったら検定とって京大に行くさかい、好きにさせてやいうてな。ほいで丸三年、ぶらぶら映画観たり、中撮でバイトしたりして、あげくにあっさり京大医学部や。しかもな、カオルちゃんはもう気ィ付いてはるやろけど、ガリ勉するふうなぞ、ちいともあらへん。もともとのおつむのできが、ふつうの人間とはちゃうんや」

「それが、気の毒なんですか？」

「なにかて度ォいうものがありますわな。あれだけできが良ければ、家の期待いうもんも大きいおすやろ。根がやさしい子ォやから、偏屈なようでも親の期待いうもんに逆らうことができひんのんや。ちょっと帰りが遅うなっても、どこで何したはったんや、言われる。映画なぞふつうの子ォが観るもんやから、あかん言われる。いくらおつむが良うても、体はふつうの子ォやないか。ほんまは映画も観たかろうし、デートもしたかろ思うよ。けどタアちゃんは、小さい時分から僕はふつうの子ォとちゃうんやておのれに言い聞かして来たんや。気の毒や思わんか」

僕はたちまち、南禅寺の清家の邸の、冷ややかな空気を思い出した。それはあの古い家の奇妙な構造や、千年も続いた貴顕のならわしばかりが醸《かも》し出すものではないと思う。家族の間の当り前の愛情が、あの家には欠けている。

「ときに、おっちゃんにはようわからへんのやが……どうしてまた、伏見夕霞なんや。タアちゃんが何かきっかけをこさえて、やはりお医者はやめや、映画の道に進めるようおうちにかけあってくれ、いうのはわかる。今までにも南禅寺の家でロケしてくれとか、おとうちゃんに映画みせたってくれとか、おうちに女優さん連れてきてくれはらへんやろか、とかな、遠回しにおっちゃんに加勢させたろ思てはったんは、わかってるのんや。今度のもまあそういうたぐいの絵図やろいう察しはついたんやけど……それにしても遠回しや。

なんでまた伏見夕霞なんか、おっちゃんにはさっぱりわからへん」

「べつに、そんな意味じゃないんです。これにはいろいろといきさつがあって――」

すんでのところで僕は言葉を呑みこんだ。

「ほう――ならカオルちゃん。そのほんまのわけいうのんを、聞かせてもらおうか」

辻老人は灰皿にパイプを置くと、口ごもる僕の表情を覗きこむように顔を寄せてきた。うって変わった真剣なまなざしだった。

「あんたら、あの伏見夕霞のことを、どこまで知ったはるんや」

「どこまでって……べつに何も――」

「何も知らんもんの口から、伏見夕霞の名前が出るはずない。撮影所の誰か古いもんにでも聞いたんか。あの女が、いったい何をして、どないなことになったか、誰ぞしゃべったもんがおるのやろ」

辻老人は怯える僕を追いつめるように、テーブルの上に身を乗り出した。

「タアちゃんは、けったいな話やからもう忘れてくれ言わはった。せやけど、あんたはおっちゃんとこで働くんやろ。そのへんはっきりさせといてくれはらへんとな、おっちゃんかて気色わるいわ」

いったいこれはどうしたことなのだろう。謎の上にさらなる謎が被いかぶさって、僕は声を出すこともできなくなった。

「なあ、伏見夕霞のこと、誰に聞いたんや」

事と次第によってはもう僕を雇うわけにはいかない、とでも言いたげに、辻老人は答えを迫った。まるで悪いいたずらを詮議しているふうだった。

「あの、辻さん。僕が何を言っても信じてくれますか」

と、僕はようやくの思いで言った。

「嘘はつきません。何だか僕らが誤解されてるみたいなんで、はっきり言います。笑わないでまじめに聞いてくれますか」

「ええよ。おっちゃん、あんたがええ子ォやいうことはようわかっとるし」

「僕たち――僕と清家と、もうひとり同じ下宿にいる先輩なんですけど――」

「ああ、こないだ一緒にフィルム観たはった、女の子ォやな」

「はい。実はあの日、僕ら三人で、会っちゃったんです」

「会《お》うたて、誰に?」

僕はいちど生唾を呑みこんだ。辻老人が決して信じぬであろうことを、僕は口に出さねばならなかった。

「伏見夕霞に、です。掘割のオープンセットで、会って、話もして、サインまでもらったんです」

「あほなこと……」

と、辻老人は顔を歪めた。

「本当です。おばあさんじゃなかったんです。『祇園の姉妹』に出演していたのと、そっくり同じでした。だから僕ら、狐につままれたみたいになっちゃって、辻さんなら何か知っているかもしれないと思ったんです――あの、たとえば、伏見夕霞に子供か孫がいて、同じ芸名を名乗っているとか、そういうことないですか」

すがるような気持で、僕は訊ねた。もちろん僕らが出会った伏見夕霞と、古い映画の中の伏見夕霞がまったくの同一人物にちがいないことはわかっていた。しかし辻老人なら、何かしら納得のいく答えを出してくれるのではないかと、僕は期待したのだった。

辻老人はメガネを外し、しばらくの間ぼんやりと僕を見つめた。それから脂汗を拭うように、老いた掌で顔をこすった。

「それが嘘やないとすると……」

節張った職人の指のすきまから、老いた瞳が覗いた。

「嘘じゃないです。信じて下さい」

「……信じろ言われたかてなあ」

「僕だって、信じられませんよ。何十年も齢をとらない人間がいるなんて」

「齢なら、とらへんよ」

と、辻老人は掌の中で呟いた。

「死人が、齢とるはずないやろ――」

13

中庭から射し入る午後の光の中で、老人と青年とが声もなく向き合っている。二人の間にはスコットランドの古城にでもありそうな、時代がかった長テーブルが横たわり、象牙色の壁のちょうど肩の高さに、テーブルと同じ艶の黒い腰壁がめぐっている。二人は言葉を喪い、せわしなく煙を吐きながら、ときどき冷えたコーヒーを啜る。

――そんな一場面のスチールはひとまず措《お》くとして、フィルムを交換するためのわずかな休憩時間を持とう。

物語はいよいよ佳境に入るが、幕間《まくあい》は集中力を維持するためにも必要だ。

疲れた腰を伸ばしてあくびをするがいい。それからがらんとした観客席の傾斜を上り、観音開きのキルトのドアを押してロビーに出よう。ステンドグラスから射し入る浮世の光に時間を怪しみながら、煙草を一服つける。

くすんだタイル壁をめぐって、水のない水槽のようなガラスケースが置かれている。開幕ベルが鳴るまでの暇潰しに、ちょっと覗いてみようか。

そこには「映画百年」と題した、古い資料が展示されている。

動く写真「シネマトグラフ」を完成させたリュミエール兄弟と、「キネトスコープ」の発明者トーマス・エジソンの肖像に並んで、二人の日本人先覚者の肖像写真が飾られている。

ひとりは「日本映画の父」マキノ省三。もうひとりは「スター第一号」尾上松之助。

映画の歴史を何も知らない人に、どちらがプロデューサーでどちらが俳優かと訊ねれば、まず誰からも正解は聞けまい。つまり、マキノ省三という人物は一見して二枚目スターの顔をしており、一方の「目玉の松ちゃん」こと尾上松之助の風貌は、ふくよかな丸顔の、むしろ事業家のそれである。

しかしとにもかくにも、この二人の偉人がわが国における商業映画の基礎を築いた。いや、今日われわれの生活を取り巻く、映像文化の幕を開いたと言っても過言ではあるまい。

牧野省三は明治十一年、京都西陣に生まれた。

母は義太夫芸妓である。しかし省三は父を知らなかった。その出生のいきさつは、後年父である。

「日本映画の父」と謳《うた》われた彼にこそふさわしい。

当時、征韓論に敗れて下野した西郷隆盛が、京都でひと戦をするという噂が流れた。御所を戦火から護るために、府下から義兵をつのって上洛した「山国隊」の組頭が、省三の父である。

父には郷里に妻子がいたから、省三の母は進駐先の現地妻であり、省三は今日の言葉で言うなら、不倫の子ということになる。いや、実質はそうにちがいないが、勤皇の志士と京の名妓との間に生まれた子であると言うべきだろうか。ともあれ、マキノ省三は劇的なロマンスの申し子だった。

父が妻子のもとへ帰ってしまった後、気丈で才色兼備の母は、西陣に「千本座」という劇場を建てる。殖産興業政策を背景にして隆盛を極めた西陣で、この芝居小屋は大いに賑わった。

つまり、マキノ省三は生まれながらにしてプロデューサーだったのである。そして彼はやがて、旅役者の一座と同じ地方巡業であった映画という見世物を、「千本座」の舞台にかけることを思いつく。

劇場で定地興行をするのだから、それまでの「動く写真」ではいけないと、若き日の省三は考えた。劇映画の創始である。彼は千本座に出演中の一座に寺の境内で芝居を演じさせ、フィルムに収めた。

興行は当たった。しかし省三は、映画を芝居見物の代償的娯楽であるとは考えなかった。光と影で作られた平面の世界に、映画の可能性を予見したのである。そして魁偉《かいい》な容貌とケレンが売り物の歌舞伎役者、尾上松之助を発見した。

以後、この革命的劇場主と梨園《りえん》の異端児の名コンビは、おびただしい数の映画を世に送り出す。

フロンティアは偉大である。後世のどのような天才も、創始者の力には及ばない。省三と松之助には、明らかに神が加担していた。

当時のプリントには焼増しがなかったから、彼らは東西の劇場から殺到する注文に、オリジナルフィルムをもって応える他はなかった。最盛期にはその製作も、一ヶ月に九本を数えたという。しかも、そのすべてにわたってマキノ省三はプロデュースと監督と脚本に携わり、松之助は主役をこなした。いかに草創期の無声映画とはいえ、彼らは超人である。

省三は京都の灼熱の炎天の下でも、身を切る寒風の中でも、常に羽織袴にうしろ鉢巻の姿で「ワン、ツー、やのホイ!」と、濁声《だみごえ》を張り上げて映画を撮り続けた。

マキノ省三は徹頭徹尾の「カツドウ屋」だった。彼から映画を奪えば、残るものは骨の髄すらもあるまいと思われるような「カツドウ屋」だった。

猿飛佐助や霧隠才三が活躍をする忍術映画が大ヒットをしたとき、彼は多くの少年ファンにもその創造者の名が読めるように、「牧野省三」から「マキノ省三」へと改名した。

しかしそんな彼の情熱は、やがて営利の荒波に翻弄される。日活の大資本からたもとを分かって等持院に建設した「マキノ映画製作所」は、いわば彼とその同志たちのたてこもる良識の砦だった。

マキノ省三は天業にはつきものの多くの災難——経済的困窮や人間関係や事故や火災や訴訟や、およそ男の人生に考えつくありとあらゆる試練に耐えながら、阪東妻三郎を、市川右太衛門を、嵐寛寿郎を、片岡千恵蔵を、自らの手で銀幕のスターダムに押し上げた。

しかし創造の神は、その加担した映画の創始者に対して、おしきせの栄光など与えたりはしない。

マキノ省三は昭和三年三月、彼の総力を結集し、全財産をなげうって、ライフ・ワーク『実録忠臣蔵』を撮る。

クランク・アップした膨大なフィルムを自ら編集中に、失火をした。作業に没頭するあまり、百ワットの裸電球がフィルムに触れたのである。部屋じゅうにほどかれたフィルムの山は、火薬と同じだった。

かけがえのない「大将」を懸命に救い出そうとするスタッフの力に抗って、省三は炎に顔を舐められながら叫んだ。

「あほんだら！　フィルムや、フィルムや！」

十四巻のフィルムが焼け残った。

公開された未完の『実録忠臣蔵』のラストに、省三は万感をこめたワンカットを加えた。無残な撮影所の焼け跡に、省三が靴さえない姿で立っている。左右には妻と、二人の息子が一列に立つ。そして、事情により編集がしきれなかった旨のテロップが流れ、四人は深々と観客に頭を下げるのである。

翌昭和四年七月二十五日、「日本映画の父」マキノ省三は死んだ。

いまだ五十二歳という壮年の死であったが、奥座敷の白い寝床に明石のうすものを着て横たわる遺骸は、安らかな老衰を感じさせたという。

まさに映画とともに生き、映画とともに燃え尽きた人生だった。

等持院の小さな墓石に、戒名はこう記す。

「壮厳院浄空映画雄飛居士」——

さて、後篇の開幕ベルが鳴った。

映画百年の資料の前をひとまず離れ、相も変わらずがらんとした観客席に戻ることとしよう。

キルトの扉を引けば、純白のスクリーンの呼気が頬に触れる。光が落ち、艶やかなプリーツのカーテンが、音もなく上がって行く。

そして唐突に、頭上の闇を光の帯が走る。

初夏の宵。吉田山の学生下宿の窓辺に、月あかりの大文字。市電のモーター音が、かすかに伝ってくる。

青年の長髪の肩に、女が頬をあずけている。メガネをはずし、コンタクトレンズを入れたらしい女の顔は、前篇と同じ役者ではあるが別人のように見える。かつてはおすべらかしのようであった髪を、高くポニーテールに束ね、唇には紅すらさしている。

女の変容に引き較べ、当然のことながら男には何の変化もない。むしろその表情には、女の変容に対するとまどいが見受けられる。

烏が鳴く。寺の鐘の音、ひとつ。

女は顔を起こして男のうなじを抱き寄せる。しかし男は、間近に迫る唇の赤さにたじろぎ、窓辺に沿ってやや腰を引く。

女、目を開いて溜息をつく。再び寺の鐘、ひとつ。

突然、ドアがノックされる。二人はぎょっとして体を離すが、とっさのことで妖しげな雰囲気は被いようもない。

男は立ち上がってどうでも良い居ずまいを正し、ハイ、とうわずった声を上げながらドアに近付く。

ドアごしに、男は訊ねる。

「どなた、ですか……」

14

「ごめんやす。三谷薫さんのお部屋は、こちらですやろか」

はいそうですけど、と僕は鍵をかけたまま引戸ごしに答えた。甲高い男の声に聴き覚えはない。

「うちとこの倅が、いつもお世話さんになっとります。清家忠昭の父親でございます」

ぎしりと廊下が鳴った。愕くよりも、どうして清家の父親がひとりで下宿を訪ねてくるのだろうと、僕は訝しんだ。

早苗は窓辺で背筋を伸ばし、なぜ、というふうに首をかしげて見せた。

たてつけの悪い引戸を、ごろごろと開ける。洗面所のほの暗い灯りを背にして、背広姿の紳士が立っていた。

「夜分すんまへんなあ」

紳士は帽子をとりながら、じっと品定めでもするように僕を見つめた。濃厚なポマードの匂いが鼻をついた。

一見して、まちがいなく清家の父親だと僕は思った。背が高く、力をこめているような怒り肩がそっくりだった。彫像めいた鼻梁も、一重瞼の冷たい感じがする目元も、よく似ていた。

「ちょっとよろしおすやろか——お客さんですのんか?」

と、清家の父は慇懃《いんぎん》だが不遜《ふそん》な物言いで、僕の肩ごしに早苗を睨んだ。

「いえ、同じ下宿の先輩です。忠昭君もよく知ってますから、どうぞお気づかいなく」

「ほな、寄せてもらいます」

問答無用の感じで、父親は部屋に上がりこんだ。コートを脱ぎながら、今度は早苗を品定めする。

「こんばんは。結城早苗です」

「はあ、おしまいやす。べっぴんさんやねえ、学校、どちらですか」

「京大、です」

「京大で何お勉強したはるのやろ」

一瞬、早苗が答えにとまどったのは、父親の言い方がひどく嫌味に聞こえたからだろう。京都弁特有のそうした言い回しは、「専攻は何か」とは聞こえず、「学問もせずに何をしているのだ」という意味にとれるのだ。

「哲学、です」

「ほう。京大の看板ですなあ——とすると、三谷薫君とは同じ学部いうことですな」

折りたたみの小さなテーブルの前に、父親はきちんと膝を揃えて座った。壁に貼りめぐらされた映画のポスターをしげしげと眺め渡し、本棚を見つめる。

「映画、お好きなようですなあ」

「はあ……」

僕は不愉快になった。招き入れるまでもなく上がりこみ、他人の部屋をじろじろ見る。言葉と物腰だけはいやにていねいなのだが、図々しい。要するに僕が辟易していた京都人の典型だった。まさに慇懃無礼、というやつである。

「私、お茶いれてきます。それともコーヒーになさいますか？」

相変わらず品定めをするように細い目を早苗に凝らしながら、父親は答えた。

「すんまへんなあ。じきに去《い》にますさかいかまわんといておくれやす。ほな、コーヒーでも」

　早苗が部屋から出て行くと、父親はかたわらにかしこまった僕を手招いた。

「……おじゃま、でしたやろか」

「いえ、べつに。僕ら、そんなんじゃないですよ」

「プラトニックな関係、ですやろね」

　大きなお世話だ、と僕は思った。

「いや、そんなのでもないですよ。この下宿は二人きりですからね、ときどきお茶を飲んだり、議論をしたり、先輩は優秀だから勉強を教えてもらったりしてます」

　父親はいっそう疑り深い目を、宵闇の窓に向けた。開け放たれたままの窓には、東山が絵のように収まっていた。

「ええ景色ですなあ。東京のお方から見はったら、さぞロマンチックですやろなあ」

　まるでつい今しがたまで、僕と早苗がそこに寄り添っていたことを知っているような口ぶりだった。

　それから、早苗がコーヒーを持ってくるまでの間、清家の父親は僕の家庭の事情とか、京大に入学することになった経緯とかを、根掘り葉掘り訊ねた。

「東京の学生さんは、いろんなことようけ知っておいでですやろ。うちとこの伜なんぞ、二つ三つも下に思えるんとちがいますか」

「べつに……そういうこともないですけど」

そのあたりで、僕は父親の突然の来意に気付いた。つまり、伜の友人の品定めに来たのである。まったく常識にかからぬことだが、それまでの情報を総合すると、そうとしか考えられなかった。

確信を持ったとたん、僕はうんざりとした。この父親はおそらく、ずっとこんなふうにして息子を管理してきたのだろう。清家忠昭に友人ができないのは、彼自身のせいばかりではない、と僕は思った。

「実はですな、三谷君――」

と、父親はいちど戸口を振り返って声をひそめた。廊下で早苗の水を使う音がする。

「あんたはんのことは、伜からしばしば聞いとりましたんや。いちどうちとこにもお越しにならはりましたやろ。家内もえろう喜びましてなあ、タアちゃんにええお友達ができたいうて」

「その節は、どうもごちそうさまでした」

「いえいえ、大したおかまいもせんと……ほんで、実はですな。このところうちとこの伜の様子が、ちょっとおかしいのですわ」

「おかしい、って？」

僕はぎくりとした。撮影所でのあの一件以来、僕らはみなおかしくなっている。清家はいたたまれずに、伏見夕霞のことを口にしたのだろうか。だとすると、父親の来意はあながち僕の品定めばかりではない、ということになる。

早苗がコーヒーを持って来た。

「二人きりの方が、いいでしょうか」

僕が訊ねると、父親は早苗を横目で見ながら言った。

「いや――実はこちらの先輩のことも、倅から聞いとりますのんや。あんとき、ご一緒でしたんやろ」

あのとき――一言で早苗は肩をすくめた。

「何かのまちがいや思います。たとえば、ですな、集団催眠みたいなこと、若い時分には誰にも経験がありますのんや。私らも学生時代に学徒動員で名古屋の方の工場に行かされとりましたんやけど、まあB29にようけ爆弾落とされましてな、友達がたんと死にましたんですわ。そんときも、死んだはずの人間をどこぞで見かけたとか、兵隊にとられた先輩がどこそこにおったとかですな、そないな話が、まああちこちにありました。つまり、そのたぐいですやろ。ちゃいますやろか」

僕より先に、早苗は断然抗議をした。

「それは、ちがいます。戦争中という異常な状況下では、そういうこともたしかにあったとは思いますけど、私たちが見たものはそんなにあいまいなものじゃないんです。まったく正常な時間の中で、日常の中で起こったんです」

「はて、お言葉ですが撮影所のオープンセットが、はたして日常ですやろか」

父親は微笑を吹き消して、僕と早苗の顔を睨んだ。聡明な人物だと、僕は思った。あの日、僕らはたしかに、映画という嘘の世界に嵌《は》まりこんでいた。自分たちがエキストラであるということすら忘れ、僕は大工に、早苗は町娘に、清家は武士に、すっかり変身していた。そのときの異常な昂《たかぶ》りを思い起こしてみれば、少なくとも僕らが集団催眠にかかっていなかったと断言することはできない。

たぶん、早苗も僕と同じことを考えた。やりこめられたというよりも、僕らはほっとしたのだった。

「要するにですな、こう思たんですわ。うちとこの伜は日ごろからお天道さんにもよう当たらんと、机にかじりついとります。お二人かてそうですやろ。そないなお友達が三人連れ立ってアルバイトに行かはった。行った先は、よう知らんけどまるきり浮世ばなれした時代劇の世界ですやろ。この状況はですな、みなさんが何を見はっても、べつだんふしぎはない思たんですわ」

まるで合格電報を受け取ったときのように、胸のわだかまりが晴れた。清家の父親の言葉には強い説得力があった。

「そのこと、忠昭君にも言って下さいましたか」

早苗は目を上げて訊ねた。

「どうやらお二人は納得しいはったようですな。もちろん同じこと言いましたよ。せやけど、どうもうちとこの伜は素直でないいうんか、考え詰める性分いうんか、お二人のように納得せえへんのですわ。いやはやわが子とはいえ、困りもんです。どうかお二人からもそう言うて下さい。親の口から言うより、聞くと思いますさかい」

父親はコーヒーを一口だけ啜《すす》って立ち上がった。背を伸ばして正座した姿から、すっと立ち上がるさまには、真似のできないような気品があった。僕はいつか清家が言っていた、千年も続いた旧家のならわしを思い出した。この父親は年に何度か、神官のなりをして古い社に詣で、祝詞《のりと》を上げるのだ。

「ついでと言うては何ですが、もひとつだけお願いしてよろしおすやろか」

廊下に出かかって、清家の父は言った。

「伜がこちらにおじゃまするのんは、まあかまへんのですが――なるたけあてつけんようにして下さいますか」

「は？……」

あてつけるという言葉の意味が、僕らにはよくわからなかった。

「つまり、ですな。うちの忠昭も同じ年頃やさかい、ガールフレンドの一人も欲しやろ思うんですわ。そのあたり、ぜひご配慮下されば幸いです」

はあ、と僕らは同時に、答えにならぬ返事をした。


その夜、僕と早苗は鴨川《かもがわ》べりを歩いた。

夕食を済ませたあと、べつべつに下宿を出て、夜の京をあてどもなく彷徨《さまよ》い歩くことが、僕たちの習慣になっていたのだった。

いつものように黒谷の交番の前で落ち合い、岡崎公園を抜けて川端に出た。そこから四条大橋までの河原は、京都ではお定まりのデートコースだった。

暑い夏の夜を予感させる晩だった。東山には朧《おぼ》ろな満月がかかっており、川風が快かった。

未来について、僕らは語り合った。

もちろん約束を交わしたわけではない。大学を卒業したらどうするか、そして何歳ぐらいで結婚するのかというようなことを、僕と早苗は他人事のように話し合った。

僕らは確実に愛し合っていたのだが、たがいのしたたかな矜持が、ふつうの恋人のような甘い会話を僕らの唇から奪っていた。

いつでもそうだったが、僕らはすれちがう恋人たちと同じように手をつないだり、腕をからませたりはしなかった。一歩ごとにごつごつと肩の触れ合うほど寄り添って、白く長く続く河原道を歩いた。

京都の歳時記を思い合わせれば、六月も半ばすぎ、ということになる。河原の西岸には、先斗町《ぽんとちょう》に面した料理屋の川床が高く張り出していた。

三条大橋を過ぎると恋人たちの数も増え、頭上にはぎっしりと川床の露台がつらなった。意匠をこらした軒灯やぼんぼりが、僕らの足元を照らしていた。

ふいに、早苗が口をつぐんで立ち止まった。気付かずに歩く僕の腕を引き戻し、しがみつくように顔を寄せる。

愛おしい気持になって背中を抱いた。早苗は慄えていた。

「どうしたんですか、急に」

僕の肩に顔を埋めながら、早苗は少女のように嗚咽《おえつ》した。他人行儀の会話に耐えられなくなって、ふつうの恋人のように僕を求めてきたのだろうと思った。

僕に抱かれても、早苗はすねるように泣き続けた。しかし早苗は、すねているのでも感極まってそうしたのでもなかった。突然と、歩くことも話すこともできなくなったのだった。

「見てよ、カオルくん」

僕はあたりの薄闇を見渡した。

「何ですか、どこ？」

「上よ、上」

せせらぎに立つ柱を目でたぐり、真上の川床を見上げて、僕は早苗の背中を鷲摑みに抱きすくめた。

ぼんぼりを張りめぐらせた露台の席に、清家が座っていた。そしてその差し向かいには、紺色の絽《ろ》の着物を着た女がいた。髪を古風な形にひっつめた横顔に見覚えがあった。

「うそ、だろ……」

「行こうよ、カオルくん。早く逃げようよ。嘘じゃなかったのよ。集団催眠なんかじゃないよ」

しかし逃げようにも、僕たちの体は河原に立つ石像のように動かなかった。

清家はブレザーの襟を少し寒そうに立てて、東山にかかる月を眺めている。幸せそうな表情が怖ろしかった。

酌をしながら、女はまるであらかじめ僕らがそこに来ることを知っていたかのように、僕と早苗に向かって微笑みかけた。

恐怖とはうらはらに、僕は伏見夕霞の美貌に目を瞠《みは》った。それは、まことこの世のものとは思えぬほどの美しさだった。

15

翌朝早く、僕はとるものもとりあえず、太秦の撮影所に辻老人を訪ねた。

鴨川の河原で垣間見た怖ろしい光景を、うまく説明する自信はなかった。信じてもらえなければ、おそらく数日後から始まるアルバイトの口を棒に振る。だが、もうそんなことを言っている場合ではなかった。深いわけはわからないが、ともかく大変なことが清家忠昭の身の上に起こっているのだ。

僕は親友を救わなければならなかった。さしあたって相談できる相手といえば、辻老人しかいない。

まんじりともできずに夜を明かし、朝食をかきこんで下宿を出た。道路は修学旅行の観光バスが数珠《じゅず》つなぎにつらなって、ひどい混雑だった。通勤客の噂話によれば、そろそろ西陣や室町あたりの問屋街では呉服の展示会が始まっているという。

「なんぎなこっちゃなあ。なんぼ言うたかて始まらんけど、修学旅行も展示会も、いっぺんにするいうのんは、やめてくれへんかいなあ」

うんざりとした車中の声を聞きながら、のろのろと進む車の行列を見下ろすと、なるほど他県ナンバーのライトバンが目立った。

京都には、坩堝《るつぼ》のような暑い夏がやってきていた。


辻老人は半地下のプリント倉庫で、古いキャメラを磨いていた。

「やあ、おはようさん。ちょうどええわ、あとで下宿に電話したろ思てたとこや。どや、これ。すばらしいやろ」

巨大な撮影窓《アパーチュア》を戸口の僕に向かってぐるりと回しながら、辻老人は子供のように笑った。それはまるで甲羅をへた怪物のような鋼鉄のキャメラだった。

「ミッチェルのNCサウンド、いうてな。トーキーの時代を開いたキャメラや。このシンクロナス・モーターでな、毎秒二十四コマの定速同時録音がでける。今なら当り前のことやけど、これが輸入された昭和の初めには、絵と音とがいっぺんに撮れるいうのんは、魔法のようやった」

まるで国宝級の仏像の手入れでもするように、辻老人は柔らかな絵筆と布とでキャメラの埃《ほこり》を拭いながら説明を続けた。

毎秒二十四コマの定速撮影のほかに、モーターの交換によって毎秒四コマから三十二コマまでの変速回転ができるという。しかもフィルム面のあるアパーチュアとルーペが後部のハンドルによって正確にシフトし、撮影画面とピントがひとめで確認できるという、当時としては画期的な機能を備えていたそうだ。

「つまりやな、このキャメラの登場によってサイレント時代のチョコチョコした人間の動きやピンボケがのうなったんや。試写会のときのどよめきは今も忘れられへん。なにせ初めて、目で見るのとおんなし映像が映し出されたのやからな。そんときのマキノの大将の得意満面ぶりいうたらあんた――」

僕は辻老人の話に水を差さねばならなかった。ミッチェル撮影機にまつわるエピソードはもっと聞きたかったが、僕には言わねばならないことがあった。

半地下の窓から射し入る光の中で、僕はなるたけ撮影機の尊厳を冒さぬように言葉を選んだ。

「辻さんが初めて伏見夕霞に会ったのは、たしかこのキャメラをみんなで眺めていたときだったって——そう言ってましたよね」

ハンドルを拭う辻老人の手が止まった。

「……なんや。そないな話、またむし返すのんか」

老人の顔から笑みが消えた。

「いいかげんにせえへんと、おっちゃん怒るで」

怒るというより、辻老人は悲しげな表情になった。いちど頭を下げてから、僕は言わねばならないことを、思い切って口にした。

「清家が、大変なんです。僕は嘘を言いません。話を聞いてくれますか」

辻老人の悲しげな表情が、みるみる不安のいろに染まった。

「タアちゃんが、どうかしはったんか」

「ゆうべ、鴨川の床で見かけたんです。清家は伏見夕霞と一緒に、酒を飲んでいました」

「なんやて——」

老人の手から絵筆と布がすべり落ちた。

「信じて下さい。こんなことを言ったら、もう僕を雇う気にはなれないかもしれませんけど、相談する人は辻さんしかいないんです。あいつ、大変なことになっていると思うんです」

言いながら、僕は全身に鳥肌が立った。鴨川の露台から、幸福そうな目を東山の満月に向けていた清家忠昭の顔が甦った。決して夢ではないのだと、僕は僕自身に言いきかせた。

「怪談やな。信じるかどうかは別として、話きこか」

気を取り直すようにパイプに火を入れると、辻老人は長椅子に腰を下ろした。僕もスチールの椅子に座って煙草をつけた。

ひととおりのいきさつを話すと、僕の心はまるで恐怖心の半分を譲り渡したように軽くなった。

伏し目がちに黙って僕の話を聞きおえると、辻老人は二人の間に佇むミッチェル撮影機に老いた目を向けた。

「このキャメラも、まだまだ現役なんやけどなあ。そら多少は使い勝手も悪いけど、撮る者が撮れば、ちかごろのちっぽけなキャメラなど真似のできひんような、いい絵とるんやで。東京の博物館に収めるさかい、手入れしとけ言うのんや。おっちゃん、こいつに引導わたさなあかん。しんどいわ」

老人を慰めるように、銀杏の葉影が痩せた肩を抱いていた。

「信じてくれますか」

「そやなあ……これがお蔵入りになるいう日に、そないな話聞かされるいうのも、あながち偶然とは思えへんし……」

他人に物事を強要することの嫌いなたちの僕は、申し訳ない気持でいっぱいになった。辻老人は困り果て、憔悴《しょうすい》しきっている。死児の骸《むくろ》を愛おしむように、骨張った職人の手でミッチェルのハンドルを撫でさすりながら、老人はいくども溜息をついた。

「なあ、カオルちゃん――」

「はい」、と僕は俯いたまま答えた。

「何べんも、あほな話やいうてすまなんだな。おっちゃん、信じるわ。いや、今までかてあんたの話を信用せえへんかったわけやあらへんのんや。棺箱に片足つっこんだこの齢になれば、そないな話は誰かて信じるよ。せやから、なおさらのことな、そないあほなことあるかいうて、むきになったんや。わかってくれるか、カオルちゃん。あの世に近い分だけ、おっちゃんの方が怖ろしいんやで」

半地下の窓を見上げた辻老人の目には、もうとまどいのいろがなかった。あれこれと思案をし、躊躇《ちゅうちょ》したあげく、とうとう本番のフィルムが回り始めたのだった。

老人は僕を見据え、うって変わった厳しい口調で言った。

「牡丹燈籠やな。タアちゃんは、伏見夕霞の亡霊にとり憑《つ》かれたんや。えらいこっちゃ、何とかせなあかん」

僕はふと、北門前の「進々堂」で辻老人が詰《なじ》るように言った言葉を思い出した。伏見夕霞のことを聞き出そうとした僕に向かって、老人は唇の端にパイプをきりきりと嚙みしめながら言ったのだ。

(何も知らんもんの口から、伏見夕霞の名前が出るはずない。撮影所の誰か古いもんにでも聞いたんか。あの女が、いったい何をして、どないなことになったか、誰ぞしゃべったもんがおるのやろ――)

僕は伏見夕霞について何ひとつ知りはしない。だが、彼女がいったい何をして、どんなことになったのか、僕には知る必要があった。

「あんまり思い出したくもないことなんやけどなあ――」

と、辻老人は言いためらった。

「せやけど、カオルちゃんには話しとかなあかん。伏見夕霞がこの世にどないな未練を残して死んだかいうのんは、つまり……あの子ォの霊がタアちゃんにとり憑こういう動機やしな」

辻老人はかたずを吞む僕の目をまっすぐに見つめながら、美しく悲しい女優の物語を、とつとつと話し始めた。

16

――しんどい話やけど、聞いておくれやすか。

おっちゃんの記憶ちがいでなければ、それは昭和十二年の七月のかかりのことやった思う。町なかに、こんちきちん、こんちきちんいう、祇園囃子《ぎおんばやし》の音が聴こえてたさかい、そない思うのんや。

おっちゃんもまだ若かった。

昭和十二年いうたら、溝口健二の『祇園の姉妹』の翌《あく》る年やね。世間はぼちぼち雲行きがあやしゅうなってきたころやけど、まだ軍人が映画の世界にとやかく口出しするほどやなかった。軍国主義の国策映画に手を染める前の、ええ時代のこっちゃ。

あの日は――そや、雨が降っとったな。おっちゃんはその日、蛇の目に高下駄はいて、祇園のお茶屋さんにな、溝口組の次回作の、ロケハンの交渉に行ったんや。こんちきちん、こんちきちんて、雨を縫うようにお囃子が追うてきてた。

歩きながら、伏見夕霞のことを考えてたのはなぜやろか。

もしかしたら、おっちゃんあの子ォのこと、好いてたのかもしれへん。遠い昔のことやし、心の中はもう忘れた。

きれいな子ォやった。花のたたずまい、いうのんかな、いつも役者さんたちの蔭に隠れるようにして、ひっそりと咲いてた。

そないに可愛《かい》らしい、性格も姿かたちもええ子ォやのに、思うよな役がつかへんかったのにはわけがある。

ちょっとしたボタンのかけちがいいうのんかな、あの子ォには運いうもんがなかった。

もとは向島の撮影所のニューフェイスやったものが、これからいうときに震災でみな潰れてしもたやろ。仕事がのうなって、ぶらぶらしてる役者の中から、マキノの大将がこれはいける思わはって京都に連れてきた。

そや。せんにも話した思うけど、このミッチェル撮影機が神戸から届いた日に、伏見夕霞も東京からやってきたんや。それもやはり何かの因縁やろ。

まだ十六か十七やったんとちゃうやろか、等持院の撮影所で、おっちゃんらが梱包を解いたミッチェルに溜息ついとったところにな、伏見夕霞は大将に連れられてひょっこりやって来た。

マキノの大将はあの濁声《だみごえ》を得意満面に張り上げて言わはった。

どや、べっぴんさんやろ。もう女形《おやま》の時代はしまいや。ミッチェルも届いたことやし、日活のP・C・Lも、松竹の土橋式もくそくらえや。目の醒めるようなトーキー撮ろやないか。この子ォをヒロインにして、ハリウッドも青ざめるよな映画、撮ったろやないか。それからの大将の入れこみよういうたら、大変なものやったな。伏見夕霞を邸に住み込ませて、わが子同然に可愛がった。だいたいからしてマキノの大将は、好き嫌いのはっきりしたお人やった。これと決めたらとことん付き合う。嫌いなもんには洟《はな》もひっかけへんのんや。

大将がぽっくり死なはって、一番ワリ食うたんは、伏見夕霞や思うわ。もっとも本人はまだほんの子供やったし、わけもわからんかった思うけどな。

神様に死なれた等持院は、じきにてんでんばらばらになった。御室《おむろ》の撮影所が分かれ、阪妻がプロダクションこさえて太秦に出た。千恵蔵は双ヶ岡《ならびおか》から嵯峨野に撮影所を建てて独立した。そのほかにも、いったいいくつの流れに分かれたんか、数えることもようせん。撮れば撮っただけ実入りのある黄金時代のことやった。

おっちゃんか？――おっちゃんは、さてどこをどう渡り歩いたもんか、いわば映画界の便利屋やしな、マキノの大将にこき使われてたおかげで、裏方のことなら何でもできたさかい、どこからも引っぱりだこやった。今ふうに言うたら、さしずめフリーのスタッフやな。今日は太秦、明日は嵯峨野、あさっては御室、いうふうに、撮りに入って手の足らん撮影所の間を、毎日走り回ってた。

はて、そのころ伏見夕霞はどないしてたんやろ。大将が死なはったんは昭和四年やったから、七、八年もの間、役らしい役のつかんかったのはたしかや。

役者には引きが肝心やさかい。大将があれほど入れこんだ秘蔵っ子や、おいそれとヒロインに抜擢する監督はおらんわな。

さあ――畏《おそ》れ多い、いう言い方は当たらんね。カツドウ屋はみな我が強いさかい、マキノ省三の育てた役者は、かえって敬遠されたんやないか思う。きょうびのタレントと同様、トーキーの幕が開いて、女優はいくらでもいたし――。

そや、思い出した。いっぺん山中貞雄に引かれて、双ヶ岡の嵐寛プロにいたことがあったな。

あの天才監督、山中貞雄の目に止まったんや。あれはすごい男やった。遺作になった『人情紙風船』を観たときな、おっちゃんはしばらく席から立ち上がれんほどショックを受けたもんや。あとにも先にも、おっちゃんが観た「完璧な映画」は、あのひとつきりや。ここはこうした方がええいうところが、あの写真にはひとつもなかった。

あの子ォは、山中貞雄の映画には出たんやろか。よう思い出せへん。

山中はほんまの天才やった。嵐寛プロで第一回監督作品――『磯の源太・抱寝の長《なが》脇差《どす》』いう映画を撮ったのは、まだ二十二か三の時や。馬のような長い顔に立派な髭を立てて、まるで四十過ぎの大監督のような風格があったな。

伏見夕霞を引いたいうのんは、まあ天才山中ならではの炯眼《けいがん》やろ。あれはええ写真を撮るためなら、つまらん面子《メンツ》や意地にこだわる男やなかった。

せやけど、伏見夕霞には運がなかった。

山中は京都での名望には飽き足らず、東京に行ってしもた。ほんで、完全無欠の映画『人情紙風船』を撮ったんや。

実はな、山中貞雄と伏見夕霞は相思相愛の仲やったいう噂がある。

真偽のほどは知らんよ。けどなあ、せっかく山中が自分とこに引いておきながら、役をつけへんいうのんはおかしい。おっちゃん、噂は本当や思う。

いっぺん鳴滝《なるたき》にあった山中の家で酒を飲んだことがある。台所で燗をつける伏見夕霞と山中とが、おっちゃんには似合いの夫婦に見えたもんや。

貞やん、かくかくしかじかの噂、ほんまかいな――おっちゃんはやきもち半分で山中に訊いた。すると山中は、あの茫洋として捉えどころのない髭面を崩してな、笑いとばしたもんや。

辻さん、何言わはりますのんや。これからの監督とこれからの女優がめおとになって、どないします。

つまり——山中は二人の仲を否定せえへんかった。二人がどないな別れ方をしたのか、おっちゃんようは知らん。いちど、こないな想像をした。雪の渡月橋で、山中と夕霞は別れたんや、と。嵐山を染める牡丹雪の緞帳《どんちょう》の中でな、二人はしっかり抱き合《お》うて、くちづけを交わすんや。

「夕霞、きっと東京でええ写真とるしな。しんどいやろけど、映画は俺の天業やね。俺な、日活も松竹も腰抜かすような写真とって、京都に凱旋するさかいな。辛抱しいや」

山中は振り向きもせずに去って行く。欄干にすがりついて、送る言葉もなく蹲《うずくま》る夕霞。雪は降りつのる——どや、ええやろ。

山中貞雄がその後どないなったかは、知ったはるやろ。『人情紙風船』が封切られた八月二十五日に、赤紙がきよった。ほして、中国の戦場に送られた山中貞雄は、生きて再び京都の土を踏むことがなかったんや。

スクリーンの光の中を駆け抜けた、わずか二十九歳の命やった。

おっちゃんみたいなもんが七十何年も生きて、かけがえのない天才が二十九で死んだ。映画の神様も酔狂なもんやな。

今もときどき、貞やんの夢を見る。鳴滝の縁側で、大あぐらをかいて酒を飲んでんのや。

貞やんの酒は、おこうこも塩辛もいらん。女も酌もいらんのんや。
肴《さかな》はいつも、フィルムだけやった。

話が脇にそれてもうたな。

齢をとると、どうも思い出にもろうなってまう。話す方もしんどいけど、辛抱してお聞きやっしゃ。

どこまで話したんかいな。そや、昭和十二年の七月のかかりのこっちゃ。

おっちゃん、溝口組のロケハンの交渉に、祇園のお茶屋さんへ行ったんや。雨の中を帰りかけながら、伏見夕霞のことを考えてた。

貞やんに捨てられて、あの子ォどうしてるんやろ思たんや。

花見小路のとばくちの、一力《いちりき》の前のあたりまできて、おっちゃんギョッと立ち止まった。市電通りの雨ん中に、伏見夕霞が立ってた。

声かけよ思て、おっちゃんとっさに蛇の目で顔を隠した。四条大橋の方から、ずぶ濡れの男が走ってきて、すっぽりと夕霞の傘の下に入ったんや。

背の高い京大生やった。二人が恋仲やいうことは、ひとめでそうとわかった。

おっちゃんが頭にきたのんは、嫉妬のせいやないで。山中が東京に行ったのはその年の三月のことや。『人情紙風船』の撮影がたけなわやいうことは、風の便りに知ってた。山中と夕霞がどういう仲やったんかはよう知らん。せやけど、仮にええ仲やなかったにしろ、師弟にはちがいないやんか。恋人にせよ師匠にせよ、山中が命がけの映画を撮っている最中に、京大生と昼ひなかの逢引いうのんが、おっちゃんには許せへんかった。ましてや国家の非常時で、相合傘などは不良行為もはなはだしいころのこっちゃ。

あの女、マキノの大将の恩義も知らんと、貞やんの立場も知らんと、よくもまあ京大生などたらしこんで――ところが、どやしつけよう思ううちに、二人は祇園さんの方に向かってスタスタと歩き出した。

おっちゃん、べつに覗きの趣味はないんやけどな、東山あたりの待合にでもしけこむいうんなら、現場を押さえて説教したろ思たんや。ほんで、蛇の目に顔を隠しながら、二人の後をついて行った。

雨足が強なった。不埒《ふらち》なアベックを包み隠すほどの降りをええことに、二人は身を寄せ合いながら石段下を左に折れ、知恩院さんの方に向かって歩いて行く。

はて、その先は待合なぞあらへんし、岡崎あたりに学生の下宿でもあるんかいな思た。

三門の下を通り過ぎれば、昼なお暗いよな楠の森や。

二人がどこ行った思う?

鬱蒼とした楠の大樹に囲まれた、粟田口《あわたぐち》の青蓮院《しょうれんいん》にな——知っとるやろ、めったなもんの入れん、天台宗の門跡《もんぜき》寺院や。天台門跡いうたら、親王さんが出家して入らはるお寺さんやで。

植込の蔭に身をひそめて覗くと、二人は庫裏の車寄から、まるで闇に吸いこまれるようにして、伽藍の中へと入って行ってしもた。

そら見てる方は気色わるいわ。学生と大部屋役者が、そないな場所に案内もなく入れるはずないわな。

気色わるいけど、怖いもの見たさいうんかいな、このまんま引き返したら寝覚めも悪いような気になってしもうたんや。で、あたりを見渡したら、ちょうど宸殿《しんでん》の庭に続く枝折《しおり》戸《ど》が目に入ったよって、そこからそおっと忍びこんだ。

青蓮院、拝観に行かはったことあるか？　今は一般の観光客にも公開したはるやろ。ありがたいこっちゃ。

宸殿の北側は小堀遠州と相阿弥のこしらえた名庭やけど、おっちゃんの忍びこんだ東側の一角は、苔のみっしりとついた、幽玄な感じのする広いお庭や。

そこには何もない。千年を経た楠の枝が空を被ってな、檜皮《ひわだ》葺《ぶ》きの宸殿を、仏さんのたなごころのように包み隠しているばかりや。

楠の葉むらが雨粒をぼたぼたとまとめ落として、まるで色メガネでもかけたみたいな、まっさおな世界やった。雨音のほかに音はなく、葉と苔の緑のほかに、色もなかった。

おっちゃん、躑躅《つつじ》の植込に身をひそめて蛇の目を閉じた。

伏見夕霞と学生とは、宸殿の階《きざはし》の上に並んで座ってた。何を話すでもなく、ぴったりと肩を寄せ合《お》うて、ほの暗い苔の庭を眺めてたんや。

けったいな感じがしたな。音もない色もない、時の流れも止まってしもたような古いお寺さんの縁先に、ただぽつねんと二人は座っとるんや。

のちに小津安二郎の映画やったやろか、それとそっくりのシーンを観て、ハッとしたことがある。おっちゃんが盗み見てた角度も、キャメラをめいっぱいに引いた小津ごのみのローアングルやったいうたら、わかりやすいやろか。

学生は正座をした膝の上に、角帽を握りしめてた。伏見夕霞は紺色の絽の着物を着てた。ぼんやりと苔を眺めてるんやけど、何やのっぴきならん緊張感があって、やり場のない情念を感じさしたな。

そのうち、廊下をめぐって小坊主がおうすを捧げ持ってきた。

あれっ、と思たよ。小坊主はまるで仏さんに供えるみたいに、はいつくばっておうすを出したんや。

青蓮院は宮さんのお寺や。叡山の天台座主《ざす》も、そこの門跡から選ばはるいうことやし、本願寺さんのご法主もそこで得度《とくど》せな公には認められへんいうほどのお寺さんなんや。しもじものもんの縁もゆかりもないそないなお寺さんが、そこまで礼を尽くすのんはどうしたことやろ。

そう思て学生を見れば、なるほどどことなく、やんごとない気品があるやんか。

ことの次第はようわからん。わからへんけど、おっちゃんそのとき、しもた、て思た。二人がどこで知りおうたのかは知らんよ。せやけど伏見夕霞は、百人の男はんが見て百人が振り返るほどのべっぴんや。やんごとないお方に見初められても、何のふしぎもない。

体が慄えたな。おっちゃん、慄えながら、庭の隅っこで膝かかえて泣いたよ。

泣かなならん理由は、今の若い人にはわからへんやろけど、いや、その時代でもずうっと伏見夕霞を気にかけてたおっちゃんにしか、わからへんやろ。

あの子ォはな、スクリーンの中でしか生きて行かれへんほどのべっぴんやった。神さんのいたずらや。この世のどこにも置かれへん、誰のもんにもなれへんほどの美しいおなごさんを、神さんは造らはったんや。

伏見夕霞は、映画いう嘘の世界にしかありえんヒロインやった。せやから——こないなふうに言うたら、あの世の大将にどやされるかもしれへんけど——あの子ォのそばに寄るもんは、みな不幸になった。

役がつかへんかったわけは、みなが本能的にそれを感じたからかもしれへん。早い話が、こわいぐらい美しい女やったんや。

夕霞は大将に死なれた。貞やんには捨てられた。だあれも拾ってくれへん。それを、やんごとないお方が拾うてしもた。

おっちゃんがとっさに、しもた、思たわけはわかるやろ。それはな、ふしぎなことでも何でもない、台本に書かれてあるような必然やったんや。

おっちゃんは、いつまでも黙ってお庭を見つめる二人を残して帰った。そのあとは、どこをどう歩いたものかもさっぱり覚えてへん。

青蓮院で見たことは、誰にも言わへんかった。言いたくても言えなんだ。おそらく――神さんがおっちゃんの口を、しゃべったら命もらうでて、封じてしもたのかもしれへん。

その学生がいったいどこのどなたさんやったかは、今もって知らんよ。もっとも、知りたくもないけどな。

そや、おっちゃんいちどな、それとなく伏見夕霞にたんねたことがある。御室やったか等持院やったか忘れたけど、ともかくマキノの撮影所のどこかや。

撮影のあいさに、ちょい役で出てた夕霞とな、たまたま二人きりになったことがあったんや。弁当食べながら、おっちゃんそれとなく、いやひどく遠回しにたんねた。

「ユウカちゃん、あんた彼氏いたはるんか」

すると夕霞は、少し愕いたように箸を止めてな、あの扇のような睫毛をぱちくりとしばたたいて、ふしぎそうにおっちゃんを見た。いつまでたっても京ことばに染まらん子ォやった。

「募集中ですよ。辻さん、私の彼氏になってくれますか」

冗談やろけど、嬉しうはないよ。さあっと背筋がさぶうなったのを覚えてる。おっちゃん、気を取り直して言うた。あの子ォのためや思て、精いっぱい勇気をふるた。

「いらんおせっかいや思うけど、あんた東京に帰ったらどや。何なら松竹に知り合いがおるさかい、紹介するし。あんた、京都の水が合わんのとちゃうかな」

そんときの夕霞の悲しい顔は忘れられへん。紅をさした唇を噛んでな、ああ、そや、雨上りの日射しが、芸者の鬘《かつら》をぴかぴか隈どってた。じっと見てるだけで、おっちゃん胸が潰されて、涙がこぼれるほど美しい横顔やった。

「そんなこと、言わないでよ。帰りたくたって、帰れないもの」

「なんでやの」

「辻さん、知ってるじゃないですか。いじわる」

一瞬、青蓮院でおっちゃんが盗み見してたことを知っとったんかいな思てびっくりしたけど、そやなかった。

おっちゃんが知ってるこというのんは、つまり山中貞雄との関係のこっちゃ。東京に帰れば、貞やんの後を追うた思われても仕方ない。二人の間にどないな別れがあったのかは知らんけど、夕霞はおのれのことよりも、時代の寵児である山中貞雄の立場を考えとったんやな。フィルムを肴にして酒を飲むような男のことを。

ええおなごやった。おっちゃん、切のうなって聞いたよ。

「貞やんとは、顔合わせせんでもすむやろ。松竹とは関係ないし」

「東京はそんなに広くはないですよ。山中先生は、きっと東京でも有名だし、それに小津先生なんかとも親しいし……」

「芸名、変えたらどうや」

おっちゃん、真剣にそう言うた。貞やんがどうこうやない。このまんまあの子ォが京都にいたら、いずれ大変なことになる思た。裏方にできることは、そのくらいしかなかったんや。

おっちゃんな、ずうっとあの子ォを反射板《レフ》の蔭から見続けてきてた。汗くさいなりでそばに寄ることもようしんかったけど、心のそこからな、山田五十鈴のような大スターになって欲しい思てたんや。なれんようなら——せめて幸せになって欲しかった。いらん苦労を、して欲しくはなかった。

「なあ、ユウカちゃん。そうせえや。俺、しょうもない裏方やけど、できることなら何でもするし。金も力もあらへんけど、知り合いならようけおるから。なあ、ユウカちゃん、名前変えて、松竹に出えや」

肩を揺すったら、夕霞は俯いたままぽろぽろ涙をこぼした。おたがい口に出せへん真実が辛《つろ》うて辛うて、おっちゃんも涙が出た。

夕霞は泣きながら、ぽつりと言うた。

「芸名は、捨てられません」

「なんでやの」

「大将に——マキノ先生にいただいた名前だもの」

切なかったな。おっちゃんの頭の中を、とっさに大将の死なはったときの場面がよぎったんや。

お邸の風通しのよい奥座敷の寝床にな、大将は仕立ておろしの明石のべべを着て、呼べばおうと言うて起き上がりそうな、昼寝でもしたはるような顔で、死んではった。みなが泣いてた。夕霞もそのとき、父親に死なれたように、大将の足元に顔を伏せて泣いてた。

「ねえ、辻さん。お願いだから、もうそんなことは言わないで。私、何とかやって行きますから」

夕霞は弁当の食べ残しを野良猫に与えながら、淋しげに笑った。そないなしぐさのひとつひとつまで、ブロマイドに収まるような女やった。

おっちゃん、卑怯者や。夕霞がにっちもさっちも行かん立場やわかってても、何ひとつできなんだ。マキノの大将があれほどに可愛がった女優を、おっちゃんは助けることができひんかったんや。

卑怯者でも、おっちゃんはカツドウ屋でいたかった。

あのとき夕霞を助けることがでけたのは、おっちゃんだけやったのかもしれへん。せやけど、おっちゃんから映画を取ったら、あとには骨のかけらも残らへんのんや。

そのことは、あの世の大将も、貞やんも、わかってくれる思う。

みんなが、骨の髄までのカツドウ屋やったんやから——。

17

そこまで話しおえると、辻老人は立ち上がってミッチェル撮影機に白い布をかけた。

「それから、どうなったんですか」

僕はおそるおそる訊ねた。

「その先も、話さなならんのかいなあ」

「べつに……聞かなくてもいいですけど」

しんどい、という言葉を、僕はそのとき初めて実感した。聞いているだけでも、たしかにしんどい話だった。語り手のしんどさを考えると、続きをせがむ気にはなれなかった。

「手ェ貸してくれはるか。そこのフィルム、東の三号に運ばなあかんのんや」

台車の上に二十巻ほどのフィルム缶が積まれていた。

「小津さんのフィルムやねん。ビデオにプリントして売りに出すいうのんやけど、そないな手品みたいなこと、できるんかいな。おっちゃん、きょうびの技術にはもうついて行かれへんわ」

僕は重い台車を押して部屋を出た。

長い話のあとで、辻老人はひどく疲れ切って見えた。いつもの矍鑠《かくしやく》たる足どりなど別人のように、壁づたいをよろめき歩くのだった。フィルム棚にもたれて、辻老人はウィスキーのポケット壜をぐびりと飲んだ。だが、その憔悴ぶりは酔いのせいではなかったと思う。

外には夏の陽光が溢れていた。薄暗い階段を昇ると、僕らはいちど立ち止まって目をかばわねばならなかった。

巨大なカマボコ型の本ステージ棟に沿って、僕は重い台車を押した。ダビングステージの引戸が開かれており、オーケストラの音楽が流れ出ていた。録音中なのかと思って台車の軋みを気遣ったが、リハーサルであるらしかった。

本ステージ棟の壁の、剝げかけた「中央映画京都撮影所」の文字を見上げて、辻老人は淋しげに呟いた。

「ペンキ塗りかえてるようやけど、まさか中撮の看板消すわけやないやろなあ」

マキノ省三の嫡流といわれる中央映画京都撮影所は、すでに東京のテレビ局の資本参加を受けていた。ステージ群もオープンセットも、ほとんどテレビドラマ製作のために占領されており、そういえばダビングステージから聴こえてくる音楽も、テレビ時代劇のテーマだった。

「この撮影所をこさえるまでに、いったいどのくらいのカツドウ屋たちの汗が流れたんか、若いお偉いさんはだあれも知らへん。マキノの大将や貞やんのこと覚えてるのも、もう数えるほどやろ。看板おろすのは、せめておっちゃんらが死んでからにして欲しいわ」

本ステージ棟の並びには、時代がかった第一ステージがある。カマボコ型のステージ群の中で、ひとつだけ鋭角の屋根を持ったそれは、古い活動写真時代の遺構なのだと、いつか清家忠昭が言っていた。

「この屋根は、もとはガラス張りやった。グラスステージいうやっちゃ」

「グラスステージ？」

「そや。天井一面がガラスでな、太陽光を入れて撮影するのんや。照明設備のない昔は、そんなふうにして撮った。冬は温室みたいで、そらポーカポカ気持のええものやったけど、夏は地獄やったな。目玉の松ちゃんは厚い着物を十枚も重ね着して、石川五右衛門やろ。マキノの大将も鉢巻を絞るほど大汗かきながらや。カチワリ氷いうのも、甲子園よりここの方が本家本元なんや」

かつてガラスで葺かれていたという大屋根はスレートに変わっていた。大扉の前には資材が積み上げられている。

「大道具の倉庫にしてるんやけど、ぶちこわすのも時間の問題やろな。テレビの連中は古いもの守ろなどと思わへんやろし——そや、むかし大船の撮影所にもグラスステージが残ってたけど、あれももうぶちこわしたんやろか」

「大船って、松竹の？」

「そや。蒲田から引越すとき、移築したいう年代物やった。松竹はしっかりした会社やから、残してるかもしれへんな」

言いながら、辻老人の表情が曇った。おそらく、伏見夕霞のことを思い出したのだろう。僕はしんどい話の続きを聞き出さねばならなかった。

「辻さん、松竹には知り合いが多かったんですか」

老人は歩みを緩めて、答えを少しためらった。

「多かったいうほどやないけど……ちょうどあの昭和十一年にな、松竹の撮影所が蒲田から大船に移転したんや。で、大船は規模がおっきいし、こっちの下賀茂の撮影所にいた連中もようけ移った。その知り合いや」

老人は三十年以上も前のことを悔いている。決してできぬことではなかったのだと、細い溜息が呟いているようだった。

「あの子ォは内心、辻さん助けてくれ、言うてたんとちゃうやろか。師匠に死なれ、男に捨てられ、あげくに道ならぬ恋に落ちた。にっちもさっちもいかんようなって、心の中では辻さん助けてくれ、叫んでたんやないやろか」

日ざかりの道の突きあたりに、三号倉庫の鉄扉が暗い口を開いていた。老人の歩みはとまどうように、いっそう遅くなった。正中にかかった太陽が、白い開襟シャツの背中をきりきりと縛《いまし》めていた。

「夕霞にそれはできひんて断わられたときな、おっちゃん実はほっとしたんや。卑怯者やろ。たとえ大部屋にせよな、マキノの大将が育てた女優を松竹に売ったなどと知れたら、おっちゃんたちまち食いつめや。女優をよその会社に売るいうのんは、専属役者の時代には最低の行為やった。そないな男はカツドウ屋の風上にも置けんいわれて、クビどころか永久追放や」

三号倉庫の饐《す》えた匂いを、僕は一生忘れない。それほど不吉な、呪いと瘴気《しょうき》とに満ちた場所を、僕はかつて知らない。

そこはたとえば、仏像のいない御堂のような、がらんと静まり返った木造の倉庫だった。バレーコートなら十分に収まりそうな広い床の上に、まるで骨董市《こっとういち》のようにガラクタが並べられていた。撮影所はどこも雑然としてはいるが、とりわけそこのちらかりようは悪魔的だった。目に見えぬ邪悪な力が、存在意義のなくなったものを手当たり次第にかき集めて、そこに集積したように感じられた。

天窓から射し入る光が舞い上がる埃をきらめかせ、太い梁《はり》の影がクレバスのように足元に落ちていた。

倉庫の中央に歩みこんで、辻老人は梁を見上げた。丸いメガネが邪悪な光を孕んだ。

「伏見夕霞がここで首をくったのは、昭和十三年の九月十七日のことや。日付まではっきり覚えてるのはな――山中貞雄が支那の野戦病院で死んだのと、おんなじ日やったからなんや。戦病死の公報はずっと後からやから、夕霞が知るはずない。心中なんぞやないで」

辻老人は咽を鳴らし、床に落ちた梁の影を踵で踏みにじった。

「同じ日に死んだんは、神さんのお情けやろ。映画の神さんはようよう不憫《ふびん》に思うて、貞やんの命の尽きたのとおんなじ日に、あの子ォを殺さはった」

18

その夜、僕は京都駅で父と落ち合った。

撮影所から下宿に戻ると、父からの電話がかかっていて、急な出張で大阪まで来たから帰りがてらに会おうというわけだ。

部屋の引戸に差しこまれた伝言を読んだとき、僕は救われた気持になった。たいへん幸福なことだと思うのだが、僕は父が好きだった。父に対する僕の感情は、よちよち歩きの子供のころから少しも変わってはいなかったと思う。

先行きの出世などまったく期待できない私大出の父は、姿かたちから性格まで、絵に描いたような小役人だった。叱られたという記憶がない。まめで、如才なくて、笑顔が地顔だった。それらすべては僕に享け継がれているから、あながち小役人の属性というわけでもあるまい。根っからがそういう人だった。ともあれ僕のその日の鬱々とした気分には、父の笑顔が何よりの妙薬にちがいなかった。

出がけに早苗の部屋を訪ねた。かくかくしかじかと、食後の日課になっている夜の散歩を断わると、早苗は嬉々として、父に会いたいと言った。僕はその申し出を快諾した。

僕も早苗も、つくづく幸福な育ち方をしたと言える。つまり、僕は何の抵抗もなく恋人を父に紹介したいと思い、早苗も自らの家庭環境に照らし合わせて、ぜひとも僕の父の公認を求めたいと考えたわけだ。べつだん裕福な家庭に育ったわけではないが、何の迷いもなくそう考えたのだから、僕らはともに、いわゆる「ええとこの子ォ」だったのだと思う。

当然のことだが、烏丸《からすま》の改札口でいきなり結城早苗を紹介したとき、父は仰天した。

僕を迎えた笑顔は一瞬にして凍えつき、口も目もミイラのように開いたまま、あろうことか名刺を差し出した。しかも「薫の父です」とは言わず、「三谷です」と言った。

とりあえず駅前の喫茶店に入った。早苗がトイレに立ったすきに、父は身を乗り出して、あたふたと訊ねた。

「おまえ、どこまで行ってるんだ」

「どこまで、って？」

「ほら、AとかBとかあるだろう……ええい、話の通じんやつだ。キスをしただけか、それともやっちゃったのかって聞いてるんだ」

父は明らかに動顚《どうてん》していたが、僕はもっと動顚した。その質問はまったく予想していなかった。

そして素直な父に似て、僕も素直な子供だった。

「それは……やっちゃいました」

父はコーヒーを噴いた。早苗がトイレから戻ってきた。とっさに父は僕の首を抱き寄せ、この際父親として言わねばならぬ幾千の説教の中から、たったひとつを選び抜いて囁いた。

「いいか、カオルちゃん。子供だけは作るなよ。ちゃんと避妊具を使いなさい。おかあさんには内緒にしておくから。いいね、いいね」

それから父は、急に明るくなった。

わずか三十分ほどの会話のうちに、父は早苗のことをいたく気に入った様子だった。夜行列車の時刻までにはまだ間があった。父が新幹線で帰京せずに夜行寝台を使うのは、そうやってわずかな小遣を浮かせているのだろう。

本来ならば吉田山の下宿に挨拶に行ってもらうところなのだが、父は時計を気にしてから、また今度にしようと言った。

下宿の迷惑を考えたのではないと思う。父はたぶん、二人きりの下宿人が恋仲になってしまったという青春の有様を、見たくはなかったのだろう。あるいは、突然と大人になってしまった倅の棲家を、見たくなかったのかもしれない。

そんな父に、いま僕らの身のまわりに起こっている奇怪な出来事を話す気にはなれなかった。信じるか信じないかはともかくとして、話を聞けば父は怯えただろう。僕の環境を危ぶんだかもしれない。話したところで何が解決するわけでもないのだから、父の心をむやみにかきみだすようなことをしたくはなかった。

それでも、父の笑顔を見ただけで、僕の心は軽くなった。

近ごろ酒を覚えたのだと言うと、父は僕が京大に合格したときと同じぐらい手放しで喜んだ。父は飲んべえというほどではない程度に、酒が好きだった。

どこか行きつけの店があるのかと言うので、二人でよく木屋町のパブに行くと答えると、ではこれからその店に行って、おまえが男になった祝杯を上げよう、と言い出した。

父に他意はなかったのだが、「男になった祝杯」という表現は早苗の手前、適当ではなかった。軽口のために周囲の不興を買うのは父の悪い癖だった。

父は早くも酔っぱらっているような上機嫌で左右に僕と早苗の肩を抱き、タクシーに乗った。みちみち言わでもがなの自慢話をし、運転手を閉口させた。

「京大出の伜に京大出の嫁さんじゃ、木ッ端役人の親としては説教もできませんなあ、ハッハッハッ」

父の脇腹を肘でつつきながら、僕はそのときふと、清家の父のことを思い出した。この場に清家忠昭がいたら、僕の父をどう考えただろう。きっと冷ややかな目を向けたにちがいない。しかし、羨《うらや》んだだろうと僕は思った。

そのとき僕は生まれて初めて父に感謝をし、絵に描いたような小役人の父を、矜りに思ったものだ。

木屋町のパブの止まり木で、割りこむように僕と早苗の間に座ったとたん、父はいちどだけまじめな顔で言った。ずっと胸の中に温めてきた言葉のようだった。

「なあカオルちゃん。べつにおまえら二人の仲をさこうというわけじゃないが、来年もういっぺん東大を受験してくれないかな。かあさんもそうしてくれないかって言ってるし——」

まるでわがままを言うように、父は肩をすぼめた。

そんな父のわがままに、僕は困り果てた。たぶん父は東大出の若い上司の前で、いつもそんなふうに肩をすぼめ、白髪頭を下げ続けているのだろうと思った。

その夜の出来事を語るのは、しんどい。

撮影所で辻老人から聞いた伏見夕霞の顚末を、早苗に語る間がなかったのは、せめてもの救いだろう。

陽気な父のおかげですっかり日常を取り戻した僕は、したたか酔ってパブから出たとたん、いっぺんに奈落の底へと突き落とされたのだった。

僕と早苗は、飲みつけぬカクテルが足にきた父を左右から支えながら、木屋町通を下った。歩きながら父は、僕らでさえよくは知らない「紅萌ゆる岡の花」の三高寮歌を、大声で唄い続けた。

風の死んだ、蒸し暑い晩だった。酔った瞳に、高瀬川のせせらぎが清らかに輝いていたさまばかりを思い出す。歌の合間に父は水面を見、僕と早苗の横顔に目を細め、京都はいい町だとそればかりをくり返した。

四条通に近いあたりだったと思う。低く生い垂れた柳の葉をくぐるようにして歩きながら、僕は父の腕を摑んで慄然《りつぜん》と立ち止まった。

舗道の先から、清家忠昭が歩いてきたのだった。半歩さがって清家に手を引かれる伏見夕霞を、僕ははっきりと認めた。早苗は小さな悲鳴を上げて、父の肩に目を伏せた。

僕はとっさに、彼らを父に見せてはならないと思った。踵《きびす》を返そうとしたとたん、清家が大声で呼び止めた。

「やあ、三谷。奇遇だなあ」

僕は仕方なく、父をかばうようにして振り向いた。

「やあ、久しぶり……」

声に力が入らなかった。伏見夕霞はきのうと同じ紺色の絽の着物を着て、ぴったりと清家の背中に寄り添っていた。

「こんな遅くまで、いいのかよ」

と、僕はようやくの思いで言った。

「おいおい、それは大きなお世話だろう。実はな、この三日ばかり家には帰っていないんだ」

父の肩からおそるおそる顔を上げて、早苗が呟いた。

「清家君、これどういうこと。説明してよ」

「説明って、ごらんの通りさ。僕と夕霞は付き合ってる」

「だから、ちゃんと説明してよ。その人、いったい誰なの」

行きましょ、忠昭さん、と伏見夕霞は清家の手を引いた。そのとき夕霞が清家の体を通り抜けて前に出たように見えたのは、酔った目の錯覚だろうか。

着物の襟からすっと抜き上がったような白い横顔は、もうあなたたちは関係ないの、とでも言っているようだった。

「待てよ、清家。三日も家に帰っていないって、どこにいるんだ」

「それは決まっているだろう。彼女の家さ」

清家は得意げに笑った。僕は勇気をふるって、清家の腕を摑んだ。

「話がある。とても大事なことだ。彼女は家に帰してくれ。これから二人きりで話したい」

「べつに今日じゃなくたっていいだろう。これから彼女の家で、きのうの続きをしなけりゃならない」

「続きって、何だよ。何なんだよ」

「台本の読み合わせをしてる。彼女、やっといい役がついたんだ、信じられるか、山中貞雄監督から役が回ってきたんだよ」

清家の瞳には光がなかった。僕は腕に力をこめて声を荒らげた。

「おまえ、何を言ってるんだ。しっかりしろって」

「山中貞雄、知ってるだろう。いま京都で一番ノってる監督なんだ。こんど東京で映画を撮ることになってな、彼女を連れて行くんだよ。山中監督はまだ若いけど、マキノの大将が最も期待をかけていた逸材だ。松竹の小津先生だって一目置くほどのいい映画を撮る」

ちがう、ちがう、と僕は声にならぬ声で言った。

「なあ、三谷。こっそりタイトルを教えといてやる。耳かせ」

それは知っている。聞かなくても、僕はちゃんと知っている。

「誰にも言うなよ。『人情紙風船』――どうだ、いいタイトルだろう？　きっと傑作になるぞ」

言いおえたとたん、清家の体は強い力で僕から引き離された。

行きましょ、忠昭さん。早く帰って台本《ほん》読まなくちゃ――伏見夕霞の声が、たしかに聴こえた。

「じゃあな」

夕霞の白い手に引かれて、清家は木屋町通を上って行った。僕の見まちがいでなければ、それは尋常の速さではなかった。たとえばレールの上を滑って行くように、あるいは氷の斜面を滑り落ちて行くように、清家と夕霞は僕らの視界からたちまち遠のいて行った。

悄然と立ちすくむ僕の肩を、父が叩いた。

「何だか変わった友達みたいだな。京大生か」

僕は黙って肯いた。

「ぶつぶつ独り言ばかり言って、走り去るっての、ありゃふつうじゃないね」

「独り言――?」

「おまえらにやきもち焼いてるんだよ。もしかしたら早苗さんのこと、好きなんじゃないかね」

父は声をたてて笑った。背筋が凍えた。

父の目には、伏見夕霞の姿が映っていない――。

19

たとえ自分の身の上にどのような凶事がふりかかっていようとも、決して日々の歓喜や快楽は損われない。青春とはそういうものだ。

肉体の活力がすべてを被いつくしているせいだろうか、生も死もおよそ概念としてしか存在しないから、眼前の恐怖もさほど切実ではない。

仮に四半世紀前のその出来事が今いちど僕の目の前で起こったのなら、僕はとうていその恐怖には耐えきれずにどうかなってしまっているだろう。だが、青春のただなかにあった僕は、有りうべからざる現実を認めながらも、精神はいたって平静だった。

死者の霊が親友にとり憑いている。しかしそれはそれとして、僕と早苗は恋に落ちており、夜ごとたがいの肉体を確認し合っていた。恐怖が二人の唇を凍えさせることはなかった。

不器用な抱擁のあと、ふと思い出して青ざめたりはしたが、再び唇を重ねればそのとたんまったく無責任に、それはそれとして、と考えることができた。

青春とはそういうものだ。

なにしろ僕は、俗にいう童貞どころか母以外の女性とはろくに口をきいたことさえなかったのだ。早苗はキスの経験は何度もあると言っていたが、たぶん年上の女の見栄だろうと思う。祇園のホテルで初めて恋に落ちた夜、早苗は大きな前歯を僕の歯にぶつけてきたのだった。おそらく僕らは、似たもの同士だったのだろう。

だからこそましてや、それはそれとして割り切れるほど、僕らは恋に溺れることができたのだと思う。

そんなある晩、僕は胸の中に早苗の寝息を抱きながら、こんなことを考えた。

清家忠昭は僕と同様に、恋愛も女の体も知らなかっただろう。だからたぶん、伏見夕霞がすでにこの世のものではないとわかっていても、それはそれとしてと考えてしまったのではないのだろうか、と。

その考えは僕を妙に納得させた。たとえば腕の中で眠る結城早苗が、もし現実の人間ではないとしても、僕は迷わず恋に落ち、彼女を抱き続けるにちがいなかったから。

京都に滾《たぎ》るような夏がきた。

学生運動もフォークソングも学問も恋も怪談も、まったく相互の干渉をせずに僕の生活に共存していた。

西部講堂を占拠しているはずのゲバルト学生が、図書館でせっせとレポートを書いていても何の違和感もないように、医学部の秀才が幽霊と交際していてもかまわないだろうと、僕は思うことにした。そう考えることで、下宿の隣人と肉体関係を結んでしまったという僕らの不倫性をも排除しようとした。

禁欲的な受験生活から、一転して自由気ままな異郷での暮らしを始めた僕にとって、僕をとりまく環境を合理的に整頓する方法は、それしかなかった。

だがときどき、清家をかわいそうだと思った。彼が愛した人は、すでにこの世の人ではないのだ。そしてたぶん——伏見夕霞は清家を愛しているのではあるまい。

噂には聞いていたが、京都の夏の暑さといったらただものではなかった。日中は山に囲まれた鉢の底に、陽光がはじけ返るようだった。夕方にはきまって風が死に、やがてじっとりと湿った夜がのしかかってきた。

それでも吉田山の下宿は高台にあるせいで過ごしやすかった。窓と引戸とを開け放っておけば、いつでもページが翻るほどの風が吹き抜けた。僕と早苗の関係をうすうす感付いているらしい下宿のおばさんは、顔を合わせるたびに、「三谷さんはお幸せでよろしおすなあ、よその学生さんはみなへたったはりますえ」と、美しい口元を歪めて微笑んだ。それでも二人の間に立ち入ってこようとはしないおおらかさに、僕は素直な感謝をしていた。

初めての夏は、暦を疑うほどゆっくりと、僕らの上を過ぎていった。

清家忠昭と久しぶりに出会ったのは、儀式のような里帰りをおえてすぐ、八月の初めのことだったろうか。初めての夏休みをわずか一泊二日でとんぼ返りしてきたのは、かたときも早苗と離れていたくなかったからだ。早苗は帰京の朝、新幹線のホームで僕を見送り、翌日の晩に、やはり同じホームで僕を迎えてくれた。

そんなある朝のこと、僕と早苗は、誘い合って大学の図書館に行った。僕は撮影所の倉庫整理に通い始めており、助監督にすっかり気に入られた早苗も、ときどきエキストラのアルバイトに行っていたのだけれど、その日はたまたま二人とも仕事がなかったのだと思う。

誰も気にするはずはないのだが、僕らは勝手な自意識から、わざわざ人目を避けるようにしていた。たぶんそうすることで、僕らの関係を確認していたのだろう。だからその日も、吉田神社の境内を抜ければキャンパスまでは近くて涼しいのだが、下宿を出ると北へ下がって、吉田山の裾を巻くように今出川通から学校へ行った。それは僕と早苗が季節に関係なくその後もたどった、ひそかな通学路だった。

銀閣寺から京大の北門へと続くまっすぐな並木道だった。東山から吹きおろす風が、こんもりと繁った街路樹の葉裏を、白く翻していた。

プラタナスが好きだと、早苗は言った。

少し先輩ぶって、初恋の人とプラタナスの並木を歩いたことがあるのだとも言った。嫉妬したふりをして僕は歩きながら早苗の掌を握った。その人とはキスをしたかと訊くと、早苗は意地悪く笑ってごまかしながら、汗ばんだ指先で僕の掌を握り返した。たぶん、美しい嘘だったのだろう。

夏の街路に並ぶ不揃いで個性的なその木々を、僕も好きになった。

清家忠昭が自転車で僕らを追ってきたのはそのときだった。ベルを鳴らされて振り返ると、清家がいかにもおじゃまさまという感じで苦笑していた。僕と早苗はあわてて掌をほどいたが、そのころには僕らの関係を、清家は感付いていたのだと思う。べつにびっくりしたふうはなかった。

「なんや三谷。きょうは撮影所のバイト、あらへんのんか」

と、清家は京なまりで訊ねた。ひごろ僕の前では標準語を使っているのに、やはりとっさのことで言葉を探したらしかった。

清家は自転車を降りて、僕らと並んで歩いた。やつれた様子もなく、表情はむしろ以前より明るく見えた。

図書館に行くのだと言うと、清家は少し顔を曇らせて、君らはいつも一緒にいられていいなと呟いた。何だか切実な感じがして、僕は返す言葉を失った。清家は実験動物に餌をやりに行くところだった。医学部にはそういう当番があるのだが、友人たちがみな帰郷してしまったので、このところは毎日自分が行かなければならないのだと清家はぼやいた。

医学部と本部キャンパスは東大路通を隔てているから、構内で僕らが顔を合わせることはない。久しぶりの出会いでもあるし、北門前の進々堂でお茶でも飲もうということになった。

通りを渡り、灼けた舗道からほの暗い店内に入った。思わずほっと息を抜くほど、冷房が効いていた。

「そういえばこのあいだ、ここで辻さんと会ったっけ。あれっきりなんだけど、おっちゃん、元気でやってるかな」

長椅子に腰をおろすと、清家は汗を拭いながら言った。伏見夕霞の話題をあえて避けるふうはなかった。

早苗がいきなり訊ねた。

「ねえ、清家君。あなたたちいったいどうなってるわけ?」

しごく当然のように、清家は答えた。

「どうって、君らと同じだよ。どこも変わらない」

身も蓋もない答えに、僕と早苗は顔を見合わせた。

「あのね、無理にとは言わないけど、できたら説明してくれないかな。私もカオルくんも、あなたのこと心配してるんだから」

僕は早苗の勇気にたじろいだ。心配していることはたしかだが、納得のいく説明など聞きたくはなかった。僕はテーブルの下で早苗の足を蹴った。

「そんなこと、言ってもわからないだろう――」

背にした本棚の上に、真白な蘭の鉢が置かれていた。孤独で矜り高いその花は、清家忠昭の凜《りん》とした居ずまいにふしぎなくらいよく似合った。

「僕と夕霞は愛し合っている。ほかに何の説明がいるんですか、先輩」

言葉はきつかったが、瞳は悲しげだった。もし僕が誰かに同じことを訊ねられたら、やはり同じ答えをするしかあるまい、と思った。恋人が死者であるのか生者であるのか、そんなことは身を灼く恋の前には、あまり意味がないのだと、僕はそのときはっきり思ったものだ。

僕は早苗を、どうしようもないぐらい愛していた。同じ下宿の同居人であるということも、同じ学部の先輩であるということも、年長であることも、事実を知ったら早苗の家族がどれほど驚くかということも、そうした当り前の倫理や良識が、恋の前にまったく意味をなさぬことを僕はよく知っていた。

「あのね、清家君。こんなことを言うのは、そう言うこと自体どうかしてると思うんだけど——君、彼女のことどこまで知ってるの?」

早苗の声はうわずっていた。僕が伏見夕霞についての知るところをすべて伝えたとき、早苗は気を喪うほどに動顛したものだった。あえて問いただそうとする早苗の芯の強さを、僕は尊敬した。

清家はまっすぐに早苗を見つめながら答えた。

「知っているさ。僕は彼女のことなら、何でも知っている」

死者であることも知っているのかと言いかけて、僕の唇は凍えた。それすらも知っているのだと、清家の目は言っていた。

僕はようやくの思いで、ひとつだけ訊ねた。

「なあ、こわくはないのか。さきざきどうなってしまうか、考えたことはないのかよ」

そのとき僕の頭をかすめたのは、牡丹燈籠の話だった。こんなことを続けていたなら、いつか清家はとり殺されてしまうのではないかと思っていた。

「さきざきのことって、じゃあ訊くけど、君らもそのさきざきとやらを考えているのか」

僕らは答えることができなかった。清家は笑いながら僕と早苗を見、そしていきなり、こわいことを言った。

「夕霞と、ひとつだけ約束をした。彼女は僕を殺さない。僕が彼女を愛し続けるかぎり、決して命を奪うようなことはしないと、約束した」

「だったらいいけど……」

と、早苗はあっけなく追及をあきらめた。

それからいったい、僕らは何の話をしたのだろう。思い出せない。

けんめいに話題を変えようとしてはうまく果たせず、切れぎれの空疎な会話をしたような気がする。学生運動の行方とか、時事問題とか、占拠されてしまった西部講堂の噂とか、そんな話題は夏空を行く雲のかけらのように、どうでもよいことだった。

議論せねばならぬことを、僕らは避け続けていたのだと思う。

蘭の花が置かれた壁面に、古い英語のレリーフが掲げられていた。会話のとぎれたとき、僕は何気なくそれを読んだ。

「マイ・ハート・リープス・アップ・ホエン・アイ・ビホールド……何だろうな、これ」

早苗が後を続けた。

「ア・レインボウ・イン・ザ・スカイ――詩みたいね」

清家は肩ごしに振り向くと、すばらしい発音で六行の全文を口ずさんだ。

「So be it when I shall grow old Or let me die――ああ、ワーズワースだな、これは」

清家忠昭の横顔は、象牙色の壁にうがち出されたように、影がなかった。

20

その数日後、僕と早苗は辻老人に誘われて花園の法金剛院《ほうこんごういん》に蓮を見に行った。

撮影所の食堂で昼食をとっていると、辻老人がローライの二眼レフカメラを提げてやってきて、「蓮池の写真を撮りに行くんやけど、付き合わへんか」と、僕を誘ったのだ。油蟬のかまびすしく鳴き上がる、暑い日だったと記憶する。

「私も、いいですか」

と、食べかけの箸を置いて早苗が言った。辻老人がそのためだけに僕を誘ったのではないことはわかっていた。

「かまへんけど、午後の撮影は何時からや」

「三時からです。時間、かかりますか？」

「いや、すぐそこやし。ほないっしょに行こか」

辻老人は真午《まひる》の広場に出ると、いちど立ち止まって早苗の衣装を気の毒そうに見つめた。町娘の黒繻子《くろじゅす》の襟には汗がしみており、ドーランを塗った額には滴が浮いていた。

「汗かいて気色わるうても、水分とらなあかんで。昔は真夏のロケには水飲んだらあかん言われて、倒れるもんがようけいたもんや」

辻老人はそう言うと、腰手拭を抜いて早苗の額に当てた。

「すみません、ハンカチびしょびしょで」

「これ、たもとに入れときいや。顔は拭いたらあかんで。こう、そおっと押さえるんや。

ええか」

子供のように目をつむって顎を上げる早苗の顔を、辻老人は慣れた手付きで拭った。

ふと、節くれ立った手の動きが止まった。

「あんた、ええ子ォやなあ」

何だかしみじみと口説くような口調で、老人は呟いた。早苗は指で顎を支えられたまま照れた。

「そんなこと言われたの、初めてですよ」

「カオルちゃんは言うてくれへんのかいな」

僕はどきりとした。僕と早苗ははた目にも恋人同士に見えるのだろうか。

「お世辞やないで。おっちゃんこうして何千人の女優さんの汗ふいてきたかわからへんけど、遠目にはみなきれいに見えるんや。ほいで、カットのあいさに汗ふくときな、たいていなあんや思う。つまりやな、クローズ・アップに耐えるべっぴんさんは、そういてはらへんいうこっちゃ——あんた、若山セツ子に似たはるわ」

「若山セツ子？」

早苗は手拭を受けとって、きょとんとした。

「ああ、もう今の人は知らへんのんか。それほど華のある女優さんやなかったけどな。あんた、せんに会うたとき大きなメガネかけたはったやろ。セッちゃんも『青い山脈』で同じようなメガネかけてた。おどけた女高生の役や。まあ、原節子や杉葉子のひきたて役いうところやったけど、あの子ォは近くで見るとほんまにきれいやった」

「私、華ないですか」

と、少し不満げに早苗は訊ねた。それは愚問だと僕は思ったが、女性にとっては気になるものなのだろう。

「ない。ないけど、それがええんや」

「どうしてですかァ……」

「きまっとるやろ。エキストラに華があったら、女優を食うやんか。あんたの組の助監の目ェはたしかや」

「ひどォい」

と、僕を見返ったとたん、早苗は笑うのをやめた。そのときとっさに、僕と早苗は同じことを考えたのだと思う。

伏見夕霞のことだ。

百人の男はんが見て百人が振り返るほどのべっぴん——いつだったか辻老人は伏見夕霞の美貌をそう形容した。若いころいつもそうしていたように役者の顔の汗を拭いながら、辻老人は伏見夕霞のことを思い出したに違いなかった。

広場のきわの駐車場に、いかにも映画人ごのみの派手なスポーツカーや外車にまじって、灰色のワーゲンが置いてあった。

「クーラー付いてへんけど、すぐそこやし辛抱してえな」

「かっこいいですね、辻さん」

と、早苗がほめたのはさきほどのお返しではあるまい。スチールのバンパーまでピカピカに磨き上げられた古いビートルは、まったく辻老人にはお似合いだった。

「法金剛院いうて、花園の小さなお寺さんなんや。蓮の名所でな。先週のぞいたら、まだ早かった。この暑さ続きやから、ぼちぼち見ごろやろ——あ、鬘《ヅラ》ぶつけんよう気ィつけや」

僕らが灼けた車内に乗りこむと、ビートルは鳥の翔《はばた》きのようなリヤ・エンジンを轟《とどろ》かせて動き出した。

アルバイトのエキストラたちが、木蔭のベンチで休んでいた。広場の築山をゆっくりと回りながら、辻老人は言った。

「きょうは、見かけてへんか」

ルームミラーの中の表情は真顔だった。早苗もまじめに答えた。

「探してるんですけど、いないみたいです」

さよか、と老人は守衛にお愛想を言って門を抜けた。

「おっちゃん、ひとめ会いたい思てんのやけどなあ……」

吹き入る風に顔をなぶられながら、僕は伏見夕霞のことを考えた。

たぐい稀な美貌を持ちながらも、彼女が女優として不遇であった理由が、何となくわかってきた。映画界の巨人マキノ省三の肝煎《きもい》りであったということも、天才監督山中貞雄の恋人であったということも、たしかに不幸の理由にはちがいない。しかし彼女がスターになれなかった真の理由は、おそらく彼女自身のずば抜けた美しさにあったのだろう。

伏見夕霞の白い小さな顔が、ブロマイドを並べたように僕の瞼をよぎった。遊廓のオープンセットの格子窓ごしに、ぼんやりと空を見上げていた横顔。掘割のセットで僕に語りかけてきた、たおやかな声。鴨川の床で、木屋町の舗道で、清家忠昭と楽しげに語らっていた伏見夕霞の顔。間近に見た輝くばかりの美しさは、僕の心に灼きついていた。

もし彼女に長いセリフを与え、一瞬でも画面にクローズ・アップしたならば、たちまち観客たちの心を奪い、ストーリーもヒロインのイメージも台なしにしてしまっただろう。監督もスタッフも、たぶんそのことに気付いていた。

美しすぎること──それは伏見夕霞という女優の罪だった。

法金剛院は、かつて隆盛をきわめた洛西ハリウッドのただなかにあった。大秦からも双ヶ岡からも、等持院からもほど近く、昔はしばしばロケに使われたものだと辻老人は言った。

蟬しぐれの小径を歩いて行くと、庫裏から出てきた初老の男が辻老人に向かって頭を下げた。カツドウ屋の匂いがした。

おしきせの挨拶をしながら、男はセットから脱け出してきた早苗をちらりと見た。

「辻さん、お元気どすなあ。まだ現場に出たはりますのんか」

「いやいや、ねちこいだけや。テレビの連中からはじゃまくさい思われてるやろけど」

「それはまあ、わてらかて同じですわ。若いもんはあっさりテレビに宿がえできますけどなあ」

「せやけど、松竹はまだようけ本篇とったはるやろ。わてら中撮はもうあかんで。何から何まで、テレビのプロデューサーの言うなりや」

「下賀茂かて似たよなもんですわ、辻さん。実はいまドラマ撮ってますのんや。ほいで、蓮池のカット押さえよ思てましたら、ケツの青いやつらがそないな手ェかけられへん言い出しましてな。断わりにきましたん。ああ、あほくさ。ロケにもよう出んと、しょうもな

「いやっちゃ」

「ま、愚痴いうたらきりないわ」

「せやけど辻さん。毎度ラストにはスタジオのセットで見得きりますのんや。毎週のことやさかい、見てる方もうんざりしますやんか」

　辻老人は男の肩を宥《なだ》めるように叩きながら笑った。

「ワンパターン、いうやっちゃな。連中に言わせると、きょうび時代劇を見るのんは病人と年寄りだけやし、その方が安心できるそや。ま、そうかもしれへんで」

「そちらも、ロケですか」

「いや、蓮の写真とりに来たんや」

「写真、ですかいな。へえ……」

「もう動く写真は信用できひんよ。カツドウ屋を五十年もやった結論や」

　男は珍しげに辻老人のローライを見つめた。

「ほな、おきばりやす。たまには下賀茂にもおこしやす。辻さんにはさんざん世話になった古い者も、まだようけおりますさかい」

「さよか、ほな近いうちに寄せてもらいまっさ」

「お喧噪《やかま》っさんどしたな」

と、男は僕と早苗に笑いかけて去って行った。

小径を歩き出して、辻老人はしんみりと呟いた。

「まったく、カツドウ屋は潰しがきかへんねえ。おっちゃんなどその最たるものやろけど。根っからの職人仕事やしな」

それればかりではあるまいと僕は思った。彼らをスクリーンの枠から解き放たぬものは、その特殊な技術ばかりではない。映画には、のめりこんだ者を縛め続ける魅力がある。

——突然、僕らの目の前に極楽浄土の光景が開けた。

「うわあっ、きれい！」

と、早苗が素頓狂な歓声を上げた。

広い池の面《おもて》を、両掌をかざしたほどの大輪の蓮の花が被っていた。

「どや、カオルちゃん。みごとなものやろ」

辻老人は自慢げに言い、ほうっと長い息をつきながら一面の蓮の花を見渡した。

それぐらい夏空に似合う花を、僕はかつて知らなかった。子供の身丈ほどに生い立った靭《つよ》い茎の上に、無数の純白の花が咲き誇っていた。雪の白さでも雲の白さでもない、真白な蓮華の色だった。

「まるで、極楽ですね」

「そや。極楽やね。もみじも桜も浮世のものやけど、こればかりは極楽や」

池をめぐりながら、辻老人はファインダーを覗きこんで写真を撮った。

それから僕らは、蓮池を一望する堂の縁側に座って麦茶を飲んだ。裏山から木立ちを騒がせて風が吹き抜けた。夏の陽に輝く蓮池は決して見飽きることがなかった。

「誰も来ませんね。観光の穴場でしょう」

「商売気のないお寺さんやさかいな。何でもその昔は、花園の駅あたりまでずうっと、大きな伽藍やったそや。この蓮池だけが変わらずに千年も続いとるのやろ」

早苗は余りの美しい光景に呆《ほう》けてしまっていた。縁先にかしこまって、ぼんやりと蓮池を眺めている。

「ほれ、お背なまっすぐにせんと、鬘《ヅラ》が落ちるで」

「あ、はい」

と、早苗は我に返って着物の背を伸ばした。

しばらくの間、僕らは極楽の光の中で黙りこくっていた。

麦茶を飲み干した茶碗にこっそりウィスキーを注いで、辻老人がやがて問わずがたりに話し始めたことを、僕と早苗は吹き過ぎる風の音のように聴いた。

21

おっちゃんなあ、こればっかりはずうっと胸にしもうてたんやけど――おっちゃんしか知らへんことやし、黙ァってあの世に持っていこ思てたことなんやけど、聞いてくれはるか。

タアちゃんのことは、何とかせなならん思う。坊さんや神主さんにお祓《はら》いしてもろたかて、どうともならへんやろ。夕霞が成仏できひんのんは、男はんのことやないで。映画に未練があるからなんや。せやから、あの子ォを成仏させられるのんは、おっちゃんしかない思う。

夕霞のことを、京都に来ィはった最初から倉庫の梁《はり》に吊り下がる最期まで知ってるのんは、もうおっちゃんしかいてへんやろ。せやからおっちゃん、何とかしてあの子ォに会《お》うて、説得してやりたい。もうあんたの出番はのうなったよて、あんたは死なはったんやから、もう役は回ってこんのやでて、言うて聞かせてやりたい。

溝口監督の『祇園の姉妹』に、芸者役で出たのんが、あの子ォの最後の仕事らしい仕事やった思う。昭和十一年のことやから、その後まる二年、夕霞には役がつかへんかったんや。たまァにくるのんは、セリフもアップもない通行人の役ばかりやった。それかておおかたはおっちゃんが気ィきかして、すまんな夕霞ちゃん、また通行人やけど出てくれるか言うて、回したものなんや。

マキノの大将や貞やんにはすまん思たよ。せやけど、なんもないよりはましやろ。ちゃんとした役にも推すことは推したんやけどな、しまいには辻さんあの子ォに惚れとるんとちゃうかなどと言われてはなあ。

誰しも保身に汲々とせんならん陰湿な世界なんや。監督でも役者でもスタッフでも、かわりはいくらでもいるし。

実はな、溝口さんが『祇園の姉妹』を撮らはったとき、まずいことになった。そや、夕アちゃんが見つけた、あのフィルムや。

井上流の舞のできる芸者役いてへんかて溝口さんに訊かれて、おっちゃんもちろん夕霞を推したよ。あの子ォは何事にも熱心で、京舞を習てたさかいな。

引き合わせたとき、溝口さんちょっといやな顔しはった。おなごを撮らせたら天下一品の名監督や、見る目ェはある。

えらいべっぴんやな、言うていやァな顔しはったんや。つまり、こういうこっちゃ。あの女優に芸者の役さして舞わせたら、山田五十鈴も梅村蓉子も食われてまう。さすが溝口健二や。ひとめでそれを見越したいうわけや。

せやけど京舞の舞える女優など他にはいィひん。なら本物の芸者つかうかいうても、祇園のええ妓《こ》ォは気位が高《たこ》うてこれもすぐには見つからへんやんか。ほんで、とにもかくにも夕霞をつかおいうことになった。

撮影のとき、溝口さんはじいっと仏頂面をしたはった。何かと注文の多い、厳しい監督やったのに、何ひとつ言わへんのんや。スタッフもみな、しいんと静まり返ってたな。わかるか。ここ一番に勝負をかけた伏見夕霞は、きれいすぎた。キャメラも照明も音声も、使いっ走りの若い者まで、みいんな息をつめて見惚れてもうたんや。

カアット、て監督が言うたのに、助監がカチンコ鳴らすのを忘れてたほどやった。

正直のところおっちゃんな、よっしゃて思たよ。これで溝口さんの目ェに止まった。次は主役に大抜擢やてな。

せやけど、思いがけぬことになった。

フィルムのラッシュを見て、溝口さんはその場面のアップもパンも、みな切ってしもうたんや。ひとこと、あかん、言うたきりやった。

でき上がったフィルムには、舞をおえて座敷で酌をする夕霞の姿が映ってるだけやった。ただのエキストラや。

今をときめく溝口健二が切った。この話はとたんに噂になったな。それも、きれいすぎるから切ったなどとはもちろん言われへん。やきもちも手伝《てつど》うてな、伏見夕霞いう女優はべっぴんやけど、演技もセリフもからきしあかん、いうことになった。

ところがや。溝口監督がフィルムをカットした理由を、ちゃあんとわかってた男が一人だけいた。

他ならぬ山中貞雄や。あの男は、ほんまの天才やった。まだ二十六か七の若さやったけど、京都ではすでに押しも押されもせえへん大監督やった。

貞やんには、東京から永田雅一さんに招かれて鳴り物入りでやってきた溝口健二へのライバル意識もあった思う。溝口さんがよう撮らへんのやったら俺が撮ったる、いうぐらいの気持やったのやろ。

貞やんはマキノプロを出て嵐寛《あらかん》さんと組んだあと、昭和七年に日活太秦に移って、『盤嶽の一生』や『鼠小僧次郎吉』を世に送り出してた。移籍のときには千恵蔵プロが大枚二千円の仕度金を用意し、それを日活が競《せ》ってようよう引き抜いたいうことやった。

おっちゃん、貞やんの仕事が好きで何べんも立ち会《お》うたよ。まさに天才やった。迷いいうもんがなかった。

たとえば感心させられたんは、一つのキャメラ・ポジションが決まると、そのカットは全部いっぺんに撮ってしもて、二度と同じポジションに戻らへんのんや。それに、アップもパンも嫌いやった。要するに、キャメラをやたら押し引きしたり、回したりせえへんのんや。いつもローアングルから、食らいつくように撮る。ワンシーンにパンは一回かせいぜい二回、アップもワンカットかツーカット。そないな方法が、あの風格ある、堂々とした絵を生み出したんや。

そのあたりは、尊敬してた小津安二郎に似てた。けど、貞やんの映画には理屈がなかった。芸術的で、ロマンチックで、そのくせ掛け値なしにおもろかった。

おっちゃんな、貞やんなら伏見夕霞を撮りこなすやろ思た。監督としての実力もさることながら、パンもアップもせえへんあの手法なら、夕霞の美しさを十分に表現するやろ思たんや。

せやけど——誤算があった。

確証はない。ないけど、おっちゃんはそうやと信じてる。貞やんと夕霞は、惚れ合《お》うてしもた。

貞やんはおよそ恋愛などとは縁遠い感じの男やった。下駄のように大きな顔して、顎が怪物のように長かった。ラグビーが好きなごつい体やった。長髪をポマードでべっとりと撫でつけて、おまけにいつも髭面や。

美女と野獣や言うたら、あの世の貞やんに怒鳴られるかもしれへんけど、ともかくやさ男の多い撮影所の中では、異形の男やったな。もっとも、天才いうのんはみてくれからしてふつうやないんやろうけど。

せやけど、無口で純粋な、ええ男やった。

おっちゃん、貞やんが出征するときな、心から思たよ。思ただけやない、見送りに行った東本願寺でな、バンザイもせんとこっそりお堂に上がって願かけた。

もし万がいち、貞やんの命をとろういうつもりなら、今すぐでもええから、おっちゃんをかわりに殺してくれ、てな。

ほんまに、そないな願かけた。だって、そやろ。考えてもみいや。おっちゃんみたいなカツドウ屋がそのさき何年生きたかて、何ができるいうねん。

もし貞やんがきょうまで生きとったら……あれはな、太秦を、ほんまのハリウッドに変えたやろな。

せやから、戦死公報が届いたとき、おっちゃんあとさきもわからんようになって、お東《ひが》っさんに走ったんや。

お堂に駆け登って、地団駄ふんで阿弥陀さんに悪態ついた。神さんも仏さんも、蓮如も親鸞上人もあるかい。なぜ貞やんを殺した。ほかに死んでもええ男は、なんぼでもいてるやろ。映画、どないする気ィや。山中を支那の戦で殺して、日本の映画、どないする気ィなんや。お釈迦さんも阿弥陀さんもこないあほなことするなら、貞やんのかわりに映画とってみいや。撮れへんやろが！　撮ってみいや！

そやろ……どうして天才監督山中貞雄が、支那の開封とかいうとこの野戦病院で、虫けらみたいに死なあかんのや。一階級特進で陸軍曹長やて……あほくさ。

ま、愚痴はやめや。

貞やんに赤紙がきよったのは、昭和十二年の八月二十五日やった。『人情紙風船』が封切られたその日のことやったから、日付までよう覚えてる。

支那事変が始まったのはその年の七月や。貞やんは扇子職人の六男坊やし、まあ戸籍からはじき出せば、いの一番に召集されてもしゃあない身の上やった。軍隊には映画監督の有難味なぞ、わかるはずないわな。

ここに――同じよな蓮の花がぎょうさん咲いてた思うのやけど、錯覚やろか。いや、たしかに咲いてた。

赤紙から入営までは間がある。貞やんを東本願寺で見送ったのは、どう考えても九月の末か十月の初めやね。やとすると面妖やな。いや、たしかにまっしろな蓮の花が咲いとったで。

出征の何日か前に、貞やんと二人で飲んだ。祇園のお茶屋やった思う。貞やんはもう頭を坊主に刈ってたな。

映画談義に花を咲かせたあとで、貞やんはふいに真顔になって、こない言うた。

「辻さん、あんた『人情紙風船』観ィはったか」

貞やんは出来上がった自分の作品を観ィひんいう、妙な癖があった。照れくさいのんか、こわいのんか、試写のあとは二度と見ようとはせえへんかった。

「なあ、どう思う。ええのんか、悪いのんか」

真剣な顔やった。おっちゃんはせんにも話した思うけど、あの映画にはしんそこ度肝を抜かれてた。

「ええも悪いも、そないなこと貞やんが一番よう知ったはるやろ。完璧やで。小津さんも溝口さんも、顔色なしの出来映えや」

「ほんま、そう思うか」

「貞やんおだててどないするねん」

貞やんは長い大きな顔を、乗り出すようにしてさらに言うた。

「みんな、そない言うてくれる。せやけど俺には信じられへん」

「どうして。ええものは、ええよ」

「俺な、兵隊に行くやろ。せやからみんな、悪いこと言わへんのんとちゃうか」

貞やんがあんまり真剣にたんねるさかい、おっちゃん少しお道化《どけ》て言うた。

「安心せえ。あれは山中貞雄の最高傑作や。いいや、日本映画の金字塔やで。遺作になったかてええわい」

そんときの貞やんのぎょっとした顔は忘れられへん。しもた、言いすぎや思たな。

「辻さん……俺なァ」

「何や」

「俺、兵隊に行くのいやや。遺作なんて、勘弁してえな。まだまだ撮りたい映画が、ぎょうさんあるのんや」

みなからオッサンなんぞと呼ばれて、たしかに齢より十も老けて見えた貞やんが、そんときだけ二十八歳の青年に見えたのはなぜやろか。一見して天衣無縫の豪傑やったけど、実はガラスみたいに繊細な男なんやと、おっちゃんそんとき初めて知った。

もっとも、そないなことはフィルムを観れば誰にもわかることなんやけどな。

しばらく、気まずい酒を飲んだ。どない言うて励ましたらええのんか、おっちゃんにはわからへんかった。

黙りこくったあとで、貞やんはいきなり思いがけんことを言うた。

「辻さん。夕霞は、元気でやってますやろか」

物言いまで青年に返ってた。

おっちゃん、あわてたな。そのころ伏見夕霞には他に男がでけてた。詳しいことはよう知らへんけど、例のやんごとないお方に見初められたんや。

夕霞が貞やんを慕《しと》うていたのんはたしかや思う。せやけど貞やんには、映画のことしか頭にない思てた。映画のために夕霞を捨てた思うてた。

おっちゃん、びっくりしたよ。貞やんの顔があんまり真剣やったから。

「しっかりやってる。心配せんでもええ」

ほかに答えようがなかった。

「あの、辻さん――」

「何や、かしこまって。らしくもないやんか」

その晩、貞やんが言いたかったことは実はそれなんやと、おっちゃんはっきり感じた。あの物おじせえへん男が、正座した膝の上に腕をつっぱらかって、ぶるぶる慄えながら言うたんや。

「辻さん、俺、兵隊から帰ったら、夕霞を嫁にしたろ思てますのんや。どやろ」

ほんまは『人情紙風船』が成功して京都に凱旋したら、そうするつもりやったんやなかろか。おっちゃん、貞やんの不器用さが悔やしうてならへんかった。あれはほんまに、映画を撮ることのほかには何もできひん男やった。

「そのこと、夕霞ちゃんには言うてあるのんか」

貞やんは俯いて首を振った。

「どうして言わへんのや。東京へ行くときも、ほかすみたいにして。どうして待ってろの一言も言わへんの」

「俺、カツドウ屋やさかい、そないなことよう言わんわ」

おっちゃん、ついカッとして盃を投げつけた。貞やんの不器用さに腹が立った。カツドウ屋と言うたのには、なおのこと腹が立った。

マキノの大将の口癖やった。わてらはカツドウ屋やさかい――その言葉は、カツドウ屋の免罪符みたいなもんやった。その一言さえ口にすれば、おのれがのめりこんで、すべてを失うて、どないなむちゃくちゃしても許される思てた。

せやけど……そない思うて、みんなが映画いう文化を必死でこさえてきたことも、またたしかやった。わてらはみな、人間である前に、男である前に、カツドウ屋やった。

「ほしたらどうして、ほかすよなまねしたんや。好きやねんの一言ぐらい、どうして言わへんかったんや……」

貞やんは辛かった思うよ。あれは、日本の映画をあのごつい肩に背負って立つ気ィでいた、たったひとりの男やった。

「俺、自分の撮った写真のよしあしもまだようわからへんし、ましてや夕霞は役者やろ。こないなはんぱで一緒になぞなったら、あの世の大将にどやされるわ」

清らかな男やった。下駄みたいな顔をくしゃくしゃに歪めて、貞やんは泣いた。

「せやけど俺、夕霞のこと好いてます」

「ほなら、今からでも打ちあけや。段取りつけてやるさかい、兵隊から帰ったら嫁はんになれて、はっきり言え」

「そないなむごいこと、よう言わんわ」

「どうしてやねん。かんたんなことやないか」

「辻さん。人の命を、かんたんに言わんといておくれやっしゃ」

おっちゃん、どきりとした。貞やんは長い顎をぎしぎしと軋ませて言うたんや。

「俺、死ぬ気ィで東京へ行きましてん。P・C・Lで京都じこみの映画とって、失敗したら死ぬつもりでしたんや。せやけど、今度はこっちがいやや言うても命がかかりますやんか。俺、バクチに二度も続けて勝つ気ィがしまへんのんや」

おっちゃんな、そんとき『人情紙風船』のラスト・シーンを思い出した。紙風船が風に吹かれて、路地《ろおじ》の水に落ちるんや。ほんで、きらきら輝く水の上を、風船がゆっくりと流れてく。その静かァな、清らかァなシーンをな、貞やんはいつくばるようなローアングルで、パンもアップもせずに、風船の消えるまでじいっと追って行くのんや。

あんな絵は、このさき映画が千年続いても、だあれも撮れへんよ——。

そや、たしかにここには蓮の花がぎょうさん咲いてた。まちがいない。

嵯峨野の撮影所で、おっちゃん溝口組の仕事してた。絵コンテ見ながら、大道具の打合わせしてたときやった思う。

太秦の中撮から電話が入って、山中監督がこれから出征やいう。東本願寺で見送るさかい、日活も松竹もマキノも新興キネマも、手のあいとるもんはみな行くさかい来たってェな、いうのんや。

なんや貞やん、前もって知らせてくれればええもんを、水くさい思た。

おっちゃんには、見送るよりもまずやらなならんことがあった。わかるやろ。伏見夕霞をひとめ会わさなあかん思たんや。

撮影所は太秦の一番奥やった。自転車こぎ出して、帷子《かたびら》ノ辻《つじ》のマキノ・トーキーと、その並びの日活撮影所を、一所けんめいに探した。それから中撮に行った。伏見夕霞、知らへんか。急用なんや、誰ぞユウカちゃん見かけなんだか、て、メガホンで叫んで回った。

俳優会館に駆けこんだら、ごろごろしてた大部屋が教えてくれた。ああ、ユウカちゃんならロケに出てまっせ。花園の法金剛院、知ったはるやろ。まだ撮ってるはずですわ。

はて――ほんまに秋やったんやろか。どうも真夏の日ざかりやったような気がして仕方ない。

ほんで、ちょうど今しがたわしらが車で走ってきた道を、必死の思いで自転車こいだ。あの時分は、右も左も見渡す限りの田圃やったな。

ロケはあらかたおわって、機材を撤収してるところやった。夕霞はな、ほれ、あすこの蓮池の中の島に、まるで花に埋もれるようにしてしゃがんでた。

やはり蓮の花は咲いてたよ。池の面《おもて》と岸辺とを大きな葉が被い隠して、そのひといろの緑のうえに、まるで仏様のうてなのような白い花が、ぽかりぽかりと咲いてた。まったく、これと同しや。

中の島に赤松が立っとるやろ。夕霞はあの根方に、白いレエスの日傘をさして蹲ってた。

ぼんやりと、風にたゆとう蓮の花を見てたんや。すれちがった顔見知りの助監が、「辻さん、これから山中先生のお見送りやそうですけど、行かはらへんのですか」と、言うた。まわりはその話で持ちきりやった。夕霞の耳に入っとらんはずないわな。土橋を渡って、気ィの脱けた夕霞のとこへ行った。こんにちは、辻さん——あんときの夕霞の悲しい作り笑いを、おっちゃん一生忘れられへんよ。

おっちゃん、どない言うたんやろか。ともかく、あの子ォのかたわらにしゃがみこんで、おっちゃんは言うた。

「なあ、ユウカちゃん。みんなと一緒に、お東っさんに行ってくれへんやろか」

夕霞は答えずに、じいっと蓮の花を見つめてた。

「なあ、頼むわ。貞やん、ほんまはあんたのこと好いとるんやで。ひとめだけでも、顔見せたってえな」

言葉を探してから、夕霞はたしかこないなこと言うた。

「辻さん、私ね、もう山中先生と会えるような女じゃないんですよ」

「なに後生の悪いこと言うてるのんや。好いた男が出征するんやで。さ、行こ」

夕霞はおっちゃんの手を振り払った。それから、日傘をあみだに背負ったままな、顔も被わずに涙をぽろぽろこぼした。

あの子ォはもう、にっちもさっちも行かへんようになってたんや思う。詳しいことはよう知らん。懸想したお人が、どこの誰かも知らん。

幸せはいつも手の届くとこにあったのに、いつもあの子ォの指の先で、くるりと背を向けた。

泣きながら、声だけはセリフのようにしっかりと、夕霞は言うた。

「辻さん、天国って、こういうところでしょうか」

横顔のええ子ォやった。花にたとえるなら、まさにまっしろな蓮の花やろ。

おっちゃん、ひとりで東本願寺まで自転車こいだ。夕霞がいつまでェも、そこの中の島にしゃがみこんでいるよな気がしたな。実際そやった思うけど。

おっちゃんがバンザイもようせんと、お東っさんのお堂に上がって願かけた気持を、わかってくれはるやろか。

背中に軍歌ききながらな、ひんやりした畳に頭こすりつけて、おっちゃん心の底から仏さんにお願いした。

貞やんを殺すいうんなら、今すぐでええからわてを殺してくれ、て。

おっちゃんな、貞やんに惚れてた。たぶん、伏見夕霞にも惚れてたんやろ。

いいや、そないなことやない。裏方のカツドウ屋が、映画のためにできることは、ほかに何もなかったんや。あったいうんなら……教えて欲しいわ。

──辻老人が話をおえたとき、僕と早苗は同時に顔を上げた。

中の島の蓮の花に埋もれて、白い日傘をさした伏見夕霞が佇んでいた。たしかに僕らの方を見て、悲しい笑い方をした。

「辻さん……ほら……」

なんや、と辻老人はべっこうのメガネを押し上げて、僕のさし示す指先をたどった。

「中の島に、夕霞さんが……」

「ほんまかいな。何も見えへんけど」

「ほら、こっち向いて笑ってますよ」

辻老人は伸び上がって目をこらした。

「おっちゃんには、何も見えへんよ。あんたら、見えてはるんか」

早苗が口元に両手を添えて叫んだ。

「夕霞さん！　辻さんにも、会ってあげて。お願い！」

ゆっくりと首を振って、伏見夕霞の姿は消えてしまった。

辻老人は僕らを疑おうとはしなかった。

「もうええよ。年寄りには見えへんのやろ。みな若いまんま死んでしもたんやから」

降り注ぐ夏の光の中に、純白の花ばかりがゆったりと揺らいでいた。

大空に向かって鳴き上がる蟬の声を、僕はそのときほど虚しく、うとましく聴いたことはない。

22

「みとおみやす、大文字に火ィがとぼりますえ」

縁先から伸び上がるようにして、おばさんが呼んだ。

机にうつ伏せたまま、いつの間にか眠ってしまったらしい。窓の外には群青《ぐんじょう》の夜空が拡がっていた。

「結城さあん、みとおみやす。火ィがとぼりますえ」

窓ごしに早苗の声が答えた。

「はあい、よく見えます。あれ、いっぺんにつくんですか」

「そうどすえ。左大文字は書き順のとおりに火ィを入れるんやけど、如意ケ嶽の大文字はいっぺんにとぼりますのんえ。そや、早苗さん、初めてどすやろ。いつもォはお里に帰ったはるさかい」

僕は机を離れて、窓辺に腰をおろした。何とも贅沢《ぜいたく》な話である。吉田山の下宿は東山の大文字と真正面に向き合っていた。

如意ヶ嶽の黒い山肌に、蛍火のような松明《たいまつ》が行きかっている。まもなく午後八時の点火時刻だった。

「今年からこっちの大文字には、字ィの形に石を組みましたんえ。よう燃えるやろてえらい評判です。ああ、お月さんもええわァ」

まるで絵葉書のような満月が、山頂ちかくにかかっていた。まことに絶景ではあるが、そのかわり吉田山を背にした下宿からは、五分おくれで次々と点火されていくという他の火はひとつも見えない。話によれば、如意ヶ嶽の大文字に続き北山の「妙」「法」「船形」「左大文字」、そして最後に北嵯峨の「鳥居形」、京都盆地をめぐるように五山の火が入れられていくという。

「結城さん」と、おばさんは艶っぽい声音でもういちど早苗を呼んだ。軒下の広縁に佇む齢なりに美しい着物姿が目にうかぶようだ。

「せっかくやから、三谷さんと一緒に見はったらええのに。おばちゃんの目ェなど気にせんと」

「え？　……ええ」

早苗はとまどいがちに答えて、窓ごしに首を伸ばして僕を見た。僕と早苗のただならぬ関係を、おばさんが感付いていることはわかっている。だがいきなりそんなふうに言われれば、僕たちには返す言葉が思いつかなかった。

おばさんはきっと、目尻に美しい皺を寄せて微笑んでいるにちがいない。

「さきのこととか、はた目とか気にしたはったらあきまへんえ。若いうちには思い出つくらな。ほれ、じきに火ィが入ります。一生に一ぺんのことかもしれへんよ」

間のびした京ことばで言いながら、おばさんはくすっと笑った。

「すみません、いろいろと気をつかってもらって……」

と、早苗は反省でもするように言った。

「心配しはらへんかてよろしおす。おばちゃん、お二人の睹いさしてもろてるだけやし」

おばさんの声はしっとりと湿った夏の闇に溶け入るようだった。

好意を黙って受けるには気が引けた。僕は窓から身を乗り出して言った。

「おばさんも、こっちで一緒に見ませんか」

すぐに艶やかな笑い声が返ってきた。

「そないいけずなことようしません。下からでもちゃんと見えますよって——あんなあ、三谷さん」

おばさんは少し言いためらった。

「なんですか?」

「このおうち、むかァしおばちゃんの旦那《だん》さんが、おばちゃんと年に一度の大文字を見るために建ててくれはったんえ。せやから、ちゃあんとこの縁側からも如意ヶ嶽の大文字が見えるの」

「へえ……そうなんですか」

早苗が廊下をめぐって、遠慮がちに部屋に入ってきた。僕らの気配を感じたのか、おばさんはもう何も言わなかった。

僕と早苗は窓辺に肘を置き、肩を寄せ合って大文字に火が入るのを待った。

「ねえ、カオルくん——」

耳元で早苗が囁いた。

「私ね、おばさんの旦那さんのこと、ちょっと知ってるんだ」

「え、ほんと?」

早苗は僕の肩を抱いて、窓から引き入れた。

「西陣の織元の社長さんだったの。いちど会ったことがある」

「あれ、旦那さんが亡くなってから下宿屋を始めたって聞いてたけど」

「そうじゃないのよ。私が一回生でここに来たときね、その人、二階を建て増したのを見に来たことがあるの。車椅子に乗って。亡くなったのはそれからすぐ」

何となく、僕はその先の話は聞きたくないと思った。よくはわからないが、死期を悟った老人が妾宅をあわただしく下宿屋に改築したということなのだろう。

「かっこいいおじいちゃんだったよ。帰りぎわに私の頭をなでてくれてね、しっかり学問せなあきまへんで、かまどを守るだけの女は不幸やさかいな、って言ってた。何となく事情は知ってたから、あの一言、すごく応えたの」

思い悩むように、早苗は髪の根に指を入れた。美しいおばさんと齢の離れたパトロンとの関わり合いが、すべてわかってしまったような気がした。もちろん、僕が考えるほど単純な話であったはずはないが。

急に悲しい気分になって、僕は早苗の肩を抱き寄せた。

「ねえ、先輩――」

「なによ、改まって」

「僕たち、いったいどうなるんですかね。これから」

「さあ……」と、早苗は答えあぐねた。それから、けっこう上手な京ことばで、おばさんの口ぶりを真似た。

「さきのこととか、はた目とか気にしたはったらあきまへんえ。若いうちには思い出つくらな——つまり、そういうこと」

「さきのこととか、考えないでいいのかな」

「そうねえ……それを考えてしまったら、恋愛の九十パーセントぐらいは成立しないと思うけど。いや、九十九パーセントぐらい、かな」

「だとすると、恋愛は思い出づくりっていうことになる。あんまり刹那的じゃないですか、それって」

「哲学の実習ね、まるで」

「それで、いいんですか。僕らは一パーセントの可能性について議論をする必要はないのかな」

「ナンセンスよ」

「ナンセンスの一言で議論を回避する。それじゃ全共闘と同じだよ」

いきなり、早苗は唇を重ねてきた。いつでも同じだったが、僕らにとっての接吻はすべての理性と良識とをたちまちにして無効とする、いわばオールマイティの切り札のようなものだった。僕らはいつ、どこでも、どちらからでも、そのジョーカーを切り出すことができた。

唇を頬にすべらせ、耳朶《じだ》を噛む早苗の動きが、ふと止まった。

「あ、ついた」

僕のうなじを抱く腕に力がこもった。胸のしぼむほどの溜息を、早苗は僕の耳元に吐いた。

「見せてよ、僕にも」

僕らは抱き合ったまま頬を合わせて、大文字の送り火を見た。

燻《いぶ》り立つ煙の中に、鮮やかな朱色の炎が上がった。いったいどうやって計ったのだろうと思われるほど寸分の狂いもなく、一斉に大の字が闇に描き出された。時とともに、炎は煙に優《まさ》っていった。

脇腹に回した掌に、肋《あばら》をうがつほどの早苗の鼓動が感じられた。

「どきどきしてるよ」

大文字を見つめたまま肯いて、早苗も僕の体を抱き寄せた。

「カオルくんも」

耳の奥に轟きを感じた。それは明らかに、性的な昂りとは異質のものだった。僕はそのとき初めて、美しいものに対して胸をときめかせたのだと思う。

夏の夜の闇のなかぞらには、朱色に燃え上がる大文字と、僕と早苗とがいるばかりだった。

肉体をまったく意識せずに、僕が早苗を愛していると感じたのは、たぶんそのときだけだったろう。

火勢とともに朱色の点は線になり、夜空に立ち上がるような大文字になった。

「夕霞さん、帰ってくれないかな」

呟きの意味がわからずに、僕は訊き返した。

「帰る、って、どこに?」

「あっちに。これ、お盆の送り火だもの」

夏の闇を彩るこの壮麗な行事の本来の意味に、僕はようやく気付いた。しめやかな静寂の中で、大文字だけが燃えさかっている。道路にも家の窓などにも、人々は寄り集まってそれを見ているはずなのに、拍手も歓声もない。大文字が精霊たちを彼岸へと送り出す、つつましやかな、粛然たる儀式であることを、僕は知ったのだった。

それは決して観光客の言う「大文字焼き」ではない「五山の送り火」だった。

「——ごめんやす、おじゃまさんですやろか」

いきなりおばさんの声がして、僕と早苗はあわてて体を離した。

廊下でひと呼吸おいてから、おばさんは戸口に顔を覗かせた。

「今しがた清家さんからお電話ありましたんえ。お呼びしよ思たら、公衆電話やさかい言《こと》伝《づ》てといて下さい言わはって」

僕と早苗は顔を見合わせた。大文字に送られて、伏見夕霞が本当にあの世に帰ってしまったのではないかと、僕は勝手な想像をした。

「清水《きよみず》さんの千日詣《せんにちもうで》においやす言うてはった。じきに北山の方の送り火がとぼるさかい、見に来はらへんかて――清家のぼん、このごろてんとお顔見ィひんけど、お元気なんやろか」

僕は時計を見た。妙、法、船形、左大文字、鳥居形と、火が入るまでにはまだ間がある。

「清水寺からは、よく見えるんですか」

「はて、どないどすやろ。方角からすると妙法は無理どすやろけど、お船と左大文字は真正面に見えるのとちゃいますやろか。ひょっとしたら鳥居も見えるかもしれへん――行かはったらええやないの。ここからやと、東山の大文字の他は何も見えへんし」

その前に、とおばさんはいたずらっぽく笑って、腰のうしろから酒壜を取り出した。

「何ですか、それ」

きょとんとする早苗の手に、おばさんは漆の盃を押しつけた。微笑みながら、うむを言わさずに酒を注ぐ。

「まあ、お飲みやす。大文字をお盃に浮かべて飲み干すと、中風に罹《かか》らへんいう昔からの言い伝えどす」

「中風、ですかァ?」

おばさんはしみじみと、僕らの顔を見つめた。

「しょもないまじないやけど——もひとつ、祇園の妓《こ》ォの間には、べつの言い伝えがありますのんえ。つまり、好いたもん同士がそれをすれば、添いとげられるいう……」

そんな未来を、僕は考えたことがなかった。だが早苗はそれを聞いたとたん、実に嬉しそうに、おばさんに向かって微笑み返した。

「大文字をお酒に映して飲むんですね。何だか三三九度みたい」

「うちと旦那さんも、毎年かかさずにしてましたんえ。おかげさんで、二十年も添いとげられましたん」

おばさんは言いながら、盃の底に酒を注いだ。僕の表情をちらりと見て、早苗はていねいに大文字を映すふうをしながら、酒を飲み干した。

「はい。カオルくんも飲んで」

僕のとまどいがよほどおかしかったのか、おばさんは白い手の甲を唇に当てて笑った。

「さすがは先輩どすなあ。いやや言うたら叱られますえ、三谷はん」

おばさんが酔っていることに、僕はようやく気付いた。もしかしたらおばさんは、旦那の写真と差し向かいで酒を飲んでいたのではないかと思った。

「こないなことおばちゃんがさしたなんて、内緒どすえ。いらんお節介や思わはるかもしれへんけど、しょもないまじないに付き合《お》うて。なあ、三谷はん」

付き合ってあげてよ、と早苗の瞳が言っていた。きっと早苗も、僕たちのそんな未来は考えてもいなかったと思う。

定まらぬ手付きで酒を注ぎながら、おばさんはうって変わった切ない声で呟いた。

「おおきに。ごてくさごてくさ、やかましい年寄りどすなあ。せやけど、おばちゃん約束するし。お二人のこと、お里にも誰にも口にはせえへん。ずうっと知らん顔さしてもらうしな」

口あたりのよい冷酒を一息に飲み干すと、腹の底がかっと熱くなった。

「どうしたんだろう、清家のやつ。わざわざ電話なんかかけてきて」

「ともかく行ってみようよ。何か変わったことがあったのかもしれないわ」

僕らはとるものもとりあえず部屋を出た。

「火ィが消えるまで、ここで見さしてもろてよろしおすか。ああ、きれいやなあ……」

窓辺にしどけなく座って大文字に見入るおばさんの横顔は、思いがけなく老けていた。

23

五山の送り火の燃えさかるその夜、僕らはまたふしぎな体験をした。

丸太町通でタクシーを拾い、清水寺を目指した。三条を過ぎてしまうと、東大路にはふだんよりむしろ人通りは少なく、道路もすいていた。

京都では祇園祭の宵山と並ぶ観光の目玉だというのに、町はしんと静まり返っていた。送り火の見える場所に人々が集まってしまったせいもあるのだろうが、やはり市民たちにとっては、死者の霊を送るしめやかな夜なのにちがいない。

静けさが薄気味悪いと僕が言うと、年配の運転手が早苗のかわりに答えた。

「京都は家々の間がみっしり詰まってますしな。昔から路地《ろおじ》で火ィ焚くわけにはいかへんかったんとちゃいますやろか。せやから、六道《ろくどう》さんの鐘ついてお精霊《しょらい》さんを迎えますやろ。ほてから、十六日の晩には五山の火ィ焚いて、いっぺんにお送りするんですわ」

やがて車は五条坂を上って、千日詣の人々がちらほらと行きかう参道に止まった。

清水寺がこの夜に限り門を開けているということは、旅行客にはほとんど知られていないのだろう。じっとりと湿った参道を上り下りするみなりは、どれも地の人らしい普段着だった。

「きょうお詣りすれば千日分の功徳があるって、何だか都合のいい話よね。ご利益のバーゲンみたい」

うまい比喩だが、せっかくのバーゲンもすっかり大文字にお客を奪われてしまっているようだった。ここから送り火が見えるとするなら、まさしく穴場中の穴場と言うべきだろう。

清水寺で送り火を見ようという言伝《ことづ》てだけで、落ち合う場所を決めたわけでない。人は少ないが境内の闇の中で清家を見つけることができるだろうか。僕はすれちがう人たちの顔を覗きながら、暇そうな土産物屋が並ぶ参道を登って行った。

「夕霞さん、やっぱり帰ったのよ」

汗ばんだ掌で僕の指先を握りしめて、早苗は言った。僕もそう信じたかった。五山の送り火にいざなわれて、伏見夕霞はあの世へと帰った。煙のように消えてしまった恋人を探しあぐねて、清家はきっと落胆しているのだろうと思った。

たとえば、今宵かぎりに早苗がどこかへ消えてしまったら、とわが身に引き較べただけで、僕の胸は悲しみでいっぱいになった。

「それで、電話なんかしてきたのかな、あいつ」

こと伏見夕霞という存在について、僕らはもう正常な判断力を失っていた。亡霊であろうが何であろうが、僕らは現実に何度も、その生けるがごとき姿を目撃してしまっているのだ。

門前の広場に出た。小高い石組の上や碑文の台座のまわりに、黒い人だかりができていた。振り返っても土産物屋の甍があるだけだが、少し高い位置からは送り火が見えているにちがいなかった。

ご覧にならはったら後ろの方に場所をお譲り下さい、とメガホンを持った若い僧が、石垣の上に向かって言った。

「上がってみようよ。あっちがすいてる」

早苗は僕の手を握って、足元にぼんぼりの灯る石段を登って行った。こぢんまりとした朱塗りの山門があり、その周辺だけがどうしたわけか人がいない。銀色の砂子を撒《ま》いたような町の灯が、真暗な門の額縁にすっぽりと収まっていた。

僕らはおそらくそれ以上のものは希《のぞ》むべくもない大文字のパノラマを、声もなく、息も詰めてそこから眺めた。

北山の妙法は見えなかったが、右前方の山腹には死者を乗せて補陀落浄土《ふだらくじようど》へ向かうという船形が燃えさかっていた。正面には如意ヶ嶽の大文字とは少しちがう形に右足を長く曳いた左大文字が燃えていた。やがて、遥かな嵯峨野の山肌に、火の入ったばかりの鳥居形が立ち上がった。

山門のまわりに佇む人々も、石垣にひしめく人々も、みな頭を垂れて合掌していた。

「私たちも、お祈りしなきゃ。何て言えばいいんだろう——夕霞さん、安らかにお眠り下さい、かな」

独りごちながら、早苗は送り火に向かって掌を合わせた。

僕も同じことをした。身内の死に目に遭っていない僕にとって、死者の冥福を祈ることは難しかった。それに——あの伏見夕霞には、あの世での幸福などあるはずはないと思った。

たぶん早苗も、そう考えたと思う。祈りながら目を見開いて、早苗は切なげに溜息をついた。

「夕霞さん、お盆に帰る家がなかったのよね、きっと。だから撮影所に行ったんだ」

言いながら早苗の瞳は潤んだ。

そうかもしれない。薄幸な大部屋女優のまま死んでしまった伏見夕霞には、迎えてくれる家も弔《とむら》ってくれる人もなかったのだろう。

もうひとつ、こわい話を思いついた。

「ねえ先輩。自殺した人って、成仏できないんじゃないですか。そんな話、聞いたことがあるんだけど」

汗ばんだ背に、東山の真黒な影が被いかぶさるような気がした。

「まったく、君はなんて意地の悪い人なの。よくもまあそんなことを考えられるわね」

「でもね、自殺した人は自分が死んだことがわからなくって、いつまでも徨《さまよ》うとか言うじゃないですか。浮遊霊とか地縛霊とか」

「……ずいぶん詳しそうね。ま、そういう知識がいま初めてカオルくんの口から出たこと自体、夕霞さんが成仏した証拠だけど」

蔑むように僕を見つめてから、早苗はまたナンマイダブと呟いて掌を合わせた。

早苗の言ったことは的を射ていたと思う。僕はそれまで、伏見夕霞についての霊的解釈を、頭の中で考えこそすれ口に出すことができなかった。ずっと考えていたそのことを言えたのは、五山の火に送られて彼女の魂があの世に帰ったからにちがいない。そうにちがいないと、僕は掌を合わせながらもういちど自分に言いきかせた。

「ああ、お船が去《い》にますえ――」

杖をついた老婆が僕のかたわらで言った。数珠をかけた片掌を船形に向け、渋い声音で経文を呟く。曲がった腰を支えるようにして立つ浴衣がけの娘は、孫なのだろうか。

「おじいちゃん、乗ったはるかなァ」

「はあ、乗ったはりますえ。あのお船はな、弘誓《ぐぜい》の船いうて、菩薩さんが迷える衆生を救うて彼岸に送らはる有難いお船なんや。おじいちゃんは何ひとつ思い残さはることなぞないけっこうな人生やったし、きっと乗ったはるえ」

やがて船形の炎はとろとろと弱まり、闇の中で静かな熾《おき》になった。いかにも暗い波の果てに消えて行くふうだった。

それをしおに、人々は境内を下り始めた。左大文字も、遠い鳥居形もまだあかあかと燃えていたが、弘誓の船の出帆は魂を送る人々にとって、わかりやすい意味があるようだった。

「ほな、わてらも去《い》にまひょ。おやかまっさんどした」

老婆は僕らに向かってていねいに腰を屈め、孫娘に支えられながら山門を出て行った。

さらなる静寂がやってきた。何もない、死のような境内の闇に、僕らはしばらくのあいだ佇んで消え行く送り火を見ていた。

左大文字が遠のくように消えかかったころだったと思う。僕は背後から名を呼ばれた。振り返ると、黒い画額になった山門の向こうから、清家忠昭が歩いてきた。石畳に並べられたぼんぼりが、白いシャツを照らし上げていた。

「やあ、ここにいたのか。探したんだけど暗くてわからなかった」

笑いかける清家の顔がいつになく青ざめて見えたのは、足元から顎を照らす光のかげんだろうか。

やあ、と手を挙げかけて、僕は息を呑んだ。早苗は小さな悲鳴を上げて、僕の腕を引き寄せた。

清家忠昭の背中に、ほの白い煙が立ちこめていた。僕らに向かって微笑みながら近寄ってくる清家の歩みに合わせて、煙は明らかな人形《ひとがた》となり、目を疑う間もなく藤色の浴衣を着た伏見夕霞の姿になった。

山門の暗みに歩みこむと、夕霞の姿はほのかな光を発するように、かえって際立った。燃えたつような緋色《ひいろ》の帯を締め、浴衣の裾には朝顔の柄が描かれていた。

――こんばんは。

と、夕霞は清家の肩ごしに、はっきりと言った。

怯えながらも、僕は夕霞の美しさに目を瞠った。頭の別の部分で、恐怖と感動とを僕は同時に感じていた。

そのふしぎな感覚は、同性である早苗も同じであるらしかった。体じゅうの筋肉をつっぱらして慄えながら、早苗は実に陶然とした声で、「こんばんは」と答えた。

山門の軒をきっかりと切り分ける月あかりの中に、夕霞は赤い鼻緒の下駄をからりと鳴らして歩みこんだ。素足が眩《まばゆ》かった。

「こんばんは」

と、僕も唇だけで言った。

銀色の満月が、うなじで巻き上げた黒髪を漆の色に照らした。薄化粧をしているのか、素顔なのかはわからなかった。秀でた額に凜々しい眉が引かれ、瞳は消えかかる大文字を映しこんでいた。

——ああ、もうおしまいですね。すてきだった。

送り火の熾を見つめたまま、紅をさした唇で唄うように、夕霞は呟いた。

僕らは身じろぎすらできなかった。だがそれは恐怖のせいではない。伏見夕霞の美しさに、僕らは凍りついていたのだ。

「夕霞さん——」

ほとんど泣き声で、早苗は夕霞の名を呼んだ。

「やめろよ」と、僕は硬直した早苗の腕を脇に抱えこんだ。僕らは決して伏見夕霞の顔から目をそらすことができなかった。

――はい、何でしょう。

撮影所で初めて会ったときよりも、鴨川の床や高瀬川のほとりで見たときよりも、そのときの夕霞は美しかった。早苗に向かって笑い返すと、夕霞の大きな目はたちまち扇をとざすように、長い睫毛に被われた。

「あの……こんなこと訊くの、失礼だと思うんですけど……いいですか」

早苗の勇気を、僕はもうとどめることができなかった。

――いいですよ。何ですか。

僕の手を払いのけて、早苗は夕霞と胸を合わせるように、一歩すすみ出た。

「送り火の夜なのに、どうして帰らないんですか」

抗うような大声だった。夕霞は早苗の怒りをいなすように、笑いながら首を振った。

――帰るって、どこに。

「そんなの、知りません。でも、お盆がすめばみんな帰るんです」

――ですから、どこに？

やはり噂のとおり、自殺した人間は自分が死者であることを知らないのだろうか。微笑を消した夕霞の表情は不満げだった。

「やめようよ、先輩。もう、やめろって……」

僕はやっとの思いで言った。

「いや。やめない。わかってもらわなくちゃ。ちゃんと言ってあげなきゃ、夕霞さんも清家君も、かわいそうだよ」

行こう、夕霞、と清家は顔を曇らせて浴衣の袖を引いた。

「気にするなよ。こいつらやきもち焼いてんだ。君があんまりきれいだから」

「ちがうよ、清家君。ちがうってば」

「もういい。せっかく誘ったのに、そんなひどいことを言われるとは思わなかった」

「そうじゃないってば。清家君、知ってるはずじゃないの。この人はずっと昔の人だって。齢もとらずにこうしているわけはないじゃないの」

「行こうよ、夕霞。そんなのほっとけ」

清家は夕霞の手を引きながら、憮然とした様子で山門をくぐった。ぼんぼりに照らされた石畳の道で、夕霞は何度も心を残すように僕らを振り返った。

「清家のやつ、どうなっちゃったんだ」

「わからない。きっと夕霞さんに溺れきってるのよ。でも——」

振り向きながら闇に呑まれて行く夕霞に向かって、早苗は手を振った。

「でも、夕霞さんは少しわかったかもしれない。もしかしたらって、考えてくれたような気がする」

「それ、何だか悲しいな。もしかしたら、自分は死んでいるのかもしれないっていうの」

言ったとたん、まったくちがった恐怖が僕の胸を被った。

伏見夕霞が自分の生死を認識できないのなら、いったい僕自身が生きていることは、どうやって証明できるのだろう。あるいは早苗が死者ではないという保証が、どこにあるというのだろう。

僕は妄想を打ち払うように、早苗の細い体を抱きしめた。汗ばんだシャツを通して胸の鼓動が伝わると、僕はたまらずに早苗の唇を奪った。早苗は全身で応えてくれた。

僕らは生きている。生きて愛し合っている。そう考えると、わけもなく涙が出た。

嵯峨野の鳥居形も、もうほとんど闇にかえっていた。僕らの眼下には、古都の灯が遥かな星々に続くほど、ぎっしりと敷き詰められていた。

君を愛している、と、僕は生まれて初めて、愛の言葉を口にした。

答えるかわりに、早苗は小さな体を一瞬、掌のうちに握りしめられた小鳥のようにわななかせた。

たぶん、早苗も同じことを考えたと思う。僕らは生きて抱き合い、愛し合っていることに幸福を感じた。そして肉体というものの愚かしさと尊厳とを、同時に知った。

怯え続けながら、僕は僕らにそんな大事なことを教えてくれた恋人たちに対して、感謝をしなければならないと思った。

24

僕と早苗はその夜、すっかり弛《ゆる》みきった町なかを、てくてくと歩いて吉田山の下宿に帰った。

何も話さず、ただ手をつないで歩いた。そのくせ心と心でずっと語り合っていたような、あの親和感はいったい何だったのだろう。祇園のホテルで初めてたがいの体を知ったときよりも、その夜をさかいに僕らは深く結びついたような気がする。

下宿の灯が見えたとき、早苗は坂道の中途に立ち止まって、きょうは一緒に眠りたいと言った。うって変わったなよやかな物言いに、僕は愕いた。

それまではどちらがどちらを訪ねるにしろ、ことが済めばさっさと自分の部屋に帰って寝るのが、僕らの生活の暗黙のルールだった。

門の前でつないでいた手をようやく離し、階段を登った。上がりかまちに、おばさんの草履が置かれていた。

僕の部屋の扉は開いたままだった。おばさんは窓の敷居に体を預けたまま、横座りに酔い潰れていた。

そっと揺り起こすと、おばさんはけだるそうに首をもたげた。

「ああ、あかん。眠ってしもた……お帰りやっしゃ……早苗さん、帯ゆるめてくれへんか。いややわあ、腰ぬけてしもうて。ああ、しんど」

こうですか、と早苗が背中に回って帯を弛めると、おばさんは息をついてまた窓辺にうつ伏してしまった。

「すんまへんなあ。一年にいっぺんのことやし、かんにんどすえ……おばちゃん、独りでみたま送りさしてもろてたんですわ」

おばさんの膝元には、冷酒の空壜が転がっていた。慰めの言葉が思いつかずに、僕らはおばさんのそばに座った。

「結城さんは、知ったはりますやろ。うちの人のこと」

早苗はかしこまって、はいと答えた。おばさんは窓辺に顔を伏せたまま続けた。

「三回忌にも呼んでもらえまへんのんえ。当り前どすやろけど。せやけどなあ……二十年も連れ添うて、毎年ここで送り火を見て、その間に、ややこも二度おろしましたんえ……ああ、かなんなあ。ごてくさごてくさ、しょうもない愚痴いうてからに。すんまへん、かんにんしておくれやっしゃ」

早苗は窓辺ににじり寄って、おばさんの背中に掌を置いた。

「いいですよ、おばさん。愚痴いって下さい、聞かせてもらいますから」

「あんた、ええ子ォやなァ。なんや娘に慰めてもろてるような気ィがします」

そう言ったとたんに、おばさんの肩が慄え出した。もしかしたら、おばさんの子供が生まれていたならば、僕らぐらいの齢になっていたのかもしれない。

それまで何も考えずにおばさんの作ってくれた食事を食べていたことを、僕は申し訳ないと思った。おばさんの目を盗んで、不埒《ふらち》なことをしたと思った。

洟《はな》を啜って、おばさんはうなだれる僕と早苗を振り返った。

「あらま。おばちゃん説教したわけやあらしまへんのんえ。ところで、清家はんのぼんには会えましたのやろか」

僕は清水の山門から清家と送り火を見た、と言った。もちろんそれ以上のことは口に出さなかった。

「さよか。清家はんのぼん、元気にしといやしたんやな。そらよろしおすわ。実はおばちやんなァ、ぼんのおかあちゃんに相談もちかけられてましたんえ。うちとこのタア坊がちかごろ変なんや言わはって——」

「ちょっと待って下さいよ、おばさん」

と、僕は愕いて声を上げた。早苗もぎょっとしたふうだった。

「清家のおかあさんと、お知り合いなんですか？」

あ、とおばさんは口に手を当てた。

「いやあ、どないしょ。べつに隠すことやおへんけど、つまり偶然うちとこの三谷さんとタアちゃんとがお友達やっただけなんえ」

南禅寺の清家の家と下宿とは目と鼻の先なのだから、おばさんと清家の母親が知り合いであったとしても、べつだん偶然とは言えまい。だが、おばさんのうろたえようはふつうではなかった。

「ちょっと冷たいお水。お酒さまさな」

早苗が水を持ってくる間、おばさんは額に手を当てて何やら考えあぐねていた。僕らに聞かせてはならない何かを、おばさんは知っているにちがいなかった。

コップを手渡すと、早苗は真剣におばさんの顔を覗きこんで言った。

「ねえ、おばさん。実は私たち、清家君のことをとても心配してるの。彼、ちょっとノイローゼみたいなんだけど」

「ノイローゼ、やて？」

おばさんは眉をひそめた。

「だから、何とか力になってあげたいと思ってるんだけどね。彼、自分のことはあまり話さないし。何か彼について思い当たることがあったら、教えてくれませんか。もちろんこだけの話にしておきますから」

コップの水を一息に呷《あお》ると、おばさんはしばらく考えこんだ。それから、急激に醒めた目で、僕らをじっと見つめた。

「ノイローゼやいうて、いやあ、かなんわァ。それ、お友達のあんたらから見ィはって、どの程度や思わはるの」

「いつ死んでもふしぎじゃないぐらいですよ」

と、僕ははっきり答えた。ノイローゼかどうかはともかく、実態はそれに近いと僕は思った。

おばさんは痛みをこらえでもするように、きつく目を閉じた。

「ほな、しかたおへん。三谷さんも結城さんも、決しておばちゃんの話、口外せえへんて約束してくれはるか」

僕らは同時に肯いた。おばさんは白い煙のくすぶり立つ如意ヶ嶽をちらりと振り返ってからガラス戸を閉めた。

「三谷さん、タバコ一本いただいてよろしおすやろか」

夜のしじまに、秋虫がすだき始めていた。おばさんはハイライトに火をつけると、蛍光灯に向かってうまそうに煙を吐いた。

「あのおうちのことな、おばちゃん何でも知ってますのんえ。タアちゃんのことも、生まれはったときからや。ほれ、せんにぼんのおとうちゃん――ここいらでは清家の殿さん言うたほうが通りがええんやけど――ひょっこりたんねて来ィはったやろ。あの晩、お知り合いからええ筍《たけのこ》が届いたいうて、おすそ分けに持って来てくれはったんどす。せっかくやからビールお出しして、昔話に花咲かせておいやすうちに、ここいらに三谷はんいう京大生、下宿してはるらしいんやけど、知らんか、言い出さはった。知るも知らんも、うちとこの子ォやおへんか。ほしたら、話は早い言うて二階に上がらはった――そや、あのときも殿さん、ぼんのことえらい心配したはりましたなァ。近ごろ様子がおかしい言わはって」

僕が突然と清家の父の来訪をうけ、品定めと説教をされたことには、つまりそういう経緯があったのだ。

「ま、そないなことはどうでもよろし。おとうちゃんのことはええのんや。問題はどすな、おかあちゃんのほうなんやけど」

そこでおばさんは、背筋を一度すっと伸ばして、僕らを強い目付きで睨みつけた。

「おばちゃんが何いうたかて、愕《おど》かんといておくれやっしゃ。タアちゃんのおかあちゃんいうのんはな、お屋敷の奥さんとはちゃうのんえ。つまり、ぼんがおかあちゃんや呼んではる人は、ほんまの母親やあらしまへんのんや」

僕は、えっと声を上げて愕いた。早苗があわただしく訊いた。

「じゃ、おばさんが相談されたっていうのは？」

「生みの母親から、そうたんねられましたんえ。おばちゃん、あのおうちのことは何から何まで知ってます」

とっさに、清家の邸を訪ねたとき僕を歓待してくれた如才ない母親の笑顔が思いうかんだ。彼女は清家忠昭の実の母親ではない――。

「あいつ、そのこと知ってるんでしょうか」

僕がそう訊いたのは、清家と母親との仲むつまじさを思い出したからだった。

「そこなんやわ、問題は」

と、おばさんはいかにも噂好きの京雀という感じで僕ににじり寄り、膝を、ぽんと叩いた。

「実のおかあちゃんが言わはるのんには、ほんまのことは知らんはずやて。それを何かの拍子に知ってしもうて、ほいで頭おかしうならはったんやないかて——いやあ、しんどい話どっしゃろ」

　言ってしまってから饒舌を恥じるように、おばさんはしばらく口を閉ざした。

　如意ヶ嶽の白い煙が満月に映えて、藍色の夜空にたなびいていた。ええお月さんどすなあ、とおばさんは言葉をはぐらかすように、窓のすきまから空を見上げた。

「おばちゃん、どうかしてる。こないなことまでぺらぺらしゃべってしもて」

　たぶんおばさんは、独りでみたま送りをした淋しさを、そうして紛らわしているのだろうと思った。清家のためにもおばさんのためにも、僕は続きを聞かねばならなかった。

「清家のほんとうの母親って、どんな人なんですか」

「どないもこないも、三谷さん。たぶんあんたの知ったはる人え」

　僕はぞっと鳥肌立った。それが誰であるか、とっさにわかってしまったのだった。

「三谷さん、会《お》うたはるはずどすえ。ほれ、南禅寺さんのお邸にいといやすお人さんどす」

「ちょっと待って下さい、おばさん」

　僕は膝を抱えて考えた。頭の中を整理しなければならなかった。

南禅寺の家にいた人といえば、僕が訪ねたとき庭の手入れをしていた女——清家の母親の双子の妹をおいて他にはいない。清家は彼女を、「出戻りの叔母」だと言っていた。

「……どうなってるの、カオルくん」

と、不安げに早苗が訊いた。

「つまり、よくはわからないけど、清家が出戻りの叔母さんだと言っている人が、実は本当の母親なんだ。彼女、同じ家に住んでるんだけど」

早苗は両掌で口を被った。

「何よそれ——」

僕を見つめたまま、おばさんは悲しげに肯いた。

清家自身が知らぬはずはないと僕は思った。親たちから見ればいつまでも子供なのだろうが、彼の並はずれた聡明さはたぶん僕のほうがよく知っている。清家忠昭の持つ孤独な翳《かげ》りのみなもとは、それにちがいないと僕は思った。

それにしても——何と暗鬱《あんうつ》な、異常な話だろう。

「もとを正せばなァ……あのお二人は祇園の妓《こ》ォやったんえ。双子の舞妓いうだけでも珍しおすやろ。そのうえうりふたつの器量よしで、まったくお人形さん並べたようやった。おばちゃんな、そのころからあのお二人のこと、よう知ってるのんや。それにしてもまあ、殿さんもしょうもないお人どすわ」

しょうもない人がしてしまったことを、あえて問いただす気にはなれなかった。

どんな想像をしたのだろうか、早苗は聞きながら髪の根を握って深い溜息をついた。

「上のおにいちゃんがでけはったときな、ま、そないなごちゃごちゃしたことにならはったんどす。浮気がばれて別れる切れるいうたかて、相手は切れようもないきょうだいどすやろ。そらもう、京都じゅうの噂どしたわ」

おばさんの話をさえぎって、早苗が抗議した。

「だからって、何も同じ家に住むなんてひどすぎるじゃないですか」

「おばちゃんに言われたかて困るわ。つまりこういうことや。南禅寺の清家はんいうたら知らんお人のないほどの名家やし、ことに先代は府議を何期も務めはった名士やった。不肖の倅のしでかしたことを、他にどうする手だてもなかったんとちがいますやろか。考えたうえでのことや思いますえ」

僕は吐気を感じて、すいさしの煙草をもみ消した。南禅寺の家の、時代を積み重ねた暗い空気が肌に甦った。やはりあの家には、秘密が封じこめられていた。

陽気な母。顔はうりふたつだが、なぜか似ても似つかぬ感じの叔母。ヒッピーのような兄。そして、突然僕の部屋を訪ねて説教をたれた父。僕が彼らのひとりひとりに感じた人間としての不自然さは、決して僕の思いすごしではなかったのだ。彼らはまちがいなく、不条理の家族だった。

溜息をつきながら、おばさんは付け足した。

「タアちゃんは気の毒な子ォや。亡《の》うならはったおじいちゃんもおばあちゃんも、おとうちゃんもおかあちゃんらも、みんなして自分らの罪をな、あの子ひとりにおっかぶせはったようなもんえ。はえば立てェ、立てば歩けェ言うのんは、そりゃ親心いうたらそれまでかもしれへんけど、今日までずうっとその調子でタアちゃんの尻たたいたはる。どや、こないええ子ォならだあれも後ろ指させへんやろて、そない言うてるようにしかおばちゃんには見えへんのやけどなあ……へそ曲げて高校やめはったのも無理ない。誰にどないな説得されて、もういっぺん勉強する気ィにならはったのかは知らへんけど、一所けんめい頑張って京大の医学部やて。えらい子ォやわ。ほんまに、えらい子ォや」

ちがう、と僕は思った。

清家忠昭は自分の出生の秘密を知っている。誰からも後ろ指をさされてはならないのだと自ら思っているからこそ、並はずれた努力を重ね、結果を出したのだ。

「かんなァ、酔うた勢いで言わいでもええこと言うてしもた。だあれにも言わんといてや。おばちゃん、あんたらが一生タアちゃんのええお友達でいて欲しいさかい、ここまで話したんやし。悩み、聞いたげて。頼むわ——おやかまっさんどした、おやすみやす」

思いがけずにしっかりした足どりで部屋を出るとき、おばさんは僕と早苗に向かって、いかにも秘密を分かち合うように片目をつむった。

足音が去ってしまうと、僕らは座ったなりにあおのけに倒れて、しばらく天井を見つめていた。体じゅうから力が脱けてしまった。

早苗は何を考えていたのだろう。頭を反対に向けて、寝転んだまま黙りこくっているうちに、柄にもなく洟を啜って泣き始めた。

壁や天井に貼りめぐらされたジェームス・ディーンやショーン・コネリーや、健さんやお竜さんや若大将の顔が、うとましいものに思えて仕方がなかった。

清家忠昭が映画という嘘の世界に魅かれた理由を、僕ははっきりと知った。

テーブルの下で、早苗の足を探った。僕の存在を確認するように、早苗は汗ばんだ足裏を僕の脛《すね》に合わせてきた。

「先輩。泣いていないで、何とか言って下さいよ。哲学してよ」

やっと啜り泣くことをやめて、早苗は少し考えるふうをした。

「君に言われなくたって、ずっと考えてたわ。でも、わからない。わかったことはただひとつ——彼にとって夕霞さんは紛れもない実存であるということ。同じ質問をしたなら、たぶんキルケゴールもニーチェもハイデガーもサルトルも、口を揃えて言うわ。理性でも科学でも証明はできないが、伏見夕霞は存在する。実存は本質に優先するって」

「――そんなこと、難しくてわからないよ」

早苗は小柄な体をくるりと翻して、僕の脇に肘をついた。

「難しいって、私たちもその難しいことをしているじゃない。私たちがこうしていること自体、実存主義《エクジスタンシアリスム》の実験だわ」

「実験なら、失敗するかもしれないよ」

ふいに、早苗は激しく僕の唇を吸った。

果てもない抱擁の中で、僕はずっと考え続けていた。僕と早苗のこと。僕と映画のこと。僕と、僕を囲繞《いにょう》する学園闘争やビートルズや反戦歌や、ヒッピーや睡眠薬や酒や煙草のこと。

早苗の歓びを腕の中に抱きしめたとき、僕は確信した。

伏見夕霞は僕らの世界に実存する。彼女の科学的な存在理由とか、霊的な存在理由などはこの際どうでもいい。少なくとも、僕らより遥かに聡明な清家は、彼自身の実存を賭けて伏見夕霞を愛したのだろう。彼は科学を超えて、哲学をした。

問題は――清家忠昭が彼自身の存在理由を賭けたこの恋愛を、どう成就させるかだ。

それから何日後のことだったろう。

蟬しぐれの降り注ぐ、日ざかりの午後だったと思う。

本部キャンパスから東大路を渡って、いったい何のためにそんなところを歩いていたのかは忘れたが、僕は医学部の金網ごしに清家の姿を見つけた。

雑草の生い繁った自転車置場の裏で、清家は地面に穴を掘っていた。白衣を泥まみれにして、滴る汗を拭いながらスコップをふるう姿が異様だった。

ぶつぶつと、何ごとかを呟き続けていた。市電の車輪の音の合間に耳を澄ますと、それは真剣に祈るような般若心経だった。

「――おい、何してるんだ」

ちらりと目を上げたきり、清家は笑顔も見せずにまた穴を掘り始めた。清水寺でのことを、まだ憤っているのだろうかと僕は思った。

「マウスが、死んだんだよ」

金網の裾の草むらに、小箱が置かれていた。靴の空箱だったと思う。

「きのう、一日じゅう夕霞の部屋にいて、研究室に行かなかった。僕が殺したようなものさ」

夕霞の部屋にいた、という非合理の事実を僕は気に留めなかった。そんなことよりも、憔悴しきった清家の様子が、心配でならなかった。

「餌をやらなかったからか」

「わからない。朝きたら、五匹も死んでたんだ」

「君の責任じゃないだろう。他のやつらはみんな西部講堂で気勢を上げたり、故郷《くに》に帰ったりしてるんだから」

「僕も女のところにいた」

清家はスコップを捨てると、鼻梁の通った端整な顔をまっすぐ僕に向けた。僕らは金網ごしに、しばらく見つめ合っていた。

清家には白衣がよく似合った。長身を折り畳むようにして、清家は小箱の前に蹲り、細い、神経質な感じのする指でそっと蓋を開けた。二十日鼠の小さな屍《しかばね》が、花に埋もれていた。

合掌をしたまま、清家は声を慄わせた。

「かんにんしてや。おにいちゃんな、おまえらのこと忘れてしもた。かんにんな。先生はゴミにしてほかせ言わはるんやけど、そんなむごいこと、俺、ようせん。せめて土に返してやるさかい、かんにんして下さい。もう二度とさぼったり忘れたりせえへんさかい、おにいちゃんのこと恨まんといてや。ごめんな、かんにんな」

清家の白い長い指が、穴の底に小箱を納めるさまを、僕は黙って見守った。

西部講堂から、夏空を押し上げるようなシュプレヒコールが上がった。汗臭い匂いをまきちらしながら、女子学生の一団が僕らの間を通り過ぎて行った。吉田寮の森から反戦歌の合唱が聴こえてきた。

貧しさと豊かさのはざまで、僕らはみな満たされることなく、飢え渇していた。だが、清家忠昭の苦悩を、僕らの青春と較べることはできない。白衣を陽に灼きながら黙々とマウスの墓を埋める清家は、彼自身が決して解き放たれることのない、檻の中の獣だった。

「ちゃんと勉強するさかい、かんにんな。ごめんな、かんにんしいや」

草むらの中に黒土を盛りおえると、清家は目の醒めるような一輪の赤い花を、まるで悔悟の標《しるべ》のようにそっと置いた。

塚に手向《たむ》けられたその夏の花の名を、僕は知らない。

25

長い夏が過ぎ、二学期が始まった。

不確かな季節の中で、自分が何をしているのかまったくわからないままに、無為の時間が過ぎていった。

学生たちが「新寮要求」と「二十年計画撤回」を叫びながら学生部の建物を封鎖し、いわゆる京大闘争に突入したのはその年の初めだったそうだが、僕が入学した春には暴力沙汰はほとんどなくなっていたと思う。

もちろん、ファッションとしてのヘルメット姿や集会やシュプレヒコールは残っていたが、それらは東大路を隔てた西部キャンパスに隔離されていた。本部キャンパスと教養部のある吉田キャンパスは大学当局の手で逆封鎖され、僕らノンポリ学生が闘争の渦に巻きこまれる心配はなくなっていた。

少なくとも、東京の過激な大学闘争を見聞してきた僕の目には、こうした学生運動の有様がスタイルこそ同じだが、較べようもないほど上品に見えたものだった。

西部講堂に立てこもっている学生たちにも、どことなくクラブ活動的ななごやかさがあったし、一方のノンポリも、野次馬を決めこんで学問をないがしろにしているふうはなかった。

二学期の初めには、荒れていた本部構内もすっかり整頓され、なにごともなく講義が再開された。

京都に来てから半年が過ぎていた。まじめに勉強はしていたのだが、それでも僕が自分の正確な足場を見出すことができず、無為徒食の日々を感じていたのは、ひたすら暇な時間割のせいだと思う。

しかもその閑暇のすきまを、結城早苗と清家忠昭と、撮影所のアルバイトが埋めていた。寸暇を惜しんだ受験生生活からすると、恋も、幽霊も、映画も、みな同じくらい非現実的に感じられた。

僕は、僕を取り巻くそれら状況のひとつひとつを、なるべく分離して考えることにしていた。つまり、早苗と二人でいるときには純粋に恋をし、清家と会っているときには親友として接し、撮影所ではひとりのアルバイト学生として、まじめに働いた。

ことに、伏見夕霞の話題は避けた。その点は、みんなが意識的に口にしようとはしなかった。

考えたくなかったのではない。考えても仕方のないことだったのだ。

豊かさに向かって最後の脱皮を図ろうとするその当時の社会は、あらゆる価値観がくつがえされていた。考えても仕方のないことだらけだった。

僕がノンポリを決めこんでいた理由も、つまりはそれだ。

東京の父から、しばしば電話がかかった。楽しみといえば晩酌しか知らぬ清廉な小役人である父は、酔うと誰かれかまわず電話をする癖があった。

母からは週に一度、決まって水曜日の朝に手紙が配達されてきた。

父の電話も母の手紙も、内容はいつも同じだった。東京の学生運動も次第に鎮まってきているので、来年は改めて東大を受験しろ、というのだ。

父は僕を高級官僚にしたい一心から、そして母は、たぶん父から聞かされたであろう見知らぬ町での僕の生活が、不安だったのだろう。

回答は留保していた。一年を浪人したつもりで東大に行くのは、誤った選択ではないと思った。だが僕は、早苗も、清家も、映画も、喪《うしな》いたくはなかった。

秋風が今出川通のプラタナスの葉裏を翻して吹き過ぎる、九月も末のことだったと思う。

そのころ僕と早苗は、下宿の夕食をおえてから銭湯に行き、帰りに蹴上《けあげ》のジャズ喫茶に立ち寄るというデートコースを覚えた。

ナップザックに風呂道具を入れ、ほてった体を寄り添いながら長い夜道を歩いた。キャンパスでは没交渉という早苗の提案は頑《かたく》なに守られていたので、銭湯の玄関で待ち合わせたその瞬間から、僕らは恋人同士に変身するのだった。

ジャズを聴きながらビールを飲み、勘定をワリカンで済まして、狭い地下階段を昇りかけたときだった。

店主に呼び止められた。友人が酔い潰れているので、連れ帰ってくれと言う。はて、店内に知った顔などなかったはずだ。僕と早苗は顔を見合わせた。

薄暗いフロアに戻ってみると、店主は正体もないほど酔っ払った男を僕に押しつけた。

「薬なぞ飲んでへん言うてるやんか。酒やて。酒飲んで酔っ払ろうて、どこが悪いんや」

男は店主に食ってかかった。肩まで伸びた長髪と、ヒッピーまがいの服装に見覚えがあった。清家の兄だ。

「ご存じどっしゃろ。この人はそちらさんを知ってる言うたはりますけど」

言うが早いか店主は、明らかに睡眠薬でべろべろにラリッている清家の兄を、僕らとひとまとめにした。

「よう考えてみたら、俺、金持ってへんのんや。立て替えといてんか、送ってくれたら、うちで払うし」

店から清家の邸までは近い。とりあえず勘定を払って、僕は清家の兄を階段から引きずり上げた。

僕と早苗はどうしようもないフーテンの両脇を支えながら歩いた。

「やったぜ、ベイビー！　いやあ、金持ってへんし、うちに電話したらおとうちゃんにどやされるしな、どないしょうか思てたとこなんや。どうも。いつもうちとこのタア坊が仲良うしてもろて、ついでにおにいちゃんも頼んます」

兄弟はよく似ていた。背丈も体つきも同じようで、鼻筋の通った色白の端整な顔も、双子のように似ている。

「そや。門のとこまででええわ。君らがくるとよけいに話がややこしいなるし、君らかてうちのジジイやババアの顔なんか、見とうもないやろ。金なら、明日にでもタア坊に持たせるし」

僕らは疏水《そすい》に沿った緩い坂道を、清家の邸に向かって歩いた。

「タア坊も、しょうもないやっちゃ。勉強ばかりして、酒も飲まん、彼女もようつくらん、まったくノンポリ優等生のサンプルみたいやろ——とは言うても……君らも似た者か。おい、そないな目ェで見るな。どうせ俺は同志社の七回生や」

兄は饒舌だった。僕らの間には共通の話題などなかったから、むしろそれは好都合だった。僕と早苗は、適当に笑ったりお道化たり、相槌《あいづち》を打ったりしていればよかった。

だがそのうち、僕はふと思い当たった。もしかしたら彼は、家のことや家族のことを僕らに訊かれるのを怖れて、一方的にしゃべり続けているのではないか、と。

「あ。あかん。きょうは金田の通算四百勝がかかっとるんやなかったかいな。もう終わってしもたかなあ」

肌寒いほどの秋の夜だというのに、清家の兄はロウケツ染めのTシャツ一枚の姿だった。それも、ひどく臭かった。

彼は、それまでの価値観や常識がすべてご破算になってしまう時代の断層で、ゲバルト学生たちのように抗おうとはせず、僕らノンポリのように静観しようともせず、ひたすら自堕落に己のうちに向かって退行しようとする種族の一人だった。

「うちのおとうちゃん、知ったはるか。千年も続いた体制の化物や。自分のやってきたことを棚に上げて、俺のことをヒッピーや、フーテンや言う。たしかに俺は、ラリパッパのフーテンやで。せやけどな、他人に迷惑はかけてへんよ。心配せんかて、来年は卒業するわ。ほしたら、髪も切るし、薬ももう飲まへんわい」

緩い下り坂で足がもつれた。

「ほら、危ないからちゃんと歩いて」

と、言うそばから、早苗は街路樹の根元に押し潰された。

「いやっ！　どいてっ。カオルくん、何とかしてよ」

故意か偶然か、清家の兄は早苗を抱きすくめるようにうつ伏した。あわてて扶《たす》け起こそうとすると、いっそう早苗の首にしがみつく。

「いやや、俺、君のこと好きや。やらしてえな。なあ」

「ふざけないで！」

「ええやろ。なあ、やらしてえな」

「いやっ！　カオルくん、助けて！」

兄は早苗にしがみついたまま、離れようとはしなかった。思い余って僕が拳を振り上げたとき、必死で抗っていた早苗の力が弛んだ。清家の兄が、声を上げて泣き出したのだった。

「あれ、どうしたの……」

早苗が胸を押しやると、兄はごろりと路上に仰向いた。

「どいつもこいつも、勝手にしいや。おやじが何や。京大が何や。ヒッピーかてフーテンかて、他人に迷惑はかけてへんで。俺の人生は俺が責任持つわい！」

僕と早苗は清家の兄が泣きやむのを待って、また歩き出した。

「そんなこと言ったって、こうして他人に迷惑かけてるじゃないの」

早苗は気の毒そうに言った。たぶん僕と同じ気持だったと思う。たしかに迷惑にはちがいなかったが、僕は清家の兄を憎むことができなかった。

南禅寺の寺域に入り、石畳の道に軒灯をともす古い門の前に立ったとき、清家の兄は突然目ざめたようにすっと背を伸ばした。

「おおきに。もう大丈夫や。金は明日、タア坊に届けさせるさかい。ほな、おやすみ」

まったく別人のようにしゃんとして、清家の兄は門をくぐった。

26

太秦の撮影所では、相変わらず敗戦処理のような残務整理が続いていた。

半地下の倉庫にぎっしりと詰まったフィルムをひとつずつ試写して内容を確かめ、通しナンバーとタイトルを貼り付ける。帳面に詳細を転記し、二十巻ずつをひとまとめにして台車に積み、本ステージの奥にある三号倉庫に運ぶ。

何しろ七十数年間に及ぶ歴史の遺産なのだから、僕と辻老人の二人きりでは、このさき十年かかっても作業は終わりそうになかった。

試写といっても、冒頭の部分だけを映してタイトルと腐蝕の度合を確認すれば良いのだが、ときどき珍しいフィルムが出てくると仕事そっちのけで全篇を観てしまう。ひどいときには一度も搬出をせず、映画鑑賞で一日を過ごしてしまうこともあった。

もちろん、僕には夢のようなアルバイトだった。だが、辻老人は一本のフィルムを観おえるたびに、パイプの煙を溜息とともに吐きながら呟いたものだ。

「ああ。たぶんこれも見おさめやろなあ。テレビの連中には、こういう名作の値打などわからへんよ」

巻き取ったフィルムを、辻老人はまるでわが子の亡骸《なきがら》でも納めるようにアルミ缶に入れ、棺の蓋を被ってもなおしばらく愛おしむかのように、老いた掌で温めていた。

そんな悠長な作業を続けていたある日、僕らは一本のフィルムにめぐり遭った。

「ほう――『偽れる盛装』か。これは観とかなならんね。一九五一年大映。カオルちゃんの生まれはったころの映画やで。吉村公三郎さんのメガホン、新藤兼人《しんどうかねと》さんの脚本。これのできたいきさつは、おっちゃんよう覚えてるわ。舞台は古き良き時代の宮川町――」

「宮川町、って?」

「四条大橋のたもとの、南座の裏手の花街のことや。ロケハンにはおっちゃんも走り回った。懐かしなあ」

辻老人はフィルムを映写機にセットすると、カーテンを引いた。思いがけぬほど鮮明な画像が白い壁に甦った。

「本来は松竹で撮るはずやったんやけどな、当時はGHQが何やかやとうるさいこと言うて、シナリオまで首つっこんできた。ほいで、吉村監督と新藤さんは松竹を飛び出してな、大映と提携してようやくこれを撮った。大映の永田さんは、GHQなんぞくそくらえいう、肚の太い人やったし——どや。京マチ子やで。きれいやろ。まったくの新人やったけど、まあよくもこの難しい芸妓の役をこなしたもんや。おっちゃん、この子ォはさぞ大女優になるやろ思たけど、案の定やったなァ」

キャメラは戦後の花街の風景と風俗とを、まるでそうすることが作品の使命ででもあるかのように、精密に記録していた。

京マチ子扮する芸妓「君蝶《きみちょう》」は、それまでの花街物のひとつの決め事であった「運命に弄《もてあそ》ばれる清純な女性」ではない。古いしきたりをかいくぐり、あるいは逆手に取って男たちを翻弄する、したたかな女だ。

映画は世相を映す鏡だと、僕は感心した。花街の因習の中で、たくましく生きて行く「君蝶」のキャラクターは、解放された女性の象徴だった。

フィルムの途中で、僕はふと気付いた。

「辻さん、何だか溝口健二の『祇園の姉妹』を思い出しますよね」

うん、と辻老人は目を細めて肯いた。

「ええとこに気付かはったな。さすが筋金入りの映画少年や。たしかにこの『偽れる盛装』は、『祇園の姉妹』へのオマージュやね。戦前と戦後とで、世の中はこれほど変わったいうお手本や。そないなふうな見方すれば、この映画はまさに歴史的な作品なんやけどなあ――わからへんよ、テレビの連中には」

言いながら、辻老人はふと口をつぐんだ。僕もまた、同時にひやりとした。『祇園の姉妹』が、伏見夕霞の最後の出演映画だったことを思い出したのだ。

それから僕らは、口もきかず身じろぎもせず、じっと画面に見入った。

オマージュという言葉が、僕の頭の中でぐるぐると回った。

やがてフィルムは、当時としてはおそらく画期的なシーンであったにちがいない宮川町の女湯の内部を、鮮明に映し出した。

芸妓「君蝶」が、ふくよかな胸のわずかに隠れるほどの湯に浸っている。キャメラのピントは手拭で耳を洗う君蝶に当たっており、うしろの湯舟や洗い場に蠢《うごめ》く女たちの裸体は、淡やかにぼやけている。

つまり、立ちこめる湯気の中という自然な設定の中で、時代が許す限りぎりぎりのエロチックな描写を試みているのだろう。もちろん、キャメラを回す場所に湯気が立ちこめているはずはない。吉村公三郎が観客にかけた魔法である。

ぽつりと、辻老人が呟いた。

「おるで――」

僕は息を詰めた。

「やっぱり、出てるわ。ほれ、あそこや」

奥歯が音をたてるほどに、体が慄え出した。京マチ子の肩の向こうに、いくつかの女の体があった。その中の、とりわけ白い背中に僕は目を奪われた。

よくはわからない。だがそう言われて見れば、たしかにそんな気もする。

「まちがいない。夕霞や。伏見夕霞が出てる」

まるで辻老人の声が聴こえたかのように、女はたおやかなしぐさで手桶の湯を浴びた。輝く肌をややすくめて、振り返るように横を向き、肩ごしににこりと笑う。

ほんの一瞬、キャメラのピントが奥に入った。

それは反骨の巨匠の、観客に対する心憎いサービスだったのかもしれない。だが僕はその瞬間、画面にくっきりと映し出された伏見夕霞の横顔をたしかに認めた。

辻老人は立ち上がって、パイプを握る肘を抱いた。とても悲しい表情をしていたと思う。

「戻そうよ、辻さん」

映写機に延びた僕の手を、辻老人は摑んだ。

「やめとき。しっかり見たやろ」

「だって、信じられないよ。伏見夕霞はこの映画のできるずっと前に、首を吊って死んだんじゃないですか。それが、どうして――」

「やめとき言うてるのんが、わからへんか。しょうもないことせんとき。錯覚でも何でもあらへん。わしらいま、この目で見たやんか」

僕はすっかり取り乱していた。くり返し見ても、仕方のないことにはちがいない。いくら考えたところで、合理的な答えの出るはずはなかった。

「笑ったよ。僕らの方を見て、にっこり笑った」

「わしらの方を見て笑《わろ》うたのやない。キャメラに向かって笑うたんや。ミッチェルのレンズに向かって」

「ピントが合ったよ。あの一瞬だけ。どうしてですか、見たでしょう、辻さん」

辻老人は映写機のモーターを切った。表情は少しも怯えてはいなかった。

「そやなあ……」

映写機のかたわらに手をついて、辻老人は骨の浮き出たうなじを垂れた。

「夕霞はエキストラや。大部屋女優が、あないな勝手なフリをできるはずはない。しかもほんの一瞬だけ、たしかにピントが入った」

「それじゃあ――」

「そや。吉村監督が、演技指導をしたのやろ。湯を浴びたら、こっち向いて笑えて」

辻老人の推理は僕を慄え上がらせた。錯覚ではない。伏見夕霞の亡霊が、僕らの前に現れたのでもなかった。生きていたころと同じ姿で十数年後の撮影現場に現れ、監督に演技をつけられ、キャメラに向かってにっこりと笑ったのだ。ミッチェル撮影機はその美しい裸身を、克明に記録した。

辻老人はうなだれたまま、顔を上げようとはしなかった。そしてときどき、切ない息を吐いた。

「ユウカちゃん。あんた、そないにしてまで映画に出たかったんか。嬉しかったやろな、吉村公三郎ほどの名監督に、ピント入れるさかい笑え言われて──おっちゃん、しっかり見たで。セリフも欲しかったやろけど、あんた、ほんまにきれいやった。あのころと、どこも変わってへん。きれいやで」

僕は辻老人の背に回って、カーテンを開けた。銀杏の葉が色付き始めていた。

考えても仕方のないことだと、僕は半地下の秋空を見上げながら思った。

僕らはみな、なすすべもなく時間の激流に押し流されていた。抗うことも、黙することも、すねることも、たいしたちがいはない。

伏見夕霞も、同じようなことを考えたのだろうか。遠い昔、やはりこの洛西の秋空を仰ぎながら。

壁に貼られたカレンダーを何げなく見返って、僕は伏見夕霞の命日をそうとは知らずにやり過ごしてしまったことを、ひどく悔やんだ。

27

ここで再び、長いドラマのフィルムを交換するための幕間を、ほんの少しだけお許し願いたい。

観客の興をそがないためにも、場内の灯りは最小限にとどめておこう。

——おせんにキャラメル。アンパンに牛乳。

——えー、アイス。えー、アイスはいかが。

木箱を肩から吊って通路を行き来する売り子たちが、不自由をしない程度に。

日本がめくるめく繁栄に向かって最後の脱皮をしようとしていた昭和四十四年。すべての若者たちが新たな秩序と価値観の前にその存在の根拠を見失い、反抗と静観と逃避の三種類に分化されたその時代、いったい映画産業はどんな有様だったのだろう。

なにしろ国民総生産が、米国に続く世界第二位にはね上がったのだ。敗戦国という意識は多少薄れていたにしろ、先進国だという認識はまだ誰も抱いてはいなかった。

高水準のＧＮＰがすなわち国民生活の豊かさだと言えぬことは、誰もが知っていた。だが、米国に次いで物を造り出す力が備わったのだから、ごく近い将来、想像もできぬような繁栄の日がやってくることは明らかだった。

人々はみな、貧しい生活の中にも東の地平を染める曙を見、日輪のやがて昇る日を確信した。

そんな年だった。

五年前の東京オリンピックによって広く普及したテレビジョンは、すさまじい勢いで映画産業を圧倒した。

その結果、この年の三月に日活は営業不振に耐えきれず、調布市の撮影所の売却を発表した。かつて無国籍アクション路線で気を吐いた日活は、そののち試行錯誤をくり返しながらついに、ポルノ路線へと転換をする。

累積赤字が二十六億円にも及んだ大映は、スーパースター市川雷蔵が夭逝《ようせい》した七月、二億九千万という大赤字を計上した。すでに長谷川一夫の銭形平次が去り、今また雷蔵の眠狂四郎を喪った大映に残された看板は、ひとり座頭市のみとなった。

時代劇の王者東映はかろうじて任俠《にんきょう》映画に活路を見出していたが、かつての普遍的な大動員力は望むべくもなかった。

東宝も松竹も、その興行的な内容はみな似たようなものだった。

各社は概《おおむ》ねテレビとの対決を避け、低予算ながらある程度の配給収入が期待できるピンク映画へと走った。判で捺《お》したようなこの現象はつまり、映画のテレビに対する敗北宣言だった。

こうして七十年にわたり娯楽の王座に君臨してきた映画は、抗うすべもなく新時代のテレビ・メディアに、その地位を譲り渡したのだった。

七十年――この時間は、奇しくも帝国陸海軍の歴史に相当する。そしてその歴史の間にくり返された栄光も闘争もいくたの消長も、また突然の没落も、両者のたどった運命は愕くほど似ている。崩壊ののちに社会に遺した足跡までもが。

――さて、開幕のベルが鳴った。長いドラマはそろそろラストシーンへと向かう。

煎餅を噛み砕く音はなるべく控えて、スクリーンに目を凝らそう。

光の帯が頭上を走る。

灼熱の夏が過ぎ、秋の装いにはまだ早い季節の夕昏どき、洛西等持院のあたり衣笠山に向かって緩やかな傾斜の続く住宅地の辻を、二組の恋人たちが行く。

先行するのは長身の学生服姿と、しとやかな小紋の単衣《ひとえ》を着た美しい女。二人は肩を寄せ合い、楽しげに語らいながら歩く。

その後を、もう一組のアベックが追跡する。辻々に身をひそめ、電信柱の蔭に隠れ、どうやら先の二人をひそかに尾行しているらしい。

キャメラは二組の動きをクレーン上から俯瞰《ふかん》する。

ややあって、間合を詰めすぎたことに気付き、あわてて食堂の看板の下に蹲る二人。顔をつき合わせて囁《ささや》き合う。表情は真剣だ――。


「もうやめようよ、先輩。こんなことをして、いったい何がどうなるっていうのさ」

早苗は看板の蔭から片目で路上の様子を窺い、小声で僕を叱咤した。

「いい、カオルくん。じっと待っていたって何も変わらない。誰かが変えようとしなければ、世の中は何ひとつ変わらない」

「だからってさ、何であの二人をこんなふうに尾行する必要があるんだよ。幽霊の住む家を確かめようなんて――やっぱり、やめようよ」

早苗はうんざりとした目で僕を見つめ、いかにも愛想をつかしたように立ち上がった。

「だったら、お帰りなさい。あとは私ひとりで行くわ。なによ、言い出しっぺは君の方じゃないの」

清家忠昭と伏見夕霞は楽しげに語らいながら、衣笠山の麓の緩い坂道をたどっていた。ゆっくりと、いかにも時を惜しむかのような足どりだ。

僕らはその日、北野天満宮の天神市の雑踏で偶然二人の姿を見かけたのだった。

物の本によれば、菅原道真の生まれた日が六月二十五日、大宰府に左遷されたのが一月二十五日、没したのが二月二十五日という因縁から毎月二十五日にこの天神市が催されるようになったのだそうだ。だが僕の目には、どうしてもその四日前の二十一日に開かれる東寺の弘法市が、そっくり北野天満宮の境内に引越してきたように見えてならなかった。ちなみに弘法市の開かれる月の二十一日は、弘法大師の命日が三月二十一日だからだそうだ。

下宿のおばさんの勧めで訪ねた弘法市で、早苗はすっかり骨董品のとりこになってしまい、四日後に開かれた天神市に今度は僕だけを誘ったのだった。おかげで僕は、それまで経験したことのなかった「女の長買物」というどうしようもない習性に、続けて二度も付き合わされる羽目になった。

広い境内を埋めつくした人ごみに当たってすっかり気分の悪くなった僕は、一の鳥居の前で早苗の買物が済むのをいらいらと待っていた。

そのとき、参道を行き来する雑踏の中に、清家と夕霞の姿を見かけたのだ。もうさほど愕きはしなかった。ただ、僕が早苗の買物に辟易しているのに引き較べ、骨董品屋の筵《むしろ》の前に膝を並べて微笑み合う二人のむつまじさに、軽い嫉妬を覚えた。

「お待たせ。きょうはこれだけにしておくわ」

二時間も僕を引きずり回した末、早苗が買ったものはハンカチほどの大きさの藍染の布きれ一枚だった。

僕は雑踏の中に見え隠れする二人の背中を指さした。

「あいつら、来てるよ」

「あら、ほんとだ。奇遇ね」

奇遇という言葉がこの際適切であるかどうかはともかく、早苗ももう愕きはしなかった。

「挨拶しておこうかな。私、大文字の夜に清家君のこと怒らしちゃったでしょ。あれ以来、図書館とか購買部とかで会っても、ぷいと横向くのよ、彼」

清家はたしかに千日詣の夜の一件を根に持っている。いちど学食で食事をしているところに早苗が現れたら、食べかけの箸を置いて、「じゃあな」と席を立ってしまったことがあった。

「また二人が一緒にいるところで仲なおりしようなんて、甘いと思うよ。清家のやつ、あれでけっこう根に持つタイプなんだ」

早苗も清家も、とりたてて難しい性格だったとは思わない。早苗は思うところをはっきりと言い、清家はその言葉にいつまでも拘った。

ただこの場合、議論の内容が少し難しかっただけだ。

やがて、清家と夕霞は立ち上がって、人ごみに流されるように歩き出した。今出川通と一の鳥居の間の広場は、出入の客がぶつかり合って、潮の渦巻くような騒ぎだった。それでも学生服姿の清家と、藍の地に小花紋様をちりばめた夕霞の着物は、まるで濁流に浮き沈みつつ流されて行く花のように、視界から喪われることがなかった。

「ねえ先輩。後をつけてみないか。清家のやつ、夕霞さんの家に行くと思うんだけど」

「夕霞さんの家ねえ……」

早苗のためらいは正当だ。僕もそんな場所の存在を信じたくはなかった。だが、木屋町で行き会った晩、清家はこれから夕霞の家に行って台本を読むのだと言った。また、夏の終わりに医学部の自転車置場の裏でマウスを弔いながら、ゆうべは一日じゅう夕霞の部屋にいた、とも言っていた。

有りうべくもない場所に、清家は通っている。考えてもあまり意味のないことかもしれないが、僕にはその有りうべからざる「夕霞の家」の存在が、気にかかって仕方がなかった。

「後をつけるって、あんまり趣味のいいことだとは思わないけど」

「だって、気になるじゃないか。現実に、清家は夕霞さんの家に入りびたっているんだ」

話し合いながら、僕らは二人の後を追って歩き出していた。

「ええと……仮によ、ずっと後をつけて行って、もし山奥の荒寺なんかに入って行ってね、そこで清家君が嬉しそうにしゃべったり、ガイコツにキスしたりしたら、どうする」

と、早苗はかなりオーソドックスな想像を口にした。その状況は考えるだに怖ろしかったが、僕はなぜか確信的に、そうした怪談めいた結果は有りえない、と思った。

「まさか、ね」

「じゃあ、そのほかにいったい何があるっていうの。夕霞さんはたしかにこうして私たちの目の前にいるんだけど、本当はとっくの昔に死んでいるのよ。死んでいるはずの人が、どんな家に、どうやって暮らしているっていうの?」

「だからさ、それを見極めてやろう、っていうわけ。お節介かな」

「お節介にはちがいないけど……ま、行ってみましょう」

清家と夕霞は仲良く手を握りながら、今出川通を西に向かって歩いた。

ほどなく道は西大路に突きあたる。京福北野線の始発駅、北野白梅町である。夕映えの衣笠山が迫っていた。

信号を渡って、電車に乗るかと見えた二人は、改札には入らず、京福の線路ぞいの道へと歩みこんだ。

「このあたりなのかな」

「そうみたい。ええと、この先には立命館のキャンパスがあるわね。それから等持院」

歩きながら、僕と早苗は同時に思い当たって顔を見合わせた。

等持院——かつて日本映画の父、マキノ省三が本拠地とした場所だ。

「そうか。通勤に便利な場所に住んでたんだな」

「住んでる、でしょう」

住んでいたのか、今も住んでいるのか、何とも言いようはないが、ともかく二人は京福の線路に沿って等持院をめざしている。

たしかに大部屋女優の夕霞にとって、これほど「通勤」に便利な場所はあるまい。等持院から分かれたマキノプロ御室撮影所も、双ヶ岡の撮影所も徒歩圏内だろう。さらに少し西へ行けば、山中貞雄を始めとする多くのカツドウ屋たちが盤踞《ばんきょ》した鳴滝。そこから二駅下れば嵐電の帷子ノ辻、太秦。撮影所群はそのあたりにひしめいている。

時の流れをまったく感じさせぬ家並が続く。老いた京福の電車が、ときおり通り過ぎる。

そんな小径をしばらく歩くうちに、僕は遥かな時間を超えて、活動写真はなやかなりしころの映画の聖地に迷いこんでしまったような錯覚に陥った。

洛西ハリウッド。かつてマキノの大将が濁声《だみごえ》を張り上げ、目玉の松ちゃんが大見得を切り、阪妻が血刀を振り回し、嵐寛が白馬に跨《またが》って疾駆した聖地。伝次郎が長ゼリフに悩み、千恵蔵が渋い呟きを残し、山中貞雄が熱い拳を振り上げ、永田雅一が尽きせぬ夢を語った聖地。そして多くの名もなきカツドウ屋たちが、大部屋役者たちが、人生を賭けた聖なる場所。

しかし、うっとりとそんな妄想にひたる僕とすれちがうのは、汗臭いナイロンヤッケにヘルメットを冠《かぶ》った学生たちだった。

過ぎ去った時間は取り戻しようがないのだと、僕は思った。そのとたん、まるで正気に返ったように、自分のしていることが怖くなったのだ。

今にも腕を摑まれて議論をしかけられそうな立命館の学生の視線を避けるうちに、思いがけず二人との距離が詰まっていた。僕は食堂の大看板の蔭に、早苗を引き寄せた。

時間が戻るわけはないのだ。そして、昭和十三年の九月十七日に、中撮の三号倉庫の梁から吊り下がった伏見夕霞が、三十年の時空を超えて僕らの世界に存在するはずはないのだ。

「やめようよ、先輩。やっぱり、やめよう」

僕らはどうかしていると思った。

新幹線や東名高速や、カラーテレビやサイケデリックなイラストレーションや、僕らの目の前に息つく間もなく提示される信じ難い文化の中で、僕らは霊魂の存在や時間のひずみまでも、さしたる疑いもなく受容しているのだった。

この重大な錯誤を、僕はとっさに言葉で説明することができなかった。ともかく、僕と早苗に限らず、同時代に生きた僕らはみなどうかしていると思った。

ひとりでも尾行を続けようとする早苗の腕を、僕は懸命に引き止めた。

「これは、幻想なんだ。僕らはみんなで、幻を見ているんだ。映画を観ているのと、同じなんだよ」

ようやく口にした僕の言葉に、何の説得力もなかったのは言うまでもない。

「なに言ってるの、カオルくん。こうしてこの目で見てるじゃないの。それとも君は、私たちの周囲にあるものすべてが、大日本帝国みたいな共同幻想だっていうわけ」

僕の主張を説明しようとすれば、たしかにそういうことになる。もし伏見夕霞の存在が幻想だとするなら、彼女が存在する環境のすべて——この京都の町も、学園闘争も、新幹線も高速道路も、もちろん僕と早苗の存在そのものすらも、幻想ということになるのではあるまいか。

僕は僕ら自身の存在すらも否定することの怖ろしさに耐えきれず、路上で早苗を抱き寄せた。

食堂から出てきた学生が、口笛を吹き鳴らし、卑猥な言葉を連呼して僕らをひやかした。

僕の腕の中で、聡明な哲学者の卵である早苗は、たちまち僕の恐怖のありかを理解してくれた。

「ねえ、カオルくん。みんなが時代を信じようとはしない。時間の速度について行けない。だから暴力に訴えたり、薬を飲んだり、じっと膝を抱えて黙りこくったりする。共同幻想って、そういうことね」

「そう、そうだよ」

「でも私たちは、時代を信じなければいけない。時間の速度について行かなくちゃならない。そういう時代に生まれ合わせてしまったんだから――さあ、行きましょう。行かなくっちゃ」

早苗は僕の腕を摑んで、昏れかかる坂道を歩き出した。

28

その家がいったいどこにあったものか、僕にはまったくわからない。

いや、衣笠山の山ぶところの、複雑に入り組んだ路地を何度も折れ、濃密な霧に被われた小径の果てにあったその家が、現実に存在したものかどうかも、よくはわからない。

だが僕と早苗はその日、たしかに亡霊の棲む家に行った。

緩い勾配の道を登って行くと、次第に町並が絶え、古寺と竹林の続く黒土の小径に入った。日はまだ昏れなずんでいたが、行手はほの暗い木下闇《こしたやみ》だった。

山から降りてきた霧が、孟宗の藪を巻いて僕らを追ってきた。

ともすると消えかかる二人の背中を見つめながら、いったいその小径をどのくらい歩いたのだろう。

たがいの掌は滴るほどに汗ばんでおり、鼓動は耳の奥で轟き続けていた。

竹林のほとりに、軒灯をともした小体な門があった。小径の勾配にそって傾いた、古い引戸の門だった。

木下闇に息をひそめて様子を窺ううちに、清家と夕霞は手を取りあったまま、門の中に消えた。格子の引戸は開いていた。空洞のようなその先の闇に、霧が吸いこまれていった。

僕と早苗はしばらくの間、門の前でためらっていた。

「声がするわ。何だか大勢の人がいるみたい」

耳を澄ますと、竹林のそよぎの合間に、囁き合う男女の声が聴こえた。

次第に耳が慣れてきた。

(それがよォ、まあ聞いてくんねえ。忠兵ェの野郎はどうあっても十両のはした金じゃあ

了簡ならねえ、約束通りの二十と五両、耳を揃えて返さにゃあ、おみよちゃんは吉原に叩き売るって、こうだ)

巻き舌の早口の後で、のんびりと間延びした声が言った。

(駿河屋の忠兵ェさんともあろうお人が、いやはや、そいつァ後生の悪い話だなァ)

(だからよ、俺ァ今度てえ今度は、忠兵ェの悪事のいっせえがっせえをよ、目安箱に放りこんで、お天道様にこらしめてもらおうと、そう思ってんだ)

(目安箱ねえ。だが新さん、あんたの男気はそりゃあ大したもんだが、ちょいと乱暴じゃあねえのかな。もし万がいちにもお届人があんただって忠兵ェに知れてみな。駿河屋は駒形の富蔵親分とねんごろだ。そうなりゃあんた、命がいくつあっても足らねえぞ。ああ、いやだ。つるかめつるかめ)

きっぷのいい女の声が割って入った。

(ふん。遊び人と按摩《あんま》が、なに偉そうなこと言ってるんだい。いらん節介もたいがいにしな。第一、目安箱のなんのって言ったたって、誰が字を書くのさ。この長屋にはね、読み書きの満足にできるやつなんざ、ひとりもいないじゃないか)

ちげえねえ、と別の声がし、大勢の笑い声が続いた。

「なに?――いったい、何をしてるの?」

声の主たちが何をしているのか、僕にはわかっていた。

「みんなで、芝居の稽古をしているんだ。セリフの読み合わせをしている」

僕と早苗は門の中に歩みこんだ。飛石づたいに少し行くと、左手の垣根に枝折戸《しおりど》があった。木々の被いかぶさった庭に、縁側の灯が溢れ出ていた。

そっと枝折戸を押し、僕らは灯籠の蔭に身をひそめた。

「……やっぱりそうだよ。役者たちが、台本を読んでるんだ」

縁側の廊下に若い男が二人、台本を膝に置いて向き合っている。座敷の障子にもたれて、白いブラウスに絣《かすり》のもんぺをはいた女がやはり台本を胸に抱いて立っている。その奥には、まだ何人もの役者がいるらしい。庭先には深い霧がたちこめ、人々の姿は紗《しゃ》をかけたように淡い。

男の一人が長髪をかきむしって言った。

「長ゼリフやなあ。わし、よう覚えんわ」

向かいの男が疲れた目をこすりながら言った。

「覚えられへんて心配するよりもやな、その京都弁のべらんめえを何とかせえや。もっとこう、歯切れよう言わんと」

「ほなら、やってみいや」

「たとえばや——だからよ、俺ァ今度てえ今度ォは……」

「ほれ、同しやないか。今度てえ今度ォは。わかるか、こんどォやない。こ、ん、ど。江戸弁は後に引かんのォや」

男たちは台本を見つめながら、ぶつぶつとセリフを呟き、宙を見上げ、首を傾《かし》げる。

「こ、ん、ど、か。こ、ん、どやな」

「理屈はわかるんやけどなァ。いざセリフとなると」

二人のやりとりを立ったまま聞いていた女が、溜息まじりに言った。

「やれやれ。毎晩こないに稽古したかて、代役なんぞ万にひとつや。しんどいわあ」

「なにしょうもないこと言うてんのや。その万にひとつのチャンスを生かしてこそ、浮かぶ瀬もあれやで」

「そやそや。このご時世じゃ、いつ何どき誰に赤紙が来よるかわからへん。ま、ひとの不幸を期待するいうのんも、えげつないけど」

「ちょっと待ちいな。ほしたら女の代役なんかないやおへんか。ああ、あほくさ——やあ、ユウカちゃん。お帰りやす。ちょうどええわ、いま読み合わせしてるとこやった。おみよが忠兵ェに口説かれるとこ、いこか」

僕は闇に身をひそめたまま、思わず早苗の掌を握りしめた。役者たちが振り向いた座敷の奥から、夕霞の声がした。

「ごめんなさあい。私、山中先生の台本《ほん》、読まなきゃならないの。後でおりてきますから」

梯子段を昇る足音がした。二階の灯りがついて、僕らは首をすくめた。

役者たちは沈鬱に黙りこくってしまった。

「……また、あの京大生、一緒やったな」

「どうなってんのやろか。ユウカちゃん」

役者たちは縁側に顔を寄せ合って、いっそう声を低めた。

「なあ、あの京大生、なんとか伯爵のぼんぼんて、ほんまか」

「そないな噂なら、わしも聞いたことがあるけど……どないなってんのやろ」

「ユウカちゃん、山中監督のこと忘れられへんのやろ。せやけどな、わし、何やわかるよな気がするで。ユウカちゃんな、山中さんのこと忘れようとしてるんやない。みなが山中さんとのことをごてくさ言うて、同情するさかい、わざわざあしてべつの噂たててるんや思う。ちゃうやろか」

女がまた溜息まじりに言った。

「そやなあ……そう考える方が、自然やろ。うちな、マキノの大将が東京からユウカちゃんを連れて来はったころから、あの子ォのことはよおく知ってる。そういう子ォやねん。

山中さんが東京に行かはったときな、ユウカちゃんは心に決めたんや思うわ。監督の足手まといになったらあかんて」

「せつない話やなあ」

役者たちの溜息が、ひとつの声になった。

台本を読む夕霞の明るい声が、二階の窓から降り落ちてきた。

沈黙の中で、年かさの男の声がした。

「貞やん、戦地で何したはるんやろか。天下の山中貞雄が、陸軍軍曹やて。あほらしゅうて、話にもならへんわ」

長髪の男が膝を抱えこんで呟いた。

「わしなあ、この間、いやなもん見ましてん。雑誌の口絵にな、山中さんの写真が載ってましたんや。機関銃かついで、行軍したはる写真や。もう、胸が潰れそうになって、思わずビリビリに破いてしもた」

女が縁側に出てきた。木叢《こむら》を見上げるようにして微笑みながら、夕霞のセリフに耳を澄ます。

「辛気くさい話、やめような。ユウカちゃん、きっとあの京大はんに惚れたはるえ。それでええやないの。うちらとちがうよ、あの子ォは。あないな器量よしやもの、溝口先生かて、小津先生かて、ほっとくはずがない。あの子ォは、いまに大スタアになる。そう思うやろ、みんな」

そやそやと、役者たちは肯いた。

「さ、続き始めよやないの。いつ何どき代役に立つかわからへんのやで。うちかてそうとなったら、田中絹代のかわりでも、山田五十鈴のかわりでも、立派にこなしてみせたるさかいな。ほな、行こか――忠兵ェさん、何を血迷ったことおっしゃるんです。帰して下さい、お願いします。この通り」

「フッ、フッ。その泣き顔がまた可愛い。ささ、悪いことは言わない。魚心あれば水心。あたしの言う通りにすりゃあ、おとっつぁんの借金は棒引きにしたってかまわないんだよ」

「やめて。やめて下さい、後生ですから。あァれェ、誰かァァ」

僕は早苗の腕を引いた。それ以上とどまることは、いたたまれなかった。

「行こうよ、先輩。帰ろう」

早苗は膝の間に顔をうずめて、動こうとはしなかった。

「ひどいよ、こんなの……」

僕は立ちすくむ早苗を抱えるようにして庭から出た。門の外は乳色の霧に被われていた。

迷い子のように泣きじゃくる早苗を抱きながら、もと来た道をたどった。

「わかったでしょ、カオルくん。あの人たちのこと」

僕は黙って肯いた。

「みんな、とっくに死んでる人たちなのよ。きっと戦争に行ったり、病気になったりして、大部屋役者のまま死んじゃったのよ。それでもああやって、一所けんめいにセリフを覚えてるんだよ。ひどいよ、あんなの」

いったい彼らが彷徨《さまよ》える霊魂なのか、それとも僕らと清家忠昭が、科学では説明のつかない時間のひずみにすべりこんでしまったのかそんなことは知らない。

僕らは、悲しい人々に会った。ただ、それだけだ。

坂道を下るほどに霧は薄くなった。現《うつ》し世の灯りが見えるところまで来て、僕は竹林の小径を振り返った。

役者たちの家は、真白な霧の中に黄色い軒灯をぼんやりと灯していた。

どんなに苛酷な時代が提示されようと、彼らは決して彼らの足場を見失わずにいた。だからこそ、国が滅びても文化は残ったのだ。そして矜《ほこ》り高き大部屋役者たちは、今もそこにとどまってセリフを読み続けている。

僕が彼らのためにしてやれること、それは何だろう。念仏も供養も、決して彼らを慰めることはできない。

「早苗――」

と、僕は初めて恋人の名を呼んだ。小さな体を抱きしめると、僕の腕の中で骨が軋んだ。

僕が彼らのためにしてやれること。それはひとつだけだった。

時代に抗ってはならない。逃避してはならない。そしてもちろん、傍観していてはならない。僕は人間の名誉にかけて、僕らの時代を幻想としてはならないと思った。

僕は辛いことを言った。

「俺、来年東京に帰るよ。そうする」

早苗は一瞬、体をこわばらせた。しかし、言葉を返すことはなかった。思いのたけをこめて、僕の胸にしがみついただけだった。

この愛しい哲学生の勇気と聡明さに、僕は感謝をしなければならなかった。

太秦の灯が、思いがけぬほど近くの眼下に輝いていた。夜間の撮影でもしているのだろうか。

「おやじもおふくろも、そうしろって言うから」

早苗は僕の言葉に隠された深い意味を、わかってくれたのだろうか。社会の大部屋役者にちがいない父母の意思に逆らうことは、僕にはどうしてもできなかった。

「いいわよ。がんばってね。恋愛と引きかえてでもやらなければならないことは、いくらでもある。ありがとうカオルくん。とても楽しかった」

体を離し、しばらく悲しげに僕を見上げてから、強い力で胸をつき放すと、早苗は早足で夜道を歩き出した。

その夜をしおに、僕と早苗は二度とふたたび、肌を触れ合おうともせず、肩をぶつけて歩くこともしなくなった。

愛し合う気持には、何の変わりもなかったが——。

29

そのころの大学生は日本中どこへ行っても同じだったろうけれども、学園闘争で講義が削られている分だけレポートを提出しなければならなかった。

秋が深まるほどに、その傾向はいっそう顕著になった。東大の安田講堂落城をクライマックスとして、学生運動は明らかに終熄《しゅうそく》の方向に向かっていたのだが、まだ何が起こるかわからないという経験則から、教授たちは講義が平常に復してもなお、レポート提出を要求した。そして僕らもまた、いつ何どき学校が封鎖されるかわからないという強迫観念にとりつかれて、膨大な量のレポートと真剣にとりくんだ。

学問に関してはあまり要領のいい方ではない僕にとって、その年の秋はのどかな閑暇のさなか、突然の洪水に見舞われたようなものだった。

たとえばシェークスピアについての論文をひとつ書き上げるにしても、僕は文庫本の解説や評論を上手に改竄《かいざん》するなどという芸当はできず、オセロもハムレットもリア王も、ともに読まねば気が済まなかった。

ことに学年の前半が拍子抜けするほど暇だっただけに頭もすっかり呆《ほう》けており、僕は受験生のころよりもひどい苦痛を感じたものだった。

もっとも、勉強に没頭することで現実を忘れようとするふしもあったが。

東山の山裾が燃え立つように赤く色づいたころだったと思う。

何の課題であったかは忘れたが、ともかく後に「優」をもらった長大なレポートをやっとの思いで提出し、一週間か十日ぶりかで撮影所に行った。

今にして思えば、ずいぶんとわがままなアルバイトだった。古いフィルムの整理という仕事の性格もあったのだろうが、唯一の上司である辻老人は僕のわがままを何でも聞いてくれた。たぶん、テレビ局に明け渡す財産の整理などを性急にしたくはなかったのだろう。

久しぶりに撮影所を訪れた僕は、門を潜ったとたん異変を感じた。何だかひどく長いこと仕事を休んでいたような気がしたのだ。

まず、俳優会館を彩っていた労組の立看板や貼紙が、きれいさっぱり片付けられていた。人々の腕からは「要求貫徹」の赤い腕章が消え、「映画の灯を消すな」と書かれた鉢巻も見当たらなかった。

たぶん何らかの形で労使の交渉が妥結したのだろう。だがもちろんそれは、カツドウ屋たちが闘争に勝利したわけではなく、時代に呑みこまれる姿勢を決めることができただけだ。

気のせいか誰の表情も弛緩して見えた。敗れたというふうではなく、やっと終わったとでもいうように。

愕いたことには、フィルム倉庫の中がほとんど片付いていた。このさき何年かかってもとうてい整理しきれまいと思えた膨大なプリントは消え、辻老人は誰にもましてぼんやりした顔で、古いニュースフィルムを観ていた。

台車の上に最後のフィルム缶の山が積まれていた。

「黒澤明のシャシンやさかいにな。おっちゃんほんだけもろとこ思てたんやけど、見つかってしもた。バイトが来たら持っていかせますて言うといたんで、ごくろうさんやけど三号倉庫まで運んでくれはるか」

いつになく酩酊した辻老人は腹話術のように力のない声でそう言った。

銀杏の葉もあらかた黄色くなっていた。巨大な本ステージ棟はすっかりペンキを塗りかえられ、はげかけていた中撮のマークも消えていた。

三号倉庫には僕とたいして変わらぬほどの若いディレクターが、いかにも占領軍のような居丈高な顔でフィルムの到着を待っていた。鉄扉の脇にアルミバンが止まっており、フィルム缶がぞんざいに詰めこまれていた。広い三号倉庫の中はからっぽだった。

ディレクターはまるで僕を疑るように、最後のフィルム缶を一本ずつ点検し、アルミバンの荷台のすきまに詰めこんだ。

「これ、どうするんですか」

「ビデオにプリントしなおすのさ」

面倒くさそうに答えて、ディレクターは車に乗った。

僕は空の台車の押手を握ったまま、アルミバンが銀杏並木を遠ざかり、ステージ群の角に消えてしまうまで見送っていた。

彼らを信じるほかはなかった。はたして妥結した条件の中に、古いフィルムを正確に誠実に継承するという項目が入っていたかどうか、僕は不安になった。

フィルムをテレビ用のビデオにプリントしなおすことは、時代にふさわしい伝承の方法にはちがいない。だが、映画は必ず街角の映画館の暗みとともになければならないと信ずる僕にとって、それは変質以外の何物でもなかった。

銀杏の落葉を巻き上げて、テレビ局の車がステージ群の角に消えてしまったとき、僕が感じたあの喪失感は、いったい何だったのだろう。

黄色い一直線の道の上に、雪でも降り出しそうな鈍色《にびいろ》の空が拡がっていた。

僕はからっぽの三号倉庫に歩みこんだ。右手の奥に、あまり意味のない鉄扉が、両開きに開け放たれていた。寺院の竹藪を背景にして、炎のような楓《かえで》の大木が立っていた。まるで、闇に置かれた一場の輝ける舞台のように。

埃《ほこり》をかぶったディレクター・チェアが、天窓から射し入る光の中に置き忘れられていた。

壁際の傾いた棚にメガホンを見つけた。僕はそれを手にとり、ディレクター・チェアに座って煙草をつけた。

僕の仕事はなくなってしまった。これでたぶん、撮影所からはお払い箱になるのだろう。遠い昔、美しい大部屋女優が誰にも打ちあけられぬ苦悩を抱いて吊り下がってしまった三号倉庫の梁を、僕はぼんやりと見上げた。

辻さんはこれからどうするのだろうと思った。

風が立って、竹藪がさわさわと揺れ、真赤な楓の葉が舞い落ちた。

そんな書き割りのような風景を倉庫の闇から見つめているうちに、僕はふと、僕の心に兆した喪失感のありかに思い当たった。

かつて栄華を誇った中撮が消えてしまうのは、時代の要請というものだろう。だが僕は、映画少年であったころから将来かくありたしと希《ねが》った映画の道を喪ったのだ。

僕は夢を喪った。

「シーン1、カット6、行きます。ライト・アップ。本番よーい!」

僕はメガホンを口に当てて、そんなことを叫んだ。

そのとたん、ほんとうにライトが入ったように、目の前の竹林がかっと明るんだ。風が渡って緑の竹と赤い楓の葉を、僕の足元に吹き散らした。

絢爛《けんらん》たる秋色のスクリーンの上手から、初めて会ったときと同じ芸者姿の伏見夕霞が現れた。

楓の葉の舞い落ちる苔の上に、夕霞は艶やかなしぐさで左褄《ひだりづま》をとって佇み、鬢《びん》のおくれ毛に指をあてた。

愕くよりも怖れるよりも、僕の胸はやり場のない悲しみでいっぱいになった。伏見夕霞の霊が、そこで何をしているのかはっきりとわかったからだった。

彼女はとうの昔に自分の肉体が滅びてしまったことも知らず、何十年もの時間が経ってしまったこともわからずに、撮影所の中を徨い、清家忠昭をかつての恋人ととりちがえ、夜な夜な同じ境遇の霊魂たちとともに、代役が回ってきたときのためのセリフよみをしているのだった。

メガホンを通した僕の声に、夕霞の霊は呼び出されたのだった。脳が灰となり、心だけで物を考えるほかはない夕霞を、僕はどうしても愚かだとは思えなかった。

僕はメガホンを握り、ディレクター・チェアから立ち上がって叫んだ。

「カアーット！」

伏見夕霞は紗のかかったようにおぼろな、白く美しい顔を僕に向けた。

「……すみません、監督。もういちどだけ、お願いします」

いったいどうすれば彼女を慰めることができるのだろうと僕は思った。現場のことは何も知らない。だが僕は、中央映画京都撮影所の最後のこの日に、ディレクター・チェアとメガホンを与えられたのだ。

僕は勇気をふるって、メガホンを構えた。そして、彼女の美しさを撮りきることのできなかった大勢の監督たちになりかわって声を張り上げた。

「きれいやで、ユウカちゃん。あんた、最高の女優や。アップの長回しで行くさかいな、ええか」

きょとん、と夕霞は大きな目をみひらき、それからいかにも嬉しそうに、にっこりと笑った。

「ほんとですか」

「ほんとも嘘もあるかい。そや、セリフや。覚えてるセリフ、何でも言え。アップの長回しで入れるさかい。さ、行くで。本番よーい、ワン、ツー、やのホイ！」

僕はどうかしていたのかもしれない。だがそのとき僕は、マキノ省三が、溝口健二が、山中貞雄が、僕の口を借りてそう言っているような気がしてならなかった。

彼らばかりではない。僕の周囲には、キャメラやら照明やら音声やら、中撮の歴史を彩ってきたおびただしいカツドウ屋たちがひしめいていた。

散りかかる落葉に、丸い、黒目の勝った目をあげ、鮮やかな紅をひいた唇を慄わせて、伏見夕霞は昔覚えた何かのセリフを、わずかのとまどいも《も》なく語った。

「――せやけど、ぼん。うちは芸者どすえ。舞を舞うて、歌を唄《うと》うて、男はんに芸を売る祇園の芸者ですのんや。それはうちかて生身の女どすさかい、恋もしました。銭金やなく、ほんに心の底から男はんを好きになってしもて、抱かれもしました。そないにして、身も心も灼きながら好いたお人に抱かれるとき、ほいでもうち、いつも胸に誓《ちこ》うておりましたんえ。うちは芸者やさかい、このお人の足手まといになったらあかんのんや。うちは女やさかい、花も実もある男はんに、惚れてもろたらあかんのんや——なあ、ぼん。そないにききわけのないこと言わんといておくれやっしゃ。うちはぼんに抱かれるだけでしあわせどす。こないしてぼんのおそばで、ぼんの匂いを嗅いだりな、お声を聴いたりな、それだけでうち、ぼんの色に染まりますのんや。お口がきけんでもかまへん。ぼんのおせなのうしろを、だまァって通りすぎるだけでもええのんや。強がりやおへんえ。うち、ぼんのこと好きやし。ゆんべもなァ、ぼんに抱かれながらこないなこと考えましたんえ。ああいっそこのまんま、首しめてくれはらへんかいなあ、て。うち、ぼんのこと大好きどす——」

伏見夕霞は淀みなくセリフを語りおえると、太秦の空を見上げ、撮影所の空気を胸いっぱいに吸いこむように息をついた。

それほど滑らかな女優の声を、僕はかつて聴いたことがなかった。

「カアット——」

僕はようやく言った。すると夕霞は、肩の力をふっと抜いて、僕を見つめながら頭を下げた。

「ありがとうございました、監督。私、どうでしたか」

僕は美しいものを見た。

打算と自己主張と、自分勝手な愛憎と社会批判とでごてごてと身を鎧《よろ》った僕らが、それでも繁栄へとせり上がって行く醜い世の中で、僕はこの目でたしかに、滅びざる美しいものを見た。

夕霞の問いに答えるべき言葉を、僕は持たなかった。

「最高だよ、ユウカちゃん」

「オーケー、ですか」

「ああ。オーケーだ」

衣笠貞之助でも小津安二郎でも木下恵介でも、きっと同じことを言っただろうと僕は思った。

僕の言葉を聞いたとたん、夕霞は真白な両掌で顔を被って泣いた。そしてそのまま、秋風にたわみかかる竹藪に溶け入るように、夕霞の姿はおぼろになった。

ディレクター・チェアに腰を落として、僕は考えた。夕霞はもう、二度と再び僕らの前に姿を現しはしないだろう、と。

そのときふいに、背後の薄闇から声が上がった。

「いやや！　俺、そんなんいやや！」

叫びながら闇から駆け出した清家忠昭を、僕は体じゅうで抱き止めた。

「どけ、三谷。おまえ関係ないやろ。ユウカちゃん、ユウカちゃん！」

「しっかりしろ、清家。彼女はもうとっくに死んでるんだ」

「そんなこと、知ってるわい。せやけどいま、俺のこと大好きや言うたやんか。俺に抱かれるときがしあわせや言うたやんか」

「そうじゃない、そうじゃないって」

学生服の金ボタンがはじけ飛ぶほどに揉み合い、僕はようやく清家をコンクリートの床の上に組み倒した。

「そうじゃないんだ。ちがうんだ」

「何がちゃうねん。俺、医者になぞなりとうない。勉強もしとうない。俺、夕霞のことが好きなんや」

僕は清家の頰を殴りつけた。馬乗りになって、何度も何度も、生まれて初めて人を殴った。

「ばかやろう、わからないのか。こんなことがわからないのか」

「わからへん、夕霞は俺のこと好きや言うた」

殴り疲れて、僕は清家の顔を抱きしめた。世の中の悪意を何ひとつ信じぬほどに純粋培養されてしまったこの医学生を、僕はいったいどうすればいいのだろう。彼のことを殴りつけることのできた、ただひとりの友人として。

「どないなっとんのや……なあ、三谷。おせェてくれ。俺、ずっと頭ン中がごちゃごちゃで、何がどないなってるんかわからへんのんや。俺が夕霞のこと好きや言うのんが、なんできわけのないことなんや。学校もやめて家も出るさかい、どこかで一緒に暮らそ言うたんが、なんであかんのんや。好きならしゃあないやんか。ちがうんか、三谷」

僕は辛いことを言わねばならなかった。聡明な友は、恋するがゆえに肝心なことを見落としている。

僕は僕にしがみつく清家の耳元で、はっきりと言った。

「夕霞さんが愛したのは、おまえじゃない」

「ほしたら誰やねん。山中監督か、マキノ省三か、伯爵のぼんぼんか」

「ちがうよ。夕霞は映画に恋をした。俺やおまえが入れあげたように、いや、もっと強くもっと激しく、映画を愛したんだ」

とたんに清家は、強い力で僕をはね飛ばした。それから三号倉庫の石床の上を芋のように転げ回って、わあわあと泣いた。

「わかるだろう、清家。おまえなら、わかるよな」

「けさ、バイトに行ってるやつから、中撮がのうなるて聞いたんや。ステージもオープンセットも潰して、団地が建つらしいて。だから俺、そこいらにあった自転車かっぱらって走って来たんや」

清家はわかってくれた。それほどまでに映画を愛した彼だからこそ、伏見夕霞が僕らの世界に現れた理由を、たちどころに理解してくれた。

盗んだ自転車を必死でこぐ清家の姿を思いうかべると、僕の胸は痛くなった。

天窓から射し入る弱日《よろび》の中で、清家はいつまでもぐずぐずと泣いていた。

30

その日、僕と清家は自転車を押しながら、長い道を帰った。

清家は初めて愚痴を言った。

自分が母の子ではなく、実は叔母の生んだ子であること。母がクモ膜下出血で倒れたとき、兄からこっそりその事実を聞かされたこと。

「高校を中退してブラブラしてたころのことやった。病院に駆けつけるみちみち、おかあちゃんが死なはってもおまえは泣くことないんやで、おばちゃんの子ォなんやからて、兄貴は言うた。ほいでも俺、おかあちゃんのこと好きやった。おばちゃんはかわいそうや思た。せやから、もう助からんいうてたおかあちゃんが、いちかばちかのオペしてな、生き返ったとき、俺、医者の足にかじりついてほいほい泣いたんや。おとうちゃんもおばちゃんも、複雑な顔したはったけど。そんとき、おとうちゃんは、そやタア坊、おまえしっかり勉強して医者になれ、言うた。あのとき何で肯いたのやろ。兄貴からほんまのこと聞いたときな、びっくりして、何が何やらわからんようになってしもた。せやけどお医者さんは大好きなおかあちゃんの命を助けてくれて、俺を泣かせてくれはった。つまり、答えを出してくれたんや。せやから俺、もういっぺん勉強しなおして医者になろ思た。ほんまは映画監督になりたかったんやけど、おかあちゃんを助けてくれたご恩返しに、俺もせえだい勉強して、脳外科の医者にならなあかん思たんや」

僕は何も知らない顔をして、清家の告白を聞いた。

清家が無理に標準語を使おうとしなかったのはなぜだろう。あの矜らしい彫像のような表情はどこにも見当たらず、怜悧《れいり》な口元には見なれぬ微笑がうかんでいた。

今出川通のプラタナスは、もうあらかた葉を落としていた。

「うちとこはな、おとうちゃんもおかあちゃんも頭のええ人間やない。そないなこと、あの兄貴を見てもわかるやろ。人並みに頭のええ人間が身内に一人でもいたなら、俺なんか生まれてくるはずなかった。もちろん俺かて同しアホや」

君がバカだったら、世の中に利口な人間なんていやしないよ、と僕は言った。慰めたつもりはない。僕は清家忠昭の卓越した頭脳をしんそこ尊敬していた。

「いいや、俺はアホなんや。せやから、尻たたかれて勉強せなならんのが辛《つろ》うて辛うてしゃあなかった。一番やなければあかんて、おとうちゃんもおかあちゃんも俺を脅迫した。高校の勉強が低級やいうて、やめてしもたんはポーズや。ほんまのところ、もう限界やった。せやけど俺、兄貴に秘密を明かされたときな、みんなが俺を一番にせなならんかった理由が、はっきりわかったんや」

清家は自嘲的に顔を歪めて笑い、低く強い語調で続けた。

「俺は不義の子ォやし、もともとは頭もようない。そのまんま当り前に育ったら、世間様から気の毒がられるだけやろ。家ン中もいつもごたごたしてたし、いつ何どき壊れてまうかわからへんかったしな。方法はただひとつや。俺が死ぬほど頑張って、他人の五倍も十倍も勉強してやな、偉い医者になることや。俺は自分の出自を、どうしても美談にせなあかんかった。野口英世と同しや」

僕は歩きながら、清家の痩せた体を抱きしめてやりたい衝動にかられた。僕も小役人の子供で、父と母に似てお人好しだけれども、とりたてて頭のできがよいとは思わない。だから人よりは勉強をしたと思う。友人たちからはノンポリだの日和見だのと言われたが、僕は父が東大出のキャリアに媚びへつらいながら家族を養ってくれていることをよく知っていたから、彼らと同じようにゲバ棒を握る気にはなれなかった。そのことが体制におもねるノンポリ学生だと言われるのなら、それはそれで仕方がない。

もちろん清家の努力とは較ぶるべくもないが、少なくとも僕は他の誰よりも、彼の労苦を理解できたと思う。

京都大学の医学部がどれほどの難関であるか、ましてや高校中退のまま大検を取り、そこに合格することがどのくらいの偉業であるか、僕は知っていた。

彼は信じ難い努力をし、そしてその結果、いっそう孤独になった。

「俺はパーフェクトやった思う。けど、ひとつだけまちごうた」

「何だよ、まちがいって」

「映画を、捨てられへんかった。子供のころ、よう死んだおばあちゃんに新京極やら西陣やら、映画館に連れてってもろたんや。勉強始めてテレビを見んかった分だけ、映画のこと忘れられへんかった。勉強が辛うなると俺、いつも映画の世界に逃げこんでたんや」

西部講堂は相も変わらず机や椅子をバリケードにして、自分勝手な砦を築いていた。

僕はそのときばかりは、すれちがうヘルメット姿の学生を真向から憎しみをこめて睨みつけた。心から彼らを憎悪した。理屈ではなく、物言わぬ清家のかわりに、彼らを憎悪した。もし悶着が起きたなら、殴り殺されてもいいと思った。

自転車は医学部の構内に戻した。

夕日に輝く銀杏の葉叢《はむら》を見上げて、清家はぽつりと言った。

「おおきに。ありがとうな、三谷」

何のことだと、僕は訊ねた。

「俺、さっきずっと見てたんや。金しばりみたいになってしもて。おまえ、夕霞にセリフ言わしてくれたやろ」

「ああ……何だか自分でもよくわからなかったんだけどな」

「おまえの言うたとおりや。夕霞は誰を愛したわけやない。もう――」

と、話しながら清家は声をつまらせた。

「もうこれで、あいつは二度と姿を見せへんやろ。セリフもろて、もう思い残すことはないさかいな」

僕は清家に恨まれても仕方がなかった。だが清家は、おおきに、と言ってくれた。それは、愛しつくしていなければ言えぬ言葉だ。

「お茶でも飲んでこうか。久しぶりに進々堂で」

西部講堂の前を通りたくはなかった。僕らは東大路を渡って、銀杏の美しい本部キャンパスを抜けた。

明治時代の赤煉瓦と、戦前の黄色い煉瓦と、戦後の灰色のコンクリート校舎がふしぎなくらい調和している小さなキャンパス。来年の春にはここを去るつもりでいることを、僕は清家に打ちあけた。

「それはそれでおうちの事情やさかい、何とも言えへんけど――結城先輩、おまえにほかされるみたいでかわいそうやな」

僕は答えられずに、時計台の裏の、早苗がいるかもしれない文学部の校舎を見上げた。

進々堂はレポートに追われる学生たちで満席だった。

僕と清家はかしましい文学論を戦わす学生たちの間に、向かい合って尻をねじこんだ。

夕日に染まった中庭も、学生たちでいっぱいだった。

その日、僕らがいったい何の話をしたのか記憶にはない。コーヒーのおかわりをし、煙草をたて続けに喫いながら、長いこと話し合った。たぶん、古い映画の話だったろうと思う。

日が昏れ、黒い腰壁を背にして、クラシックな吊り電灯に照らし出された清家の顔は淋しげだった。

もしかしたら僕は、映画の話にことよせて傷心の清家を慰め続けていたのかもしれない。

そう、たしかこんなことを言った。

僕も早苗とのことは、夢だったと思って忘れるから、君も夕霞さんのことをそう思ってはくれないか、と。

僕の言葉を嚙みしめながら、清家の瞳はみるみる涙をたたえた。

「おまえって、いいやつだな」

と、清家は標準語で言った。それからいったい何を言おうとしたのか、唇を動かそうとしては溜息をつき、ついに言いあぐねた清家は親指を肩ごしに立てて、壁にうがち出されたワーズワースのレリーフをさし示した。

「何だよ、清家――」

その格好のまま、清家は左手で顔を被ってしまった。

僕は詩を読んだ。前に読んだときはさっぱりわからなかったが、シェークスピアのレポートと格闘していたせいで、古い英語の言い回しを、理解することができた。

My heart leaps up when I behold

A rainbow in the sky.
So was it when my life began,
So is it now I am a man,
So be it when I shall grow old
Or let me die.

私の心は躍る　空にかかる虹を見たとき
子供のころもそうだった
大人になった今でもそうだ
このさき年老いても　そうありたい
死ぬまで　そうありたい

清家は僕に、いったい何を言おうとしたのだろう。詩に托された思いを考える間もなく、清家は席を立った。

レリーフの前に飾られた蘭の花の、あれほど似合う男はいなかった。清楚で、矜り高く、靭《つよ》さとやさしさが何の不合理もなく形になった、清家忠昭はまっしろな蘭の花だった。

今出川通には冷たい霧雨が降っていた。街灯も行き交う車のライトも、丸い大きな輪になった。

清家は憔悴しきっていた。その表情を隠すように、懸命に笑おうとしていた。

学生服の手を挙げて、清家は南禅寺の家とは反対の、西に向かって歩き出した。

どこへ行くんだよ、と僕は雨の中で叫んだ。清家は答えなかった。やがてたちこめる霧が、痩せた体を呑みこんだ。

今も思う。あのときどうして、彼を押しとどめなかったのかと。

彼の背にのしかかる凶々《まがまが》しい予兆が、僕を怯《ひる》ませたのだろうか。それとも彼の決心が僕の友情をも拒否したのだろうか。

いずれにせよ、ワーズワースの詩に託された彼の思いを、僕はそのとき、おぼろげに理解していたのだろう。

31

その数日後、中撮の経理部から電話があった。

給料が出ているので、今日中に受領にこいというのだ。とてもイレギュラーな話だった。

映画の世界は何かにつけて大雑把なものだが、規定の給料日の数日前に、しかもその日のうちに取りにこいというのは、あまりにも乱暴だと思った。連絡のつかなかったアルバイト学生はいったいどうしたのだろう。

しかし、中撮の事務棟に行ったとたん、その理由はわかった。あわただしく事務の引きつぎが始まっていたのだ。いや、それもやはり他の施設と同様に、「引き渡し」だったのかもしれない。

事務室は上を下への大騒ぎで、パーティションで囲われた応接室が臨時窓口になっていた。給料袋はひどくぞんざいな感じで段ボール箱に山積みされており、僕は学生証を提示して印鑑を捺してから、その場で中味を確かめた。何だか敗戦処理の真最中に、軍資金の山分けでもしているようなうしろめたい気分だった。

事務棟の前の掲示板に「アルバイトの皆さんへ」と題した貼紙があった。直属上司から特別の指示がある者を除き、当分の間自宅待機とする、という内容だった。アルバイト学生たちが、かなり深刻な表情で話し合っていた。

「自宅待機やて、あほくさ。ロックアウトのようやないけ。ほしたら新聞か何かで、何月何日から再開しますとかいうのんか」

「まさか。全員クビ、いうこっちゃろ」

「せやけど、テレビの時代劇とか、まだここで撮ってるやろ」

「それもうまいことといかんようになったらしいわ。オープンセット、はしの方から壊し始めてるの、知ってるか」

「ほんまかいな。週刊誌に書いてあったけど、中撮は借金がぎょうさんあって、テレビ局もとうとう手ェ引いたとか」

「要するに銀行管理いうこっちゃろ。組合がごたごたするからあかんのんや。早《はよ》うからテレビに下駄あずけて降参すれば、こないなことにはならへんかったのとちゃうか」

たとえ噂話にしろ、詳しいことを知りたくはなかった。

大道具のとり散らかったステージ群を通り抜けて、僕はもう何の仕事もなくなった職場に向かった。辻老人に挨拶をしておかなければならなかった。

半地下の倉庫は、廊下や階段に所狭しと積み上げられていたガラクタもきれいさっぱり片付けられ、まったく意味のない、がらんとした廃屋になっていた。

辻老人は外で起こっていることなど何も知らぬかのように、カーテンを閉め、パイプをくゆらせながら古いニュースフィルムを観ていた。

「それは、持っていかなかったんですか」

「ああ。ニュースフィルムは毎週のものやしな。新聞社がプリントをみな保管してるさかいに、いらんそや。けっこうおもろいわ」

映写機のモーターを止めると、辻老人は僕を見つめた。

「おおきに、ごくろうさんでした。おっちゃん来月からはうちにいるさかい、いつでも遊びにおいで——ところで、カオルちゃん」

と、辻老人はベレー帽のこめかみにパイプの柄を当てて、眉をひそめた。

「タアちゃん、あんたのとこ行ったはらへんか」

僕はぎくりとした。

「清家が、どうかしたんですか」

「けさ、殿さんから電話もろて、タア坊が三日もおうちに帰ってへんのやて。まあ年頃の男の子ォやさかいな、それに近ごろはときどき外泊することもあったから、たかをくくったはったらしいのやけど、いよいよ三日目ともなると何かあったんやないかて。そうか、カオルちゃんも知らへんとなると、心配やなあ」

みなまで聞かずに、僕は廊下まで後ずさった。

「辻さん、まだここにいらっしゃいますか」

「ああ……このニュースフィルム、全部観ていこ思て。カオルちゃん、何か心当たりでもあるのんか。わかったらすぐおうちに電話したってや。ぼんはしっかり者やし、まちがいはない思うけどな」

辻老人は伏見夕霞のことには触れようとしなかった。心当たりというのなら、それに尽きる。たぶん辻老人は、考えたくなかったのだろう。そして暗に、誰に訊ねられようとそのことは口に出すなと、僕に言い含めているにちがいなかった。

「また、改めてご挨拶にきます。面白いフィルムあったら、観せて下さい」

僕は銀杏の落葉が黄色い毛氈のように散り敷く撮影所の道を、がむしゃらに走った。

とりあえず吉田山の下宿に戻った。早苗か下宿のおばさんが、何かしら消息を知っているかもしれないと思ったからだった。下宿に清家が来て、これから家に帰るのだがアリバイ工作をして欲しいと頼みこむことを、僕は祈った。

しかし、息せききって黒谷の坂道を駆け登ったとたん、僕は青ざめた。下宿の前にパトカーが止まっていたのだった。

「ああ、戻らはりましたわ。三谷さァん、えらいこっちゃ。タアちゃんが行方不明にならはってな、捜索願が出されておいやすのんや」

階段の昇り口に、おばさんと早苗が立っていた。刑事が二人、怪訝そうに僕を振り返った。

目が合うと、早苗はいちど意味ありげに肯いた。あのことは言っていないと、早苗は僕に合図をしたのだった。

「こちらは川端署の刑事さんや。うちとこの三谷薫さん。学生運動もいっさいしてはらへんし、まじめな京大はんどすえ。調べてもろたらわかります」

べつにそういうつもりではない、と刑事はおばさんを宥《なだ》めた。

「いえね、三谷さんを疑うてるわけやあらへんのや。親御さんがこちらと親しうしてらしたァ言わはるからね——何か思い当たるふし、ないかね」

早苗はじっときつい目で僕を睨み続けていた。

「おかあさんが言わはるのには、ガールフレンドがおるんやないかて。ま、それならそれでかまへんのやけど、京大ももややこしいことになってるさかいに、いちおう内ゲバとか、そういう可能性もやね、考えておかななりませんのんや」

僕は刑事に問われるまま、清家と最後に別れた晩の事情を語った。撮影所から歩いて学校まで戻り、進々堂で映画の話をし、別れたのはたしか夜の七時ちかくだった、と。余分なことは何も口にしなかった。

「百万遍の方に歩いて行きましたけど」

「百万遍？——おうちとは逆の方向やな。何でそっちに行かはったんやろ」

「さあ。ただ、じゃあなって別れただけです」

「どこ行くのか、聞かはらへんかったのですか」

「今までもずっとそうですけど、僕らの別れぎわって、そんなものなんです」

「まあ……ほかに親しいお友達もいてはらへんようやし。そないな性格なんやろね。せやけど大検とって京大の医学部やて、ほんまかいな。天才やね、一種の」

刑事の言葉はいちいち僕の癇に障った。清家を取りまくすべての人々の考えを、刑事は率直に代弁していたにすぎなかったのだが。

「もう、いいですか。ほんとのこというと、あいつについては何も知らないんです。変なやつだから」

言ってしまってから、僕はそんなことを平気で言う自分がいやになった。だが、この件を複雑にしないためには、まず僕が刑事の詮索から身をかわすほかはなかった。

「ほな、万がいち本人から連絡があるか、何かの情報がありましたら、直接おうちか川端署の方に電話して下さい。頼んまっせ」

刑事たちは僕には何の疑念も持たずに行ってしまった。

おばさんはすっかり動顚《どうてん》していた。

「おばちゃん、清家さんとこ行ってくるさかいな。ああ、おおごとや。どないしょ」

僕は早苗を目で誘って二階に上がった。清家と別れた雨の晩のことを、早苗に話してはいなかった。僕らはたがいの部屋を訪れることすらなくなっていたのだった。

部屋に入ると、僕は窓際に腰を下ろし、早苗は引戸のそばに膝を抱えて座った。六畳間の隅と隅との隔たりが、僕にはたまらなく悲しかった。

僕の目を見ずに、ジーンズの膝の上で爪を嚙み潰しながら、早苗は言った。

「清家君、どこへ行っちゃったんだろう」

咽まで出かかったあの日の出来事を、僕は目をつむって吞み下した。早苗を悩ませたくはなかった。

「清家君、まさか自殺したりしないよね」

「それはないよ。あいつはそんなやつじゃない」

でもねえ、と早苗は長い髪をかき上げながら、ふいに愕くべきことを言った。

「So be it when I shall grow old Or let me die――」

「何だよ、いきなり……」

「覚えてる？　ワーズワースの詩よ。私、この間ひとりでぼんやりと進々堂のレリーフを見ていてね、ふと思ったの。ずっと前に、清家君、あの詩を口ずさんだことあったでしょう」

今出川通のプラタナスが、白い葉裏を翻していた夏の日のことだ。僕らは三人で進々堂に行き、早苗は伏見夕霞との関係を、清家に問いただしたのだった。あのとき清家はすばらしい発音で六行の詩を読んだ。

「君、その最後の二行、どう訳す？」

早苗は目をつむって、僕にそう訊ねた。

「このさき年老いても、そうありたい。死ぬまでそうありたい――つまり子供のころ空にかかる虹に心を躍らせたように、齢をとってもずっと、情熱を喪わずにいたい。そういう意味だろ」

早苗は膝の間に顔を埋めて、僕の答えを拒んだ。

「私は、ちがうと思う。最後の一行、Or let me die――Oはたしか大文字だったわよね。だとすると、君が訳したように前の行のI shallにはかからない。意味は全然ちがうわ」

僕は構文を思い出し、身をすくませた。たしかに早苗の言う通りかもしれない。

「いい、カオルくん。私はこれが正解だと思う――年老いたときもそうありたい。そうでなければ、生きている意味はない。レット・ミー・ダイ、よ」

僕は慄えながら、それでも清家を信じようとした。

「考えすぎだよ、先輩。清家はそんなやつじゃない。あいつは失恋の痛手で死んじまうような、そんな弱い男じゃないよ」

だとしたら、言うに尽くせぬ言葉のかわりに清家が指先で示したワーズワースの詩には、いったいどういう意味があるのだろう。

これだけははっきりとわかった。

清家にとって、伏見夕霞は大空にかかる虹だった。

32

清家忠昭の行方は杳《よう》として知れなかった。

十二月に入ると、紅葉は少しも色褪せぬのに観光客は途絶えてしまい、京都は一年のうちで最も静かな季節を迎えた。

いちど、清家の父と母が揃って下宿を訪れたことがあったが、刑事と同じ程度の質問をして帰っていった。父親はしきりに警察は頼りにならないとぼやいていた。もっとも、消息がわからぬということだけでは事件ではないのだから、警察が積極的な捜索などするはずはなかった。

日ごとに冷えて行く季節の中で、どこかに消えてしまった医学生の噂も忘れられていった。

それからまた数日ののちだったと思う。

電話の鳴る音がして、おばさんが縁側から呼んだ。

「三谷さァん、お言伝てどすえェ。撮影所の辻さんいう方からお電話ありましてなァ、大至急いらしてほしいて。何や知らんけど、えろうあわてておいやしたえ」

僕は返事もろくにせずに、ジャンパーを羽織って部屋から駆け出した。同時に、早苗もあわただしく廊下に出てきた。

「私も行くわ」

僕らはとっさに、辻老人からの緊急電話が清家忠昭の安否にまつわるものであると確信したのだった。

階段を駆け下り、黒谷の坂を走ってタクシーを止めた。

「まさかエキストラが足りないとか、そんなことじゃないだろうな」

早苗は答えずに窓の外を見つめていた。かわりに運転手が言った。

「中撮はどないなってますのんや。近ごろとんとお仕事の人も乗らしまへんなァ。時代劇のセットも壊し始めてるようやし」

僕も答える気にはなれずに、車窓に翻る街並を見つめた。

清家は家出をしてどこかの撮影所で働いており、たまたま辻老人がそれを見つけたのだと、僕は希望的な観測をめぐらした。そうにちがいないと思いこむことにした。

たぶん早苗も、同じように考えていたと思う。タクシーの中で、早苗がそっと掌を重ねてきたことに深い意味はあるまい。悪い予感に耐えきれず握り返した早苗の掌は、冷たい汗にまみれていた。

撮影所に着くと、僕らはいいかげんに面会簿を書き、バッジを握って駆け出した。がらんとした広場を横切り、ひとけのない食堂の脇を抜け、落葉の散り敷く銀杏並木を走って、フィルム倉庫に向かった。

倉庫群は廃墟のようだった。行き交う人のひとりとてなく、うち捨てられた大道具の上に、逃げる気もない鳥が止まっていた。

半地下の部屋のカーテンが半分開いていた。僕は息を整えながら、銀杏の根元に屈んで室内を見下ろした。

辻老人はぼんやりと椅子にもたれていた。僕らの影が足元をよぎっても気付く様子はなかった。僕は胸を撫で下ろした。

「辻さん、のんびりフィルム観てるよ。きっと一緒に観ようって誘っただけなんだ。ちょっと考えすぎたな」

早苗は大きな溜息をついて汗を拭った。

「やれやれ。私まで付き合わされるの?」

「昔のニュースフィルムを観てるんだよ。面白いものがあったら呼んで下さいって頼んでおいたんだ」

「おっちょこちょいね、あなた」

「何言ってるの。先輩だって真青になって飛び出したじゃないか」

「ま、いいわ。せっかく来たんだから観せてもらいましょう」

すっかり気の抜けた僕らは、「関係者以外立入禁止」と大書された正面のドアを押して地下へと降りた。

「私たち、関係者以外の人物じゃないの?」

「辻さんは関係者で、僕らはその関係者に呼び出されたんだから、やっぱり関係者さ」

「不法侵入。懲役三年以下」

「まさか」

笑い合いながら、僕らはフィルム倉庫に入った。

「こんにちは——」

からっぽのスチール棚の向こうに、辻老人の姿が見えた。

「ごぶさたしてまァす、辻さん」

棚のすきまから覗きこんで、早苗は僕の腕にしがみついた。

僕らはそのまましばらくの間、なすすべもなく凍えついていた。

映写機が空のリールを回していた。光の帯と、窓から射し入る白い冬の陽の交差する中に、辻老人はがっくりと首をうなだれていたのだった。ウィスキーのボトルとパイプが床に転がっていた。

僕と早苗はおそるおそる辻老人の体に触れて、脈と呼吸とを確かめた。息はなく、節くれ立った指は人形のように硬かった。

人を呼ぼうとして、とっさに電話機を握った僕の手を、早苗は引き止めた。

「カオルくん。それ、観ようよ。今しかない」

からからと乾いた音を立てて、映写機は回り続けていた。僕らにはそのときすでに、はっきりとわかっていたのだろう。忽然と姿をくらましてしまった清家忠昭が、いったいどこへ行ってしまったのかを。

早苗はスチールの折りたたみ椅子を開いて、辻老人のかたわらに座った。僕はカーテンを閉め、リールを巻き取って映写機にかけ直した。そうすることに何の疑いも感じず、落ち着き払っている自分がふしぎでならなかった。

僕も辻老人の脇に立った。そうして僕たちは、古き良き時代のニュースフィルムを観た。かすれたオーケストラの音色に、甲高く、硬いアナウンサーの説明が加わる。

〈風雲急を告げる時局をよそに、昭和十三年の元旦は明けました。おめでとうございます、本年もまたよろしくと、新年の挨拶もそこそこに、おとそ気分の人の波は浅草へ、浅草へ。まずは観音様へ初詣で、戦勝祈願の後には、どの足も自然と六区興行街へと向きます。不景気などはどこ吹く風、ごらんの通りの人、人、人の波――〉

キャメラは浅草六区の正月の盛況を、やや高いポジションから俯瞰《ふかん》していた。千恵蔵や阪妻の顔を描き出した大看板。林立する幟《のぼり》。くわえ煙草の煙が、人々の呼気となって立ち昇る。

ぎくしゃくと動き回るモノクロの群衆に、僕は目を凝らした。

〈社長さんも丁稚どんも、隊長さんも新兵さんも、ここ浅草六区では何の遠慮もいりません。おや、帝大生も学問の合間にカツドウ見物。これもまた社会勉強の一環でありましょ

うか――〉

切符売場の人ごみを、キャメラはアップで捉えた。学生服に角帽を冠った清家がいた。まるで僕らに笑いかけるように、彼はキャメラに向かって顔をほころばせた。そして、その背中には、振袖姿の伏見夕霞がぴったりと寄り添っているのだった。

キャメラは再び六区の雑踏を俯瞰した。鳥打帽や日本髪や、学生帽や軍帽のひしめく群衆の中を、清家と夕霞は歩き出した。いつか北野天神の雑踏で見かけた後ろ姿そのままに、仲むつまじく肩を寄せながら。

「清家!」と、僕は壁に映し出された小さな別世界に向かって、友の名を呼んだ。

「夕霞さァん!」

早苗は椅子から立ち上がり、人ごみを遠ざかって行く夕霞に向かって手を振った。

僕らの声が聴こえたかのように、二人はいちど振り向いた。そして、僕の見まちがいでなければ、とても幸せそうに、にっこりと笑い返した。

清家忠昭の晴れがましい笑顔を、僕はそのとき初めて見た。

やがて二人は、語り合い見つめ合いながら群衆の中に消えてしまった。

彼らがこれからどこへ行くのか、どこからやってきたのか、そんなことはどうでもよかった。淋しい気持もしたけれど、僕は彼らを心のそこから祝福しなければならないと思った。

短いニュースフィルムは終わった。僕は辻老人のうなだれた首を、椅子の背に起こした。床に落ちたパイプを掌に握らせ、かしいだベレー帽を冠せなおした。肌にはまだ温もりが残っており、口元は微笑んでいた。

「辻さん、見送ってくれたのね」

早苗はしみじみとそう言ったが、僕はちがうことを考えた。

おっちゃんは、一緒に行ったのだ。カツドウの世界に帰って行ったのだ、と。

それから僕は、少しあわてた様子をつくろって、守衛室に電話を入れた。

早苗と冬のかかりの紅葉を見に行ったのは、その日の夕刻だったろうか。

いや、少なくともひとりの老人の突然の死に立ち会ってしまったのだから、何日か後のことだったろう。

遠い昔の話で、詳しい経緯は思い出せない。すべては古い映画の記憶のように、断片的なシーンが思い起こされるだけだ。だからもちろん、古い映画の記憶がそうであるように、どこまでが事実でどこからが僕の勝手な妄想であるのか、今さら保証のかぎりではない。

ただ、京都での僕の青春のラスト・シーンは鮮明に覚えている。それはおそらく、僕が今までに観たどんな名画の、どんな名場面よりも美しい。

永観堂《えいかんどう》、という古刹《こさつ》を知っているだろうか。

恵心僧都《えしんそうず》の「山越阿弥陀図」や等伯《とうはく》の「竹虎図」や、「みかえり阿弥陀」で有名な、東山の古い寺である。

もみじの名所としてもつとに名高いこの寺を、僕と早苗は訪れた。どちらが誘ったという記憶はない。たぶん、下宿の窓辺から夕映えに輝く東山の紅葉を見て、行ってみようか、ということになったのだろう。

思い出を作っておきたかったといえば、きれいごとにすぎるだろうか。

南禅寺から銀閣へと至る鹿《しし》ヶ谷通を東山に向かって登ると、思いがけずに広い寺域があった。伽藍も庭も、燃えたつような楓に埋もれていた。

池をめぐり、方丈、御影堂、阿弥陀堂と、僕らは黙りこくって歩いた。あしうらに冷ややかな床板の感触が快かった。

何も話さなかったはずはない。だが僕の心に残るものは、楓の返照に染まった恋人の横顔だけだ。その日の早苗は、それまで僕が見たどんな場面での彼女よりも、静謐《せいひつ》でたおやかで、愛らしかった。僕は堂をめぐりながら、ずっとその美しさに感動し続けていた。

決然とたがいを隔ててから、数ヶ月が過ぎていた。その間、僕らは連れ立って歩くこともなく、ろくに口もきかなかった。そうして肉体の隔たるほどに、想いは醒めるどころか狂おしくつのっていった。早苗も同じ気持でいたと思う。僕は夜ごと早苗の顔を思いうかべて眠り、そして夜ごと、早苗を抱く夢を見た。

こんな僕らの関係を、人はふしぎに思うだろう。だが、翌る年には東京に戻る決心をし、またその予定に疑いようもない自信を持っていた僕は、京都を去る前に二人の関係をはっきりとしたものにしておくことが必要だと信じていた。僕らの恋を、絵のように美しい一枚のスチールの中に、永遠に封じこめてしまおうと思っていた。

僕と早苗は、僕らの青春を登りつめるように、堂の裏手にかかる臥竜廊を登った。

そこは東山の断崖にへばりつくように造りつけられた、急な勾配の廊下だった。文字通り竜の臥《ふ》すがごとく曲がりくねった長廊を歩み、やがて僕と早苗は夕陽を真向《まっこう》から浴びた開山堂に立った。

眼下には燦然《さんぜん》たる錦繍《きんしゅう》の濤《なみ》の上に、たそがれの京の町が拡がっていた。

長い間、僕らはじっとそこに佇んでいた。やはり黙りこくっていた。しかし僕らはたがいの胸の中で、幾千万の言うに尽くせぬ言葉を交わしていた。

夕陽が西山に葉ちかかる一瞬、永観堂は一面の楓とともに燃えあがった。

やがて炎が暮色の中に消え入るとき、僕はたまらずに思いのたけをこめて呟いた。

君を、一生愛し続ける、と。

そのとたん早苗は、僕の告白から身をかわすように、手のうちの小冊を開いた。

細い指が案内書きに書きとめられた歌をなぞった。

おく山の岩がき紅葉　散りぬべし
　照る日の光　見る時なくて

歌を見つめる早苗の上に、楓の落葉が散りかかった。

それから――僕と早苗はどうしたのだろう。

夕闇の迫る臥竜廊の頂で、火屑《ほくず》のように散りかかるくれないの葉とともに早苗を抱きすくめ、熱いくちづけを交わしたのは、僕の妄想だろうか。

少なくとも僕たちの愛した日本映画に、そんな結末は似合わない。

解説

市川森一（脚本家）

昔の映画には——と書いてしまうと、果たして、いつの頃までを昔というのか世代によって個人差が出てきてしまいそうだが、ここでは一九五〇年代、作品でいえば溝口健二監督の『近松物語』あたりまでを、もっと大雑把な区分けでよければ、ワイドスコープや総天然色に代わられる以前のスタンダード白黒映画の時代までを、ひとまず、昔の映画と言わせて頂くことにする。

昔の映画と現代《いま》の映画、同じ映画でもこの間には交流し難い差異がある。それは、かくり世（幽冥）とうつし世（現世）ほどにも世界が違う。昔、映画を観るということは、逢魔ヶ時にほんの一瞬、この世ならぬものを垣間見る、他人には言えない秘め事に似ていた。その時期に映画館で映画を観た経験をお持ちの読者なら、大方は共感して頂けると思うのだが、あの頃の映画はみなある哀しみを放っていた。それはジャンルを問わず、名作駄作を問わず、エノケン・ロッパの喜劇もメロドラマもチャンバラも一様に、日常では体感することのない映画特有の哀しみ（のようなもの）を漂わせていた。あの死臭にも似た、どこか懐かしい哀しみは？　あれこそがかくり世の証しだったのか。いまの映画にはあの無色の哀しい空気がない。何故なくなってしまったのか？　カラーと白黒の差か？　確かにそれは言えそうだが、では白黒映画でさえあれば哀しみが見えるかというとそうはいかない。いまの白黒映画には昔ほどの輝きやコントラストがない。光のないところには影もないように、輝きのないところには哀しみもないのだ。昔の白黒映画をいまのそれと比べると、まるで輝き方が違う。日芸の映画学科で学んだ知識を披瀝すると、それは、フィルムの銀の含有量の差であるらしい。映画の光と影による画像は、フィルムを被うハロゲン化銀の結晶が微量な光の変化に反応して形成されたものだが、昔のフィルムはこのハロゲン化銀の含有量がいまよりはるかに多く、その分だけ明暗が鮮明だった。古来、映画を銀幕、そこで活躍する俳優を銀幕スターと呼び慣わしたことは、化学的にも故なしとはしないわけだ。ここでついでに加えるならば、往時の映画はみな銀色に輝く哀しみを放っていた、と言わせてもらおう。『活動寫眞の女』の主人公、三谷薫が、太秦の撮影所（どうやら大映らしい）の辻老人から古い映写機で観せてもらった数々の映画とは、すべての映画が無意識にも銀色の哀しみを放っていた時代の映画群であり、その一本一本が、かくり世の魔力を備えていたが故に、伏見夕霞なる大部屋女優も、実に自然に自由に、あちらとこちらを往来できたのである。

――女は裾の長い着物の褄を左手で持ち上げ、まったく本物の芸者のように雅《みやび》な歩き方をした。――(略)――女の襟元からは、めまいのするような甘い香の匂いが漂っていた。ふいに、女の白い手が僕の二の腕を引き寄せた。

伏見夕霞が、撮影所のオープンセットの中から初めて主人公の前に現われる場面の描写だが、意図的にか、ここには色彩の描写が省かれている。そのために、伏見夕霞の周辺には、唯、銀色にきらめくソフトフォーカスの印象だけが残される。計算された、妖しくも胸躍る場面である。

計算されているといえば、この物語の舞台を「京都」に置いたことも、伏見夕霞の存在にリアリティを持たせている。

陰陽道なる妖術に惑わされ、四禽図《しきんず》の罠に陥って却って魑魅魍魎《ちみもうりょう》の棲み処となった千年の古都。一条もどり橋のような、異界への裂け目が未だに点在して人間の気を狂わせ、路地の闇から闇を魔物が往き交う町。こんなにも闇と満月の似合う町でならば、夕霞と清家忠昭のデートもすんなりと受け入れられるばかりでなく、薫青年と早苗の普通の恋すらまでが、次第に現実感を失ってきて、やがてはこの魔都の闇に呑み込まれてしまいそうな危うさを覚えてしまう。

そして「青春」と「映画」。

繰り返すようだが、伏見夕霞なる存在は、現代では再現の仕様もない、銀色の哀しみを放っていた映画の中から、あの言い知れぬ哀しみをこよなくいとおしく思う作者の手によって甦った者なのである。決して、夢多き青春の幻想の産物などではない。なぜなら、この物語の主体は、若き主人公たち（受け手）側にではなく、あくまでも、昔の映画が内包していた銀色の哀しみを懐かしむ作者が、哀しみの具現化として登場させずにはいられなかった者の側にあって、それが伏見夕霞ではなかったのか。

伏見夕霞とは、昔の映画が放っていた銀色の哀しみそのものなのであり、夕霞が、どこの誰でもいい現代の若者たちと関わりを持ち得た時、この小説もまた、昔の映画同様の銀色の哀しみを放つ作品になり得たのである。

ついでに書き添えれば、浅田次郎の多くの作品に、私は以前から、昔の映画に漂う哀しみと同類の哀調を嗅ぎ取っていた。脚本家である私は、その哀しい空気に魅せられ浅田作品の脚色の仕事を待ちわびたものだが、その好運を得ることは残念ながらなかった。少し僻《ひが》みをこめて言わせてもらえば、映画やテレビの製作者たちは、競って浅田作品を映画化したがるわりには、原作の持ち味を生かしきれていないように私には思える。それは、いずれの浅田作品にも共通して漂う、昔の映画のような哀しみをまったく理解していないか、あるいは理解はできても表現が困難なためだろうと推察する。

ところで、小説『活動寫眞の女』は、一読するところ映画好きの作者による昔の映画への鎮魂歌の如く受けとめられるが、再読してそうではないことに気がついた。

――銀杏の落葉を巻き上げて、テレビ局の車がステージ群の角に消えてしまったとき、僕が感じたあの喪失感は、いったい何だったのだろう。

すでにテレビ世代である作者は、テレビ文化の虚しさを十分に体感している。テレビ文化という厖大な時間の空費が生み出した不毛の荒地に佇む作者は勇躍してそこからの脱出を試み、その旅の途上で伏見夕霞と出会っている。夕霞は決して、過去から来た亡霊ではなく、未来を求めて旅立った作者の行手に待ちかまえていた女神として立ち現われる。

――僕は美しいものを見た。

打算と自己主張と、自分勝手な愛憎と社会批判とでごてごてと身を鎧《よろ》った僕らが、それでも繁栄へとせり上がって行く醜い世の中で、僕はこの目でたしかに、滅びざる美しいものを見た。

西暦二〇〇〇年の日本アカデミー賞は、浅田次郎原作の『鉄道員《ぽっぽや》』が最優秀作品賞に輝いた。しかし、ここで書きたいのはそのことではない。深作欣二監督が監督賞をとった『おもちゃ』の方である。というのも『活動寫眞の女』の中で、溝口健二監督の『祇園の姉妹』と、吉村公三郎監督の『偽れる盛装』とが比較される件《くだり》があったからなのだが——。

——たしかにこの『偽れる盛装』は、『祇園の姉妹』のオマージュやね。戦前と戦後とで、世の中はこれほど変わったいうお手本や。

そして、辻老人が呟く。

——おるで。やっぱり、出てるわ。ほれ、あそこや。

あの伏見夕霞が、一九三六年公開の『祇園の姉妹』にも、一九五一年公開の『偽れる盛装』にも、変わらぬ若さで出演しているというのだ。

しからば……『おもちゃ』にも出ているのではないか?

なんとなれば、設定も前二作品と同じ祇園。『おもちゃ』の脚本は、『偽れる盛装』と同じ新藤兼人。主人公の源氏名おもちゃは、『祇園の姉妹』であの山田五十鈴が演じた主人公と同じ、おもちゃ。ここまで因縁がつけば、今回の『おもちゃ』にだって、例によって夕霞がチラリと顔を出していても不思議はあるまいと思ったのだが……。

結果はともかく、事ほど左様に私も、それ以後、伏見夕霞を捜しつづける放浪者となり果てている。

初出
単行本　一九九七年七月　双葉社刊
文　庫　二〇〇〇年五月　双葉文庫刊
二〇〇三年五月　集英社文庫刊

本書は二〇〇〇年五月に小社より刊行された
同名文庫の新装版です。

双葉文庫

あ-25-04

活動寫眞《かつどうしゃしん》の女《おんな》〈新装版〉

2020年1月19日　第1刷発行

【著者】
浅田次郎《あさだじろう》

【発行者】
箕浦克史

【発行所】
株式会社双葉社
〒162-8540 東京都新宿区東五軒町3番28号
[電話] 03-5261-4818(営業)　03-5261-4831(編集)
www.futabasha.co.jp
(双葉社の書籍・コミックが買えます)

【印刷所】
大日本印刷株式会社

【製本所】
大日本印刷株式会社

【CTP】
株式会社ビーワークス

【表紙・扉絵】南伸坊
【フォーマット・デザイン】日下潤一
【フォーマットデジタル印字】恒和プロセス

落丁・乱丁の場合は送料双葉社負担でお取り替えいたします。
「製作部」宛にお送りください。
ただし、古書店で購入したものについてはお取り替えできません。
[電話] 03-5261-4822(製作部)

定価はカバーに表示してあります。

ISBN978-4-575-52306-5 C0193
Printed in Japan